山色江声杳

王国猛 著

SPM 南方传媒 | 花城出版社

中国·广州

图书在版编目（CIP）数据

山色江声杳 / 王国猛著. -- 广州：花城出版社，2025.3. -- ISBN 978-7-5749-0492-7

Ⅰ．I267.1

中国国家版本馆CIP数据核字第2025HG5168号

出 版 人：张 懿
责任编辑：陈诗泳 邱奇豪
责任校对：衣 然 汤 迪
技术编辑：凌春梅
装帧设计：姚 敏

书　　名	山色江声杳 SHANSE JIANGSHENG YAO
出版发行	花城出版社 （广州市环市东路水荫路11号）
经　　销	全国新华书店
印　　刷	广州市岭美文化科技有限公司 （广州市荔湾区花地大道南海南工商贸易区A幢）
开　　本	880毫米×1230毫米 32开
印　　张	12.5　2插页
字　　数	290,000字
版　　次	2025年3月第1版　2025年3月第1次印刷
定　　价	78.00元

如发现印装质量问题，请直接与印刷厂联系调换。
购书热线：020-37604658　37602954
花城出版社网站：http://www.fcph.com.cn

江山风月,本无常主,闲者便是主人。

目 录

第一章　思念远方

思念远方 / 003
及时雨 / 005
深夜 / 007
一夜秋风紧 / 009
寒夜 / 011
登高远游 / 012
心雨 / 014
度假 / 016
游历 / 018
静夜思 / 020
时光漫游 / 022
转身即见自然 / 024
忘怀 / 026
坐地而行 / 028
重阳说诗 / 030
清明之思 / 032
心湖 / 034

闲者才是江山风月之主 / 036

第二章　士的种类

士的种类 / 041
管竹管山管水 / 043
乘兴行休 / 045
奖掖后进 / 047
此君不可无 / 049
败因 / 051
战略性选择 / 054
不因人废事 / 057
借名 / 059
曹操的忧思 / 061
成也乾隆，败也乾隆 / 063
断了前途的唐寅 / 065
天才农民领袖 / 067

平民政权 / 069

历史的误导 / 071

充满争议的王莽 / 073

一代英主 / 075

得时 / 077

无知者无畏 / 079

节节向上 / 081

为或不为 / 083

空灵 / 085

腹有诗书气自华 / 087

第三章　洞悉人心

洞悉人心 / 091

舒适区 / 093

财富 / 095

人设 / 097

爱憎 / 099

吹牛的好处 / 101

见识 / 103

贫穷限制想象 / 105

考试 / 107

讲座 / 109

欠债 / 111

异化 / 113

才与财 / 115

凡尔赛 / 117

降维 / 119

威力与魅力 / 121

强者 / 123

画眉鸟 / 125

难于向好 / 127

依恋 / 129

关于诗和远方 / 131

落差 / 133

壮胆 / 135

论文 / 137

读书月 / 139

钱满足不了的灵魂 / 141

标准不一的评价 / 143

好人难做 / 145

怀才不遇 / 147

越狱 / 149

功名心与书卷气 / 151

量力而行 / 153

打回原形 / 155

请求与拒绝 / 157

优劣源于比较 / 159

医思 / 161

酒宴之思 / 163

洁癖 / 165

称呼 / 167

躺平 / 169

快乐难再 / 171

期待 / 173

人以群分 / 175

据理办事 / 177

第四章　敬仰文化

敬仰文化 / 181

品评人物 / 183

促谏之法 / 185

下笔晦涩 / 187

蜗角之争 / 189

呆若木鸡 / 191

君子之交 / 193

人心不古 / 195

鱼水关系 / 197

化为常人 / 199

笃定 / 201

强死弱生 / 203

固有及外铄 / 205

精骑三千胜过羸卒数万 / 207

潜心贯注 / 209

说难 / 211

修道 / 213

公平 / 215

水石 / 218

暗黑时刻 / 220

是有命焉 / 222

同人不同命 / 224

情诗相较 / 226

最难处得大成 / 228

谨待发迹朋友 / 230

关学之要 / 232

尽美且长游 / 234

音乐之本 / 236

说文 / 238

等级观念 / 240

盛世时代 / 242

打下的江山 / 244

贵知我者少 / 246

轻信史不如无史 / 248

历史观的坍塌 / 250

第五章 各有所好

各有所好 / 255

生活的滋味 / 257

愁 / 259

分裂 / 261

激活 / 263

放任 / 265

锦上添花还是雪中送炭 / 267

精神馈赠 / 269

生活在大城市 / 271

乐书以消忧 / 273

知足 / 275

兴致 / 277

隐者 / 279

新常态 / 281

于世独立 / 283

无事为妙 / 285

寂寞如甘 / 287

凡是过往皆为序章 / 289

道化 / 291

朦胧美 / 293

阅读之乐 / 295

准备不足 / 297

世上本无事 / 299

困 / 301

无事不登三宝殿 / 303

人去如叶落 / 305

人在江湖身由己 / 307

分野 / 309

花中第一流 / 311

后悔 / 313

此一时彼一时 / 315

乍见之欢与久处之厌 / 317

划得来 / 319

人生底线 / 321

不可替代 / 323

完整人生 / 325

第六章　学道双修

学道双修 / 329

事至无悔而止 / 331

文化富人 / 333

诚为根本 / 335

修德实业 / 337

盛开清风至 / 339

不求回报 / 341

同频同道 / 343

不必深究 / 345

天道酬勤 / 347

内心强大 / 349

在怀疑中长进 / 351

中西结合 / 353

撤退的力量 / 355

文化的重要性 / 357

讲然后知不足 / 359

知识天地 / 361

当下只宜多学 / 363

擦拭 / 365

定神 / 367

情绪管理 / 369

修炼 / 371

不徒充饥蔽体 / 373

写作的个性化 / 375

前后如一 / 377

修道立德 / 379

更有优秀者 / 381

忘记目标 / 383

时代潮流 / 385

上下同欲 / 387

花开风来 / 389

第一章 思念远方

思念远方

真的很是思念远方了，这跟有没有诗无关。想去远方，只是想出去游历锦绣山河，体验异地风情，并非去寻诗，寻浪漫。在一个地方待久了，总是想换个环境逗留一段。即便居住在天堂，也想下凡间看看热闹，熏熏烟火之气。何况本就在人间，在人间已极为熟悉的方寸之地。所居城市不算小，可愿去的地方实在不多，虽然一样陌生，我还是愿去一些陌生得遇不到一个熟人的地方。同在一座城，就算足迹未及，想来滋味也并无不同。

算来已经三年未曾远游。苏轼有词云："一别都门三改火，天涯踏尽红尘。"三年之中，他已浪迹天涯。而我，只在一座城中枯坐，早已忘了陌上花开、堤上柳垂了。三月的江南，十月的塞北，落英缤纷，烟尘高扬，衡阳归雁几度飞，大漠秋草三次枯。我念念不忘的天山冰雪，我一直挂怀的龙场悟道，还有庐山烟雨浙江潮，与它们意会心约已久，却未能如愿相见。行装收拾了几回，心情解放了多次，始终没有成行，只能在想象中、在梦境中，驾鹤腾云，饱览山河。恰如李白之梦游天姥，权当真的到过。

人生几何？春去秋来，岁月蹉跎。正如人言："再不出去就老了。"就算不去欣赏造物之藏、天地之工，至少可以转换一下心境。在一城久了，再大的空间也变成了桎梏，精神呼吸会越来越吃紧。给思维留白，才能保持疏密结合的韵味，气韵才能生动，生命才会活泛。记得以前外出，穿行于陌生的城市街巷，彳亍于无人的乡村原野，或者踏着先贤走过的路线足迹，听着他们赏过的天籁，手折他们攀过的柳枝，总能拾得文气诗意，赢得满心欢喜。

身体局限于一城，虽也渴望舒展，但还不至于产生窒息之感。心若系于一地，便要慢慢地荒芜，长满藤蔓野草，热情随之熄灭了，灵气随之消失了。干涸，枯竭，乃至最终停滞，生命的张力越来越弱，人生的意义越来越轻。活着的目的就只有活着了。三年一弹指，十年一瞬间，一生一刹那，还是要顺心而为，畅意而行才好。只要自己不给自己画圈，待天朗气清，趁花繁叶茂，就来个说到做到的出走吧。

远行，我已经在心中规划了很多次了。今年，我一定要遂了心愿。至于是去关外踏雪寻梅，还是去塞上瀚海纵马，二者皆可。当然，有酒、有诗、有伴就更好。

及时雨

雨总是择时而下，似乎极有灵意。杜甫曾盛赞雨之美德："好雨知时节，当春乃发生。随风潜入夜，润物细无声。"俗话说"春雨贵如油"，在春天里随同百花一起降临大地的春雨，滋润着万物，孕育着生命。当然是好雨无疑。但在其他时刻落下的雨未必就不是好雨，有时像是为了呼应人的需要，雨常做特别的挥洒。比如清明之际，雨总是要如期而至，为断魂的行人增添些忧伤氛围。否则一派春和景明、蜂蝶飞舞的景象，难以引起人们对亲人的哀思。雨似知人之心思，并不倾盆而下，而是如丝如缕，仅湿人襟衫，像极了上天的眼泪在人间横飞。天都哭了，人何以堪？

端午时节，人们纪念大诗人屈原，要到江河边扔粽子划龙船。江河之水若不饱满，如何能够承受得了屈原的英灵披波而来？故雨下个不停，此时已不再是飘飘洒洒，而是萧萧疏疏。不与狂风做伴，只一味单落，贯注于山间田头，汇聚于溪河江湖，消不了几时，水便与路齐、同岸高。龙舟在水中竞相飞驰，鼓声在雨中低沉厚响。没有雨的相助，江河便没了雄浑之气，龙舟将失去壮观之势，纪念仪式也就少了应有的宏阔。

所以雨总是善解人意，即时到来，或瓢泼而下，或细飘轻洒，或直落，或斜行，很是应景。李清照感到忧伤，它就"梧桐更兼细雨，到黄昏，点点滴滴"。张志和戴着青箬笠，穿着绿蓑衣，看着桃花流水兴致正好，它就只略现了现身，告诉他"斜风细雨不须归"。岳飞怒发冲冠，凭栏远眺时，它本来潇潇下着，为了不让岳飞心中落满绵密的雨，便慢慢停了下来。志南拄杖过桥，杨柳风起，心态闲散，它以"沾衣欲湿杏花雨"的形象增添了别样的景致。特别是苏轼脚穿芒鞋，手拄竹杖，身披蓑衣，在生活中跋涉而来之际，它急切飞落，砸起烟尘滚滚，在苏轼身边形成扑朔迷离的幻境，更衬托出苏轼的淡然与从容。

所以雨是懂人性、通人心的，知道什么时候该来，以什么姿态出现。《水浒传》中的宋江为何深得英雄好汉们的推崇？正是因为他在人们遇到艰难危险的时刻总是及时出现并慷慨相助，故被江湖人士誉为"及时雨"。何为及时雨？适时即景而下之雨也。

深　夜

　　夜从远处掩袭而来，经过几个小时的浸染，终于渗透了万物。天地浑然一体，花草树木不辨枝叶，所有可视的美妙图像都隐入黑幕。芳草之香可闻，而美人之貌难鉴。我的住处和我自己都在夜的体内摆放着，外表模糊着。四周一片寂然，唯有虫声叽叽。我并未听从夜的安抚，进入乌有之乡，而是在寂静的空中捕捉隐约之声，努力恢复着世界的本来面目。

　　相对白日而言，我更喜欢黑夜，这种无差别的幽深静谧其实极易让人找回自己，白天一不小心就不知道在哪里丢失，而且眼睛看得越清晰，反而越容易着了道。在光亮的地方，我们总是过分相信自己的视力；而在黑暗的地方，我们就会用心灵去感应，那才是更加真实、更加准确的认知。

　　在这个万籁俱寂的黑色空间，寄存着多少灵魂？很多灵魂安静着，但也有不少灵魂躁动不安，四处游走。我知道不是所有的人都能进入梦乡，很多灵魂孤寂地行走在夜的边缘，没有任何着落。我虽然也未悠然入眠，但我的灵魂是安静的，没有任何挂虑。我只是喜欢在夜幕下做灵魂之旅，时而古代，时而国外，而且收放自如，不受约束。一天中，我此时最是自由，也最是超然，没有任何尘累，没有任何惦念。正如很多人喜欢晨间遛鸟，我喜欢夜里放飞灵魂。这时的一切行为都与他人无关，只管纵情任性。

　　星和月有时会露出她们的微笑，我尽情领略后，灵魂布满星月之光，会更加纯粹、皎洁。桂花偶或盛开在某个角落，灵魂一旦途经彼处，便会沾满香气，经久不息。我常将灵魂在黑暗的溪流中荡涤，尽量洗去白日沾惹的红尘。远处，无数的人们灵魂不安，在虚拟的世界寻求安慰。殊不知那是饮鸩止渴、抱薪救火，只能让灵魂更加空虚寂寞。这夜恰如消毒液、去污水，有清洗灵魂之妙用。但如果不能正确使用，反而会变成扯不断、理还乱的丝网，缠住灵魂，使其无法挣脱。

我常在沉沉夜色中照见本性，反观内心，悲悯之意起时，灵魂即渐渐空冥。

一夜秋风紧

一夜秋风紧。绿色尚未赏够，季节又要把人间换一种背景。在岁月深处，我囫囵吞着时光，春天的花朵还没来得及采摘，夏天的阳光还没来得及晒透，转眼间秋天就来了。说好去江南踏遍山水，在烟雨朦胧中闻花香、听鸟语，站在溪流潺潺的小桥上看行人，可始终成不了行。只能想象梅子黄时雨，陌上开满花，岭头飘过云。说好夏天去海边踏浪，张开胸襟吹满一怀海风，沿着海鸥飞翔的方向，极目烟水阔。结果又计划落空，只能在梦中辽阔成海洋，漫无边际地延展思绪。

季节到点即换，从不稍作停留，说话间便花落叶黄，西风微凉。秋天来时以秋风扫落叶，正如春天到了以春风开繁花。花开让人温暖，叶落则让人悲伤。特别是未得春之神韵，未悟夏之热情，却要直面秋之凄凉，实在是令人有些仓促，有些寂然。本来，一个完整的四季，就该尽享四种不同的意境，在截然不同的情景中获取丰厚的人生体悟。可前面的两个季节，我们只是在相同的狭窄环境和相同的焦虑心境中度过。这种单一的生存状态，只能让我们产生单调的情绪体验。

漫长等待中，时光倏忽中，我们来到了秋天。这个神清气爽的季节，或者登高怀远的季节，显得有些苍白，有些简略。我想起了屈原写的："袅袅兮秋风，洞庭波兮木叶下。"虽然他只是描述了湖南洞庭湖边的平常秋景，却满是愁情诗意。而此时我搜遍城市每个角落，却找不出半句像样的诗句。"惟草木之零落兮，恐美人之迟暮"，屈原诗中的意象，似乎跟我经历的这个秋季搭不上边。我看不到芜秽的众芳,更未遭遇迟暮的美人。这是一个清淡寡味的秋天,和那飞驰而过的春天、夏天一样,注定留不下多少特色。

讲真,那么多名家造出的秋景秋境中,我此时只想去南唐李璟《摊破浣溪沙》中描绘的秋天探个究竟:

菡萏香销翠叶残,西风愁起绿波间。还与韶光共憔悴,不堪看。
细雨梦回鸡塞远,小楼吹彻玉笙寒。多少泪珠何限恨,倚栏干。

有些遗恨,有些伤感,但更有凄美,更有深情。至少让人明确体味到,属于李璟的那个秋天是生动的,也是深刻的。而我正置身其中的秋天,难以叙说,难赋深情,难有欢愉。

寒　夜

我喜欢这冬天的深夜，阵阵寒气让我有围炉煮茶的欲望。与朋友们闲聊完，我驾车在白色的月光下缓驰，树影婆娑枝叶微晃，我仿佛看见风穿梭而过。路上阒无人迹，车河已趋断流。仰望天空，星星们眨着惺忪的眼，闪烁着阵阵寒光。时维深冬，远处有枯山瘦水，幽幽犬吠，朦胧之中，我好像回到了萧瑟的江南。那曾丰盈饱满的花草树木，不知何时变得瘦骨嶙峋。

在这一味热烈的南海之滨，我已经好久没有感受到冷峻的滋味。思维似乎一直处于一种膨胀的状态，而今夜的缕缕寒风，不仅让我思念久违的温暖，更让我头脑清晰而富有条理。我突然很想念北国的冰天雪地，在那个"狐裘不暖锦衾薄"的瀚海漠北，温酒吹笛，该是别有一番风味吧！

我很长一段时间滞留在时序的更替之中，按部就班地生活、工作，年华似水，岁月无声，生活只是活着，缺少色彩。偶尔的跳脱源于自己的疏狂，一直的平静基于固有的淡然。但无求不等于单调，好隐不等于出世。我内心还是喜欢这烟火人间多些烟火。人情少些冷漠，社会更多流动。

车经山边湖泊时，我停车漫步于风中月下，享受寒气来袭的快感。披襟当风，扬手掬月，在寂静的寒夜独自徘徊。一段时间以来，我极少如此轻松惬意。平素里鸟鸣不断，虫声叽叽，这会万籁俱寂，静谧无声。在如梦的幻境中我清醒地照见内心，瞬间五蕴皆空。人情世俗无可无不可，我只愿在四季分明的变化中，接受大自然的赐予。然后安步当车，咏而归。

登高远游

《孟子·尽心上》说:"孔子登东山而小鲁,登泰山而小天下。"我也曾登过泰山,确实,站在泰山之巅,"荡胸生曾云,决眦入归鸟",众山皆小,时空绵延,自己几可忽略不计。千载邈矣,此时我在,壮观天地,江河入海,绵绵无绝,而登临送目之人代代更迭,能归去后小天下之人有几个?我是不敢像孔子那样以天下为念,但我觉出了自己的单薄渺小,从此敬天畏神,息了心中妄想,甘泯然芸芸众生之中,也算是登泰山后之所得吧。

我在泰山道上看到络绎不绝的人群,他们慕名而来,尽兴而归,或惊异其云霞明灭,或赞叹其日出喷薄,赏奇花异石,抚参天古木。他们站在杜甫站过的地方,无疑也能清晰看到齐鲁的边界,但他们未必有杜甫"会当凌绝顶"的志向。他们在山顶放眼,万物低小;他们回到山下,又和万物一样琐碎矮小,决计没有孔子那种小天下的气概。孔子登泰山,显然把眼界开阔了,重要的是他下山后依然保持了远视高看的气度,所以一切在他眼中都小了,天下也不例外。

远游与登高一样,为古今之所同好。曹植的"远游临四海,俯仰观洪波",阮籍的"漂逍遥以远游,遵大路之无穷"、李白的"仗剑去国,辞亲远游"、陈子昂的"自言幽燕客,结发事远游",无不表达了对远游的渴望。事实上,他们也确是找到机会便去远游。远方未必有诗,但一定有与眼前所见不同的东西。远游的目的,就是要穿越熟悉处的风景、人情、世俗,看到一个不一样的世界,在这个世界一切都是陌生的、毫无框架的、不会滞碍心灵思绪的。

  我也曾远涉重洋，到万里之遥的异国他乡游历，觉得新鲜有趣、畅快淋漓，原来天地很宽广，人情很繁复。迄今为止，那些所见所闻让我的视界心域仍然辽阔宏远。我也曾见到不少人，长年穿梭来往于海内外，看到了很多别人看不到的景物，却依然眼光短浅；接触了很多别人接触不到的世情，却依然心胸狭隘。

  远游与登高，如果只是赏美景、恋风物，而不能大心胸、小天下，是未得其真旨也。

心　雨

　　我居住的城市被誉为没有冬天的城市。这当然不仅仅是因为这里的冬天不够寒冷、不够持久——岭南的诸多区域，特别是海南的各个城市，冬天依然是阳光充足、热气逼人，没有冬天更多是指这里的人们心地善良，充满爱意，他们的慈行义举辐射出的热量，足以融化冬天的寒意。而从地理气候方面看，这里的冬天最冷也不会低于六七摄氏度，且冷天总是一晃而过，持续不了几天，似乎是来为冬季应个景，点个卯，提醒人们这里还有个叫作冬天的季节存在。

　　说这个城市没有冬天，符合天气实际：虽云冬天，寒冷还及不上北方的仲秋，基本可以忽略不计。说这个城市没有冬天，也符合人文实际：这里的人们确实格外有爱心，发家不忘本，逢难必馈赠，让人心里总是感觉洋溢着温情，没有一丝的寒凉。从个人身体特点上说，我更适应生活在南方的温热区域，而不适应生活在北方的寒凉之地；从个人心理特点上说，我更喜欢生活在充满温情的城市，而不喜欢生活在人情冷漠的城市。所以，我爱我生活的城市，它不一定最好，但是它最适合我。

　　没有寒天，自然热天就相对较多。夏季仿佛从未走远，即便是百花盛开的春天，即便是本该寒风呼啸的冬天，天空也经常阳光爆烈，人们也时刻挥汗如雨。故而在这里生活，倒不用担心北风一起心情萧瑟，而是要防着太阳一出心情燥热。本来工作和生活的节奏就紧张，加以温度极高，人们往往容易产生焦虑之情、浮躁之性。

　　天气虽然常年热辣，但因为是海洋性气候，经常在天干地燥、万物欲燃的时候，突然没来由地下起一场暴雨。北方和江南下雨时要么伴着寒风，要么淅淅沥沥，很容易引起人的愁绪或思念。这里下雨有时是狂风卷暴雨，有时是径直如倾盆而下，绝不做点点滴滴、凄凄惨惨状。下完世界清亮，大地如洗，热气暑意顿时全部散去。天气一旦转晴，旬日间温度又渐升腾，待人们觉得难以忍受之时，一阵暴雨又从海上飘至，瞬间瓦解了热浪。雨实际上成了均匀冷热的最佳调节剂，好在海就在身边，海的上空聚集着散不完的雨气，人们也就不必为气温的攀升而发愁。

　　然而事业竞争的日渐加剧和生活节奏的逐年加快，催化了无穷的焦虑和烦躁，正如那不断升高的气温和无时不来的夏天。可是降温释热有雨来完成，消愁解闷却需自我心里常常降下一场场冷雨，给自己维系一个清凉世界。为其焦虑烦躁常生，故心雨亦须骤至。海因为寥廓旷远方能停云聚雨，心也要开阔宏大才可激生心雨。有了心雨的随时调节，自可保持一方清净之境。

度 假

七日长假，这座城市就像一座巨大的水库开始泄洪，各个通向外面世界的路口，都泻出了一道道车河，倾出了一条条人流，奔向山间海边、乡村田野，气势磅礴，惊天动地。我仿佛能看到人们禁锢已久、疲惫不堪的心灵，正在左冲右突，寻找停靠的驿站。人们出行的目的其实并不像过去一样是为了发现美丽或者游乐，而是为了获得自由。肆无忌惮地在海边迎风呼唤，或在山间纵情长啸，把萦绕身心的凡尘俗务都蒸发在陌生而开阔的空间，彻底解放自己的情感思绪，我想这是大多数人真切的愿望。可以想见，只要出到城外，一路上都会留下束缚他们已久的思想包袱和心灵枷锁，他们的心将与白云同飘，与众鸟齐飞，在广阔的天地间，了无滞碍地驰骋。那种心的翱翔和神的游弋，是每个人的由衷追求。在获得了衣食的丰足之后，自由无疑是人们的首要且终极的需要。

在人们都冲往自然界，打开自己身心任风吹拂的时候，我却在方寸之间得到大自在。身休心息，忘却一切，模糊往事，不计未来，在此时此刻流连往复，快然自足。这便是我的度假方式。我看见天上的云凝而不流，我看见溪中的水匀速而行，我看见树叶在微风中漫舞，我看见花儿在蜂蝶前摇曳。我听见"鸟鸣山更幽"，我听见"竹露滴清响"，我听见琴在匣中鸣，我听见诗韵出流泉。此时，我已眼中无杂尘，耳中无杂音！阳光缓缓移过，时光缓缓流过，情丝缓缓飘过，一切都出奇地慢，慢得只有心能感知。我在这种静慢中沉醉，迷失。

外面的世界似乎都消失在岁月深处，而曾经熟悉的人和事变得陌生，乃至混沌，最后泯灭。这散淡的日子，不唯心是散淡的，连风也是散淡的，后山那汪湖光也是散淡的，今晚的月华也定是散淡的。我不知道到底是我在度假还是假在度我，不知我在人间还是人间在我心中。或者二者皆是，正如我注六经，六经注我。

按照我的思想逻辑，自由是无须寻的，它一直都在，只有心有灵犀者能得之，正如"文章本天成，妙手偶得之"。所以我以为不一定要去野外踏青、海上漂游才能与其相会，我在花径、在月下、在书斋、在梦中，一样能与它不期然而相遇。

游　历

几年前就决定今后每年出行一到两趟，按照自己规划的路线，做个佐证想象、体验历史的快乐之旅。如果在有生之年，将全国各地的人文历史风貌大致见识一遍，也不枉生为中国人。这几年因为特殊情况，虽欲外出游历，终是裹足不前，不敢贸然出城。给自己的期许也总是兑现不了，今年复明年，岁月空蹉跎。

原做好的攻略一再搁置，如果没有特殊情况，我现在至少已经走过诸葛亮六出祁山北伐中原的路线，走过曾国藩克九江下安庆直奔金陵的沿江路线，走过班超投笔从戎后立功西域的西行路线，走过刘裕誓师北伐力克中原的路线。这些都在我的短期计划之列。我还要去看桓温镇守金城时亲手种植，重见时感叹"树犹如此，人何以堪"的那棵老树；要去看杜甫在朋友资助之下建成并居住了几年的那座草堂；要去看刘备三次光顾，诸葛亮春睡意足的那间茅庐；要去看"何须生入"之玉门关，要去看"阴阳割昏晓"之泰山；要去看"瀚海阑干百丈冰"；要去看"燕山雪花大如席"；要去看陆游和唐婉写在沈园墙上的缠绵诗词；要去看梁山伯与祝英台依依相送反复经过的西湖长桥。

还有许许多多，只要一翻史籍，处处皆是景致，倾我一生也未必及其十一。我希望有朝一日，公退之余，与三五知己，按照自己所愿，次第展开游历计划。到古人到过或者居住过、战斗过的地方，吹着他们吹过的风，赏着他们赏过的月，与他们进行灵魂的对话，与他们成为终生的朋友。那么，走到哪里，都不会觉得陌生。比如到了安徽，可以与曹操煮酒论英雄；到了山东，可以好好请教孔孟两位圣人学问；到了山西，可以和王勃谈谈好文章是怎么写出来的；到了江西，就告诉王安石他的变法精神到现在都还很有激励作用。

可是现在，我已经对自己爽约了，好几年都足不出城。只能在思想上神游万仞，精骛八极，海阔天空地浮想。虽然也和这些古时先贤神交心遇，但毕竟不能情景再现，也许在那地那时，氛围会更加亲切和谐，我更能领略他们的风采。于是我郑重决定，等疫情结束，一定要畅游大好山河，先来个"北伐中原之旅"，把南方的一缕阳光，还有一袭青绿带往凄凉而苍茫的古战场，让温暖和希望穿越千年，抵达那些朋友们的心田。

静夜思

南朝诗人王籍诗句"蝉噪林逾静,鸟鸣山更幽",极其传神。蝉的噪声、鸟的鸣叫听起来似乎声响不绝,却把山中林间衬托得更加静谧清幽。如果一味地描绘山林的寂静,便显得手法平常了;以声音反衬安静,反而能把那种宁静表现得淋漓尽致,让人如同身临其境,顿时沉浸其中。

而现在,我正坐在冬天的萧瑟苍凉之中,再也难以进入王籍诗中那种夏日黄昏的清凉之境,而有"雨来夜愈静,风起室更暖"之感。往昔在江南或者塞北,常常是"悲风送寒雨,遥夜俄总至"。而在南方的冬天,难得有寒冷的日子。是以每当寒风飒飒,密雨斜侵,我心中总有一种平静欣然的感觉。特别喜欢在深夜听那越来越密、越来越响的雨声,此时反而显得夜很宁静。而风越是一阵紧似一阵,越感受到室内的温馨。这时要遇到个有雅趣的人,一定要温茶煮酒,做长夜之思。我虽然也捧书慢读,但定会数度在长椅上打盹,偶醒之际,倒是会饶有兴致地凝神听那雨中之韵。屋后的山上,林木得到充分的滋润,鸟儿们早就躲进了安乐窝。估计它们也像人类一样,在这种寒冷的夜里,早早钻进窝中的草枝,听风吹雨打树叶的声音,安然入眠。

我喜欢这寂静的寒夜,风雨声是不可或缺的音律。有了这种音律,夜才有了神韵。我可以在这夜里做思想上的纵横驰骋,也可以寻求被窝的温暖、热茶的芬芳、书页的墨香。这种日子并不是很多,持续不了几天,所以我很珍惜,恨不得彻夜不眠，赏那"孤灯寒照雨，湿竹暗浮烟"，或者在被风雨声烘托得更加寂静的天地间，做漫无目的的精神漫游。如此自可"放心于自得之场，置器于必安之地"，吾与白乐天一样"居易"于城际，岂不悠悠！

时光漫游

如果把时光比作钞票的话，我真是觉得口袋里越来越空了，不敢随便出手，不是因为不喜欢，而是实在没有几个钱可以任意挥霍了。花费起来，一定要物有所值，学问上如果无所得，心情上至少要是愉快的。决不能把宝贵的一点钱财任意地广撒出去。年轻时可以随便出去花费，甚至随时随地"相逢意气为君饮，系马高楼垂柳边"。如今要做个资源节约型的人，当然还要尽量兼顾环境友好型。花花世界，烟火人间，谁不愿纵情畅游，恣意玩乐呢？可每个人来到这个尘世，冥冥之中似乎还真的有些自己的使命，不足为外人道。这跟崇高不崇高、伟大不伟大没有丝毫关系。所有的崇高和伟大其实都是人们膜拜出来的，但人生使命应该是有的，而且因人而异，完成了生前自己心安，身后世论公允。

没有多少时光可用了，我自然越发吝惜每天的开销，有些事情就不打算做了，有些人就没法再见了。就像没钱了，有些享受只好免了，反正不享受只是不能获得痛快，倒不至于失去什么。有些物品只好不买了，非必需品一律不予考虑，等有钱了再做安排。而最让人痛惜的是，钱没了或许是暂时的，一有机会，可能变成个富翁什么的，那时尽情享受、潇洒购物也不迟，而时光没了，是永远不可逆的，一去不复返，不可能找个机会，再添上些日子。我只是个凡人，没有孙悟空的能耐，否则，也去阴曹地府找下阎罗王，在生死簿上把自己的名字抹去，那时间就多得让人心烦。毕竟这是人间，还得遵守生老病死的自然规律。

余生须得省着点花，对仅有的一点时光精打细算好，不要时光花了却颗粒无收，好歹回收个三五斗，心中不至于慌张落空。为了不出现浪费现象，我做了个详细计划，确切地说，是直抵到死，然后倒推周期，把每个阶段需要完成的事项都一一列出，打算今后严格按照分解任务全面推进。就像政府的某些工程项目工期表，确定一个最后日期，然后一天天倒排任务，分步实施。安排好余下的时光，似乎心中稍安，觉得花费有据，且时光去处必有回报，正如爱出者爱返。好歹，任何一个时光硬币都有去处。

时光计划虽然做好了，但拿着计划一看，不觉有些神伤。往后余生，将化作几部文稿、几次远游，还有一些阅读书单，其他什么都没了。一辈子就剩下这么点东西，未免粗略潦倒了些，还不如忘却兜里的那几张纸币，忘却一切的值与不值、成与不成，但得朝朝暮暮为欢，时时刻刻生乐，便是人间好光景。于是我废弃了那个找精心做好的时光开销计划，开启了漫无目的的时光漫游。

转身即见自然

我屋后便是山，山上草木繁茂。也就是说，我每天都在生动的人间写就或者听闻故事，一转身，我就能直达自然，和天地间生机勃勃的动物、植物为伍。就像出去认真地读着人的悲欢离合一样，回来我也会深情地看着那些草木荣枯盛衰。在不能远足的时候，收敛目光关注身边的小小空间，一样可以发现丰富多彩的世界。正如不能复原宏大的历史，就从现实的蛛丝马迹中去印证自己的想象和猜测，有时进行逻辑推断得出的结果也是很有意思且很有裨益的。

进入自然世界当然是令人心旷神怡的，如果不做人为的思考，则一切都是新鲜可人的。所以我常到后面的山中流连，望峰息心。岭上的白云舒卷不定，千姿百态，从无定式，永远都在变幻中展现神奇。抬头望久了，天就高了，人就小了，心就定了。谷中的溪流潺湲不绝，或悄流无声，或激石涤尘，似乎要为大山洗一洗心肺，让它保持清新脱俗的形象。鸟总在歌唱，美妙之声在空谷中反复回响，却见不到它们的身影——它们是隶属于大山的，即使它们偶向人间飞翔。

最为繁茂的莫过于树木了，它们或排列成行，或独自挺立，在坡峰上，在山谷中，遮天蔽日，雄姿英发。白天张臂成荫，晚上戴月披星。雨天它们朦胧成一片，雾气腾腾，氤氲成诗。雨打阔叶之声，愈加显出山谷的幽静。每当此时，我都愿意只身踏入这一妙境，尽享空灵，澄澈心胸。炎炎烈日之下，我上山极少，偶尔前去，但觉热烈的风中，满是花草泥土之气。疲惫之下，枕石卧于松风之下，但觉百体舒泰，烦忧全无。起身掬一把清凉的溪水，抹一下惺忪的眼、汗湿的脸，立刻凉透心田，洗尽世虑。

树林之中，花草丛丛，春天时五彩缤纷，争奇斗艳。秋冬之季，虽然红衰翠减，亦不至于枯萎破败，仍是一片绿色的海洋、生命的园地。阳光明媚的日子，蜂飞蝶舞；夜色阑珊的时候，虫声唧唧。进山之时不同，所见之景各异，而治烦愈疴、静心去虑之功效则一。所以每每在人间沉积的恚怨郁闷，只要进山待上半晌，便可一扫而尽。那些花草树木、流云飞鸟还真有极强的治愈作用，尤其是对自我排解能力不足的人来说，山水不失为绝好的续命之所。

我倒不至于非借山水排忧遣愁以自娱，但时不时地进山与大自然亲近一下，可以荡涤心肺，消泯俗虑。偶然还会拾得天成之文、浪漫之诗，收获意外之喜。在这个很多人都焦虑彷徨的时代，能处忧患以静，还偶有所得，也算是十分难能可贵了。

忘 怀

渐渐地,我记不起来时的路,也忘却了要去的地方。在一片花海森林中不由自主地停下了脚步,开始注视每片树叶的脉络,欣赏每片花瓣的飘落,原来她们也有荣有枯,有生有灭。冬去春来,多少繁花绿叶在枝头轮番绽放,然后零落成泥化作尘,我只是赶上了这一波盛开。女为悦己者容,芳树无人却照样花自落。很遗憾,无数的人掠过,却少有人回头。对于眼盲者,再美的妆容也是一片黑暗;对于无心者,再美的景致也是一片模糊。

我似乎也曾一路奔跑,盲目逐流,终究心中无绪。于是决定离开众人而去,沿着山野荒径缓步慢行。我并非要披荆斩棘,筚路蓝缕,显示自己的英勇果敢和与众不同。恰恰相反,我正是要淡化乃至消除自己的妄想与执念,回到最初那种心无所挂、身无所负的轻松状态,迷花倚石,坐看云起。这时,远处的鸟声突然清晰起来,以前近在咫尺也充耳不闻,这会却全是她们的喧闹,反是人声杳然远去。我想,这许是王阳明所谓的"你未看此花时,此花与汝心同归于寂。你来看此花时,则此花颜色一时明白起来"。从前我与自然彼此不做观照,一切山水草木均与我擦肩而过,我落不入她们的眼,她们激不起我的情。我满眼都是人影,满耳都是人声,满心都是人情,没有什么地方容得下花鸟树木。及至越众而出,与自然万物为伍,自己倒好像是池边的一棵柳、路旁的一株草、水中的一条鱼,依稀了呼唤,模糊了交游,淡然了世情。

我一直觉得人生是一次长长的旅行，是由生到逝的有限时间绵延。这个过程虽然有起有伏，有得有失，但一定是一路向前。现在想来，人生也可以是个宽阔的场景，是个圆形的切面，并不需要匆匆赶路，而是停留，坐忘，随化。在似锦繁花中，在茂林修竹中，在湖色山光中，在蝶飞蜂舞中，但只送目，聆听，心悦，引自然万物入怀，化我于天地之间。

坐地而行

人的一生就像坐着火车去旅行，一路穿山越水，经城过野，一切景物都是匆匆而过，向后飞驰。甚至季节都被穿梭而过，朝雨暮雪，花开叶落，只一个字可以形容：快。窗外的自然景象转换快，人的面孔更是分辨不清，来不及定睛细看，已是另外一个场景。人生百年，不过是列车外多换了几次场景而已。

坐在列车里的自己看似纹丝不动，却在岁月深处风驰电掣。伟人曾有诗云："坐地日行八万里，巡天遥看一千河。"在地球上即使整日坐着不动，也跟随着地球的自转飞行了八万里，而且对宇宙做了一番全面巡视，什么天河、天峰尽收眼底。坐在人生列车中何尝不是如此？自己好似未动，可窗外却瞬间发生着人世的沉浮、草木的荣枯、气候的转变、日月的盈亏。其实自己也在发生量升质变，日新月异，只是自己没有察觉而已。少年到中年到老年，发展到高潮到衰落，坐地起变化，静思情已老，也许心还年轻着，容貌却已枯萎了。

我一直觉得未曾进入这动荡的人间，仿佛置身于世外。特别是人到中年以后，外面的景象变化更是快速：沧海变桑田，蚕蛹已成蝶，身边的人一个个升迁或者退休，企业上市或者退市，只有自己渐渐成了一个看客，坐在只有时光可以穿透的列车上，目睹、回忆、沉思、忧伤、感叹。其实我又如何能避过岁月的侵扰，我的青春照样在风化，容颜同样在老化，只是内心还保持着一份宁静，乃至于让我产生一种错觉：一切都在飞逝和老去，只有坐在列车中的自己，还始终如一。

　　我倒不担心自己老去，只要不是惊天动地，最好是不知不觉。我希望的是思想和灵魂在看似很平静的日子里，能够坐地日行八万里。正如坐在人生列车中，外面的风物场景再怎么快速转化，也及不上思绪的驰骋。一言以蔽之，我喜欢的是一种外表安静无变化，而内在早已脱胎换骨的状态。

重阳说诗

重阳节在唐宋时期是个非常隆重的节日，登高、饮酒、赏菊和赋诗，是重阳节的标配。现代人把重阳节当成老人节，重阳变成了夕阳。人们习惯带着老人出去散散心，吃吃饭，这种陪老敬老的行为当然值得大力弘扬和鼓励，但重阳节的传统文化内涵则基本丢失了。登高或还有人去，饮酒人们也没忘，但赏菊的人就少了。缺乏那种雅兴，赋诗就更没什么人做得到了。所以重阳节，人们只是取了其形，而忘了其神，或者说接续不了其文化神韵。

古代的重阳节几乎可以说是个文化节，在这个秋高气爽的日子里，诗人们相约去亭台楼阁，登高望远，或者去乡村野外，赏花观景。只是有一点，一定要带上酒，特别是菊花酒。花下饮酒，高处煎茶，即使是个常人，也会情满于怀，更何况是诗人文豪。所以重阳节从来不乏佳作名句流传。孟浩然有"待到重阳日，还来就菊花"，李白有"菊花何太苦，遭此两重阳"，王维有"遥知兄弟登高处，遍插茱萸少一人"，岑参有"遥怜故园菊，应傍战场开"，李煜有"又是过重阳，台榭登临处，茱萸香坠"，李清照有"佳节又重阳，玉枕纱厨，半夜凉初透"，吴文英有"山远翠眉长。高处凄凉。菊花清瘦杜秋娘"。其中有感叹，有倾诉；有欣喜，有哀伤；有思念，有互勉。如此等等，不一而足。出个重阳节古今诗集，一定会多姿多彩；而这本集子的序，由陶渊明执笔，必光照古今，惊艳世人。

在这鹤排云上、菊发幽香的大好时光，我并未登高远眺，亦未远游赏菊，而是与几个文友如约相聚，小酌怡情，探讨诗文。虽无丝竹管弦之盛，一觞一咏，亦足以畅叙情谊。相与约定，疫情结束之时，且去他城远乡，以自然山水或人文掌故丰富日渐干涸的文思，慰藉日渐空泛的灵魂。于是，我们略显忧郁的情绪一时兴奋起来，一直有些灰暗的心情顿时明亮起来。

重阳，我没有去登高，也没有去赏菊，但我至少喝了些酒，谈了会诗，而且决定去远足，有了感奋就准备撰文赋诗，这是不是跟重阳节的文化本义没有离太远呢！

清明之思

清明时节并非都是雨纷纷，有些地方还风和日丽。这正是江南四月草长莺飞、杨柳垂地时，山野田间，树茂花繁，姹紫嫣红，蜂蝶成群，如果不是怀着对逝去亲人的哀思，这时最适宜芳野踏青，溪头掬水，草茵闲卧，尽享一年中最好的春光美景。但此时，络绎不绝于山野道路中的祭祀者，却无心赏春。他们匆匆忙忙从各地赶回故土，给长眠于那片山水的先人献上祭品，默诉思念。

一年之中，也只有此刻，逝者能够约定俗成地获得生者之念与祭。而在平时，他们是否被怀念、被思忆，则因人而异。现代人脚步匆匆，生活忙碌，几乎没有了回忆的时间和怀念的心情，好在还有个清明节，每年提醒一次人们，为他们逝去的亲人做一次庄重而静穆的哀思。然而即便是一年只此一次，也不见得真能看到路上行人欲断魂。也许他们心中有痛，但却极少有人大悲大恸。相反，因为很多人长年在外，特别是农村乡下，一年唯在春节和清明才会返乡，平时寂然的山野这时突然热闹起来，彼此便在完成祭奠仪式后互相招呼寒暄，谈起生意经，叙起别后情，竟时有欢声笑语。让人不由得感叹，逝者已矣，生者当以生存为要。

由此想到宋诗人高翥的一首诗《清明日对酒》：

南北山头多墓田，清明祭扫各纷然。
纸灰飞作白蝴蝶，泪血染成红杜鹃。

日落狐狸眠冢上，夜归儿女笑灯前。
人生有酒须当醉，一滴何曾到九泉。

诗中描述清明时节，人们纷纷到山野墓地给逝者扫墓祭拜，烧送钱物。也曾伤心流泪，表达哀思。但日暮事了，野狐照旧夜眠于坟墓之上，而子女们则依然欢声笑语于灯前。诗人由是感叹，人生就是如此幻灭，生前一定要自己寻求痛快，有酒须当一醉，死后便一了百了。即使是亲如儿女，也不过是在一年一度的清明来祭拜祭拜，转身他们就自寻欢乐去了。而且，就算是他们在坟前置办再多的祭品，也不会有一滴酒流到九泉之下，所以不要冀望于死后，而应尽享于生前。

我还以为只有现代人在拜金主义的迷惑之下，对于清明的祭拜越来越流于形式主义，对逝者只是祭而不伤，思而不痛，原来宋朝时高翥便有此一叹。可见人性千年不易。如此看来，孔子所言"礼，与其奢也，宁俭；丧，与其易也，宁戚"，并非无的放矢。

心 湖

每个人的内心都汇聚着一汪湖泊,这心湖与外界的气候相通。春光明媚的时候,平静涵虚,旖旎和谐。秋风暴起时,湖水即时涛澜汹涌,穿空击石,卷起千堆雪。人生的修炼过程,实际上就是将澎湃起伏的心湖变得越来越安静,直至毫无涟漪。哪怕外界风雨大作,电闪雷鸣,也只像是隔着铁网咆哮的猛虎,装甲车外飞行的枪弹,毫发也损伤不了本尊。当外界下着绵密的大雪,心湖仍是温暖如春;当外界火热爆裂,心湖仍是清凉淡泊。就说明我们已经成功地在心湖和外界之间建起了一道有效的防火墙,放置了一台先进的融冰机。

年轻时,心湖是极易受到外部变化影响的。外面一热,心湖温度就剧升;外面温度骤降,心湖就开始结冰。外部世界的一切甚至都不曾过滤就完全映射在心湖之中。然而经过岁月的沉淀,心湖渐渐有了自己的生态,其光彩云影不再为外界的狂风所左右,其温暖舒适不再为外界的冰冻所毁灭。正如苏轼所形容:"心似已灰之木。"已灰之木,即使是春天来了,也不会抽芽长叶。苏轼之意并非对人生、对世界失望透顶,灰心丧气,恰恰相反,苏轼正是彻底摆脱了外界的一切影响,内心进入独自运行的轨迹,从此只有沉静、自由、逍遥,再也不会受到无谓的干扰。过去的惴惴不安,过去的惊疑不定,过去的心急如焚,都已烟消云散。从此心如止水,波平如镜,再也没有什么可以摇动吹皱。

早年间,我的内心与外界一直难以割舍,甚至内心就是外界的晴雨表、温度计，外界一有风吹草动，内心立马就开始摇曳动荡，根本就无法自我掌控，所以一直处于一种焦虑困苦之境，常常难以自拔。后来读陶潜，读王维，读苏轼，渐渐地就心如枯木井水，不乱发新芽，不任起波澜。外面的轰轰烈烈，就像是隔了几层厚墙；外面的浮浮沉沉，只是别人的传说故事。没有什么可以刺激我，威吓我，引诱我，我心中的湖泊自有气度，半点不因他故而洪波涌起，不能自抑。

不为所动，依然故我。别人以为惊天动地，自己看来不过区区小事。别人觉得生死攸关，自己觉来不过寻常游戏。没有什么值得大惊小怪，内心的那汪湖泊就会始终保持表里俱澄澈，光影共徘徊。

闲者才是江山风月之主

苏轼说:"惟江上之清风,与山间之明月,耳得之而为声,目遇之而成色,取之无禁,用之不竭。是造物者之无尽藏也。"又说:"江山风月,本无常主,闲者便是主人。"苏轼的胸襟确实宏远寥廓,不心系于具体之物,而寄情于宇宙天地。人们常好置办私物,立志占尽公器,然而即便是一副七尺之躯,又能占有多大空间,使用多少资源呢?故更多的财物只是占据而已,人去之后,必将易主,届时所窃公物又将还之于众。

人们常说,藏在家里的东西未必是自己的,吃在肚子里的才算是真正得到了。这种朴素的实用主义思想虽然粗俗,却也颇有几分道理。很多人霸着田地,霸着房产,腰缠万贯,却整日忙得脚不沾地,身心难安。便纵有数条街、一座城,也不过是纸上富贵,事情突然起个变化,可能一切都将化为乌有。过去的地主老财,想尽办法把村中屯里的好田好地占为己有,打死他们也想不到"土地改革"运动来了个"打土豪、分田地",自己账本上的东西一夜之间变成了别人名下的财产。他们愚蠢的行为被人们笑话了近百年,可走他们老路的却大有人在,只是让他们大厦倾、财富空的不是什么政治运动,而是市场这只"经纶手"。

目光短浅的人只看到财物器具,而胸怀高远的人却看到了江山风月。江山风月不是某个人所能独占的,它对所有人都开放,都示美,关键是你有没有发现的眼光、欣赏的水准,最重要的是要有闲暇的时光。宋朝无门慧开禅师云:"春有百花秋有月,夏有凉风冬有雪。若无闲事挂心头,便是人间好时节。"江山风月,随时都在,举目可视,侧耳可闻,可是大多数人都是视而不见,听而不闻。但凡闲适者,便可登山观月,尽览风情,得其要旨神韵,自是做了它的主人。日日快速晃过,天天匆忙浮游,虽观其形而不记其貌,处其中而不知其味,就像一个富翁只知身价千万,却不知到底拥有何物。不像是财货的主人,倒成了财货的奴隶。

江山风月,闲者才是主人,闲不下来,就与它无缘。江山是壮丽还是秀美,风月是浪漫还是疏朗,驻足观察体验,心中自是明了。忧心忡忡,汲汲于富贵,永远也品不出个中滋味,做它的朋友恐不可得,做它的主人更是痴人说梦了。几时归去,且做个闲人,望一溪云,披一襟风,揽一轮月,那时节,便不知不觉真成了江山风月之主了。

第二章 士的种类

士的种类

孔子将士分为四种：中行、狂者、狷者、乡愿。中行就是言语适中，符合仁义标准的人。这种人修为极高，极为稀少，事实上已接近圣人，恐怕只有孔子自己及其门人颜回、曾子、子思等，以及亚圣孟子这些儒家杰出人物才能被称为中行。狂者是指那些大志大言之人，他们的志向确实高远，能力或许也不弱，但就是口气比较大，甚或目中无人。然而他们并没什么经天纬地的业绩，行为也匹配不了志向。狷者是洁身自好、远离世俗之人，他们自视甚高，孤芳自赏，宁愿老死林泉也不愿同流合污。更多时候，他们只愿做个隐者，自在逍遥于世外。乡愿就是人们常说的老好人，逢人就夸，取悦四方，但从来只是出口而不入心。因为笑脸逢迎，好话连篇，所以几乎所有人都会说他们的好话，把他们当好人。但这种人其实是孔子最反感的人。

孔子周游列国历尽艰辛，却推行不动自己的仁义主张，也见不到期盼的中行之士，未免心灰意冷，不由感叹道："归与！归与！吾党之小子狂简，斐然成章，不知所以裁之。"还是回鲁国老家算了，那帮学生们虽少中行之士，但好歹都是些狂狷之士，尚可堪相处与论。孔子的观点是："不得中行而与之，必也狂狷乎！狂者进取，狷者有所不为也。"找不到志同道合的中行之士，就退而求其次，跟狂狷者为伍吧！至少狂者是奋勇进取的，狷者是洁身自好的。但无论如何，跟那些老好人坚决不打交道。孔子对老好人是深恶痛绝的，他说：

"过我门而不入我室,我不憾焉者,其惟乡原(愿)乎!乡原(愿),德之贼也。"

孔子为什么那么讨厌老好人,孟子曾做过精准的解释:"非之无举也,刺之无刺也;同乎流俗,合乎污世;居之似忠信,行之似廉洁;众皆悦之,自以为是,而不可与入尧舜之道,故曰德之贼也。"面对老好人,你要骂他不知从何说起,罚他又找不到大过错,他们貌似忠诚守信,行似清正廉洁,人人说他好,他自己也自以为是。可这种人却是戕害仁义道德的元凶,助长歪风邪气的首恶。

中行之士在孔孟时代还是有一些的,现在就更少了。狂狷之士在孔孟的学生弟子中比比皆是,现在即使有,也难以立足,要么被迫"整顿衣裳起敛容",要么藏于市,隐于野。倒是乡愿多了起来,人人道好,自觉亦佳,朝野之间,江湖之上,无不如鱼得水,进退自如。其言固然甜美,然考其行,却一无好处。只是人们从来只听其言而不观其行罢了。

管竹管山管水

在我喜欢的诗人中，辛弃疾最是文武双全。陈子昂虽然有侠气，诗却未臻于化境。李白虽然也舞剑，可惜并未在军营待过。高适、岑参的边塞诗气势磅礴，也曾参军戍边，到底还是军中文职。岳飞倒是个战神，却戎马倥偬，无空写诗，只有一首《满江红》可称精品。范仲淹诗文写得好，在镇守西北边域时也颇有威名，但毕竟没有打过什么了不得的大仗。只有辛弃疾，年纪轻轻就在北方金人统治区揭竿而起，纵横驰骋，甚至带着几十骑就敢在数万敌军中取叛徒首级，潇洒来去，无人敢挡。这不仅需要勇气胆略，更需要战斗能力和超群智慧。

南归后，他连续给朝廷上书献计，却并未被采纳。他很遗憾，但也只能长叹："却将万字平戎策，换得东家种树书。"因为是北来的将领，在南宋朝廷没有什么根基，辛弃疾终未得到重用，一直做着不大不小的官。无奈之下，他也只好隐居在江西的铅山，尽享天伦之乐了。从他的词中可以看出，愁来时他是真愁，乐起时他是真乐。除了偶尔"醉里挑灯看剑，梦回吹角连营"，或者"想当年，金戈铁马，气吞万里如虎"时，他会有些惆怅，更多的时候，他都是纵情山水，安享宁静的。近来读他的《西江月·示儿曹以家事付之》，甚觉有趣，颇合我意：

万事云烟忽过，一身蒲柳先衰。而今何事最相宜，宜醉宜游宜睡。

早趁催科了纳,更量出入收支。乃翁依旧管些儿,管竹管山管水。

意思是说,平生所经事,皆如过眼云烟。近来身体弱似入秋蒲柳,早早地衰老了。如今对于我而言,最适宜的事无非饮酒、游览和睡觉。

今后料理家务就靠你们了,交租要趁早,收支要平衡,一切做到心中有数,妥善把控。我老人家也还是要管一点儿事的,那就是管竹管山管水。

这是一首交代孩子们家事的词,却写得妙趣横生,一副天真神态。特别是最后两句,更是出人意表。原来所谓的也要管些事,其实却是什么也不管,只想游山玩水,竹下痛饮。实在有趣得很,比起那些板起脸孔训斥教育后人的不知高明多少,风趣多少。而且,辛弃疾的心态也好到极致,让人艳羡。

我想辛弃疾写这首词的时候,大概跟我差不多大吧!事实上,我也到了宜醉宜游宜睡的年龄,除此也没有太多令我动容动心的东西,我也和辛弃疾一样,什么都不想管,只想管竹管山管水。

乘兴行休

对于王子猷雪夜访戴之事，后人有不同的理解评论。有人认为他乘兴而去，兴尽而归，来去完全由心，不受世俗礼法拘牵，体现了真性情，具有真正的名士风度。有人则认为他闲得无聊，故意做作，显示自己的与众不同，以赢得名士称誉。确实，夜深时分突然想起异地的朋友，非要即刻出发，冒着风雪前往探望，坐了一个晚上的船后，到达朋友居住之所，却过门而不入，面都未曾见上，茶也不喝一口，旋即又乘船而归。这种怪诞行为，实在是令人难以理解，也难怪有人要痛加指责，无情讥讽。人们之所以对王子猷有不同的看法，是因为对其行为的认识不同，肯定他的将其理解为乘兴，否定他的将其理解为任性。

乘兴和任性显然是完全不同的概念。任性是由着自己的性情来，乘兴是由着自己的兴致来。人的性情千差万别，有暴烈有平和，有峻切有迂徐，有爽直有阴鸷，有善良有凶狠。一味地按照自己的性情来，性情好的还好，任性或许有助于事业；性情不好的，任性就会损伤他人，毁灭事业。生活中，我们可以看到许多任性带来惨烈结局的例子。特别是现在有些年轻人，家庭背景好，遇到好时代，生活无忧，教育良好，不管做什么都随着自己的性子来，从来不顾父母感受，漠视他人想法，非得到了黄河才死心，撞了南墙才回头。只有经受了挫折，买到了教训，性情才会慢慢有所改变，或者性情不变，却再也不任其如野马般狂飙突进了。

乘兴而为事实上已经到达了一种极高的境界。无论是事业还是生活，如果真能做到乘兴而为，说明已经突破了世俗的框架，超越了内心的藩篱。放眼人世，有多少人在为稻粱谋，为名利计，干着自己不喜欢的事，说着自己不愿说的话，明明气力花在此处，兴趣却在别处。心在天山，身老沧洲，是很多人毕生的遗憾。像王子猷那般兴致来了就干，兴致没了就罢，恐怕没几个人有此高情，也没几个人有此雅致。在生活中苟且，在社会中逐流，是多数人的一种人生常态。听凭兴致，兴灭而行休，没有超越常人的胸怀气魄、底蕴智慧，永远无法做到，甚至连理解这一做法都成问题。所以王子猷的乘兴在某些人看起来只是任性，风度反而被视为做作。

任性要有物质基础，乘兴则需要精神支撑。有了物质保障，谁都可以任性。但就算有钱有势，也不一定能够做到乘兴，因为乘兴需要突破人事的樊笼、内心的桎梏。

奖掖后进

俗话说，孩子是自己的好。文章也一样，肯定还是自己的好。但凡为文赋诗到达了一定水准，是决计不肯承认别人比自己强的。文人相轻，根源即在于此。别人的诗文可以是好的，但无论如何也不能居于自己之上，这是文人的普遍心态。所以哪怕是奖掖后进，也必是以一种教授者的身份予以提携指点。平等地进行学术或创作交流，对一个成名已久、德高望重的业内行家来说，是不可思议的。放眼当今学界文坛，夸赞同辈中人者有之，推举后起之秀者有之，但坦言他人水平在己之上，或者未来定将超越自己者，几乎是找不见的。他们或许不乏这种眼光，但必定缺少这种气度。

古之文豪不唯学问无遗力，举贤荐能亦无遗力。宋之欧阳修便是这样一个襟怀宽广、气度宏阔的人。在他主持科举的那些年，他大力奖掖拔擢年轻士子，王安石、曾巩、苏洵、苏轼和苏辙等人皆出其门下，因受到他的赞誉推荐而名满天下。苏洵曾拜谒欧阳修，欧阳修认为他的文章可与贾谊、刘向相媲美，并向朝廷推荐。京城争相传诵其文，苏洵一时文名大盛。

曾巩在两次科举落第后曾上书欧阳修，欧阳修看信后写下八字评语："广文曾生，文识可骇。"曾巩由是成为欧阳修的得意门生，得到欧阳修的诸般关照推举，终于在三十八岁的"高龄"与苏轼、苏辙兄弟同榜高中进士。欧阳修曾说过："过吾门者百千人，独于得生为喜。"可见他对曾巩的激赏。对王安石，欧阳修同样是赞赏有加，初见王安石即写下《赠王介甫》一诗：

翰林风月三千首，吏部文章二百年。
老去自怜心尚在，后来谁与子争先。
朱门歌舞争新态，绿绮尘埃拂旧弦。
常恨闻名不相识，相逢樽酒盍留连？

他认为王安石的文章才能，未来难有与其争先者。

对于苏轼的才华，欧阳修赞许尤多。苏轼在科考时曾写策论《刑赏忠厚之至论》，文章引用典故佐证自己的观点："当尧之时，皋陶为士。将杀人，皋陶曰'杀之'三，尧曰'宥之'三。"当时的主考官正是学识渊博、文采斐然的欧阳修，可是欧阳修却从未听过这则典故，于是询问苏轼出自何处。苏轼解释说《后汉书·孔融传》有记载：曹操灭袁绍后，把袁绍儿媳妇甄氏赏赐给儿子曹丕。孔融讽刺说，这就像当年武王伐纣后把妲己赏赐给周公。曹操听后大吃一惊，问出于何典，孔融回答说，自己不过是根据今天的情况，觉得武王当年应该会这么做罢了。欧阳修听罢恍然大悟，知道苏轼根据这一史事杜撰了一个故事，不由对苏轼大加赞赏："此人可谓善读书，善用书，他日文章必独步天下。"

欧阳修对苏轼的赞美既多且盛，在给梅尧臣书札中他说："读轼书，不觉汗出。快哉快哉！老夫当避路，放他出一头地也。"有一次，欧阳修跟儿子欧阳棐论文时谈到苏轼，不由得感叹道："汝记吾言，三十年后，世上人更不道著我也！"意思是说，三十年后，苏轼将起而代己。

欧阳修可谓世之伯乐，彼时英才几乎多是他发现推介、鼎力奖拔的。以文坛领袖、科场主导的身份，竟有如此胸怀气度，着实令人敬佩景仰，恨不生于北宋，出其门下。

此君不可无

晋朝的王子猷绝对是个妙人，风雪之夜拜访朋友却又到门口而不入，自称乘兴而来，兴尽而归，但随心情，不必定要见到朋友，实在是放诞任性。《世说新语》还记载了他另一则有趣的故事。有一次，他借居于朋友的空宅，环视一周后，吩咐从者在院中种上竹子。从者甚是奇怪：不过是暂居几日，为何非要种竹？王子猷手指竹子说："何可一日无此君？"可见王子猷多有雅趣。

自古以来，真正的文人多好竹。竹因高直多节而被文人雅士视为耿介高洁的象征，他们常以竹自喻，明德表性。竹之形象禀赋确实很是适合用来代表人中君子。它既傲霜雪，又高耸入云，气节凛凛，坚韧挺拔；不惧寒暑，万古长青。它与梅、兰、菊合称"四君子"，与松、梅合称"岁寒三友"。所以在文人雅士的笔下，常能见到它的身影，画里、诗中对它的酷爱赞美从未断绝。文同、赵孟𫖯、倪瓒、郑燮这些著名的画家都好画竹且善画竹。

颂扬竹的诗词就更数不胜数。宋徐庭筠《咏竹》云：

> 不论台阁与山林，爱尔岂惟千亩阴。
> 未出土时先有节，便凌云去也无心。
> 葛陂始与龙俱化，嶰谷聊同凤一吟。
> 月朗风清良夜永，可怜王子独知音。

徐庭筠爱的是竹的天生之节、凌云之志，以及孤傲之气。

宋王安石《与舍弟华藏院此君亭咏竹》云：

一径森然四座凉，残阴余韵去何长。
人怜直节生来瘦，自许高材老更刚。
会与蒿藜同雨露，终随松柏到冰霜。
烦君惜取根株在，欲乞伶伦学凤凰。

王安石赞的是竹的高直挺拔、刚强坚韧、傲雪欺霜、无畏严寒。

宋苏轼《于潜僧绿筠轩》云：

宁可食无肉，不可居无竹。
无肉令人瘦，无竹令人俗。
人瘦尚可肥，士俗不可医。
旁人笑此言，似高还似痴。
若对此君仍大嚼，世间那有扬州鹤？

苏轼在诗中并不具体颂扬竹的诸多本性优点，却处处表达了对竹的由衷喜好，甚至到了无竹不可的地步。他坚信，没有竹的陪伴熏陶，人一定会变得庸俗不堪，更别说悟道成仙。他对竹的喜欢程度丝毫不亚于王子猷。

现在的人多居于高楼大厦，即便是富裕到拥有庭院，也就养养花种种草，最多种植些果树。无非是点缀些绿意，增添些生机，绝不会想到要以花草树木之性来培育自己的浩然之气、刚直之节、凌云之志。竹，早被人们遗忘在山野幽谷。像王子猷那般"不可一日无此君"者，像苏轼那般"宁可食无肉，不可居无竹"者已是难觅踪迹了。

败　因

楚汉相争，刘邦笑得天下，项羽惨失家国，历代有识之士皆以此为例，深究其因，各有洞见。司马迁认为项羽主要败在"自矜功伐，奋其私智而不师古，谓霸王之业，欲以力征经营天下"，算是找到了真正原因，然而过于简略笼统，让人总觉不解渴、不过瘾。想来司马迁心中尚有无数个楚败汉胜的理由，但其时乃汉之武帝时代，毕竟是刘邦的后人，司马迁纵想多为项羽辩论几句，恐怕也无能为力，把项羽之传列入本纪之中，已然是十分勇敢无畏了。况且在文中，司马迁把刘邦的无赖嘴脸也是暴露得一览无余。事实上，司马迁是拿生命著史，成就千古绝唱《史记》的。

项羽与刘邦都是秦末起义军中的将领，但两人的出身却天差地别。刘邦只是个农家子弟，无业游民，官最大做过泗水亭长。祖祖辈辈都没有什么可书可记的传奇，自己也没有什么可圈可点的事迹。项羽则不然，他是楚国大将项燕之后，可谓出身名门。且其叔父项梁在对秦作战中屡有胜绩，功劳甚巨，颇得各路起义军的拥戴。项梁如不死，破秦后当天下归心，那时项羽论功论亲都将是新王朝的继承人。

若论个人能力，刘邦不过是个乡间闲人，既不懂兵法，又不会武艺，不过是机缘巧合，当上了一方军队的将领，在与项羽的作战中屡战屡败，几次输得就剩下半条命。而项羽则力能扛鼎，天下无敌，而且智勇双全。巨鹿之战中，他破釜沉舟，胆略过人，无人敢撄其锋，一战即扬名天下。打下一片江山，对项羽来说，简直易如反掌。但经营好天下，就不是项羽的强项了。

作为霸主，项羽太过仁慈宽厚，在破秦后论功行赏，大封王侯，把天下切割成许多块，大方地赏给了各路将领，虽然他自己拿到的地盘更大些，名头更响亮些，但也是合理而客观的。如果他心够狠，本该乘机威压群雄，总揽天下，不服即行剿灭，凭着他当时的威望和武力，恐怕还没人敢跳出来反对。可惜他没有独占天下，而是与众诸侯平分了天下。分东西总是难以让所有人都满意，不患寡而患不均，所有的不满都针对着他而来。结果刚刚熄灭的战火又熊熊燃烧，项羽在平叛剿乱中南征北战，疲惫不堪。因为他太过善战，各路人马结成同盟，对他四面夹击，最后四面楚歌，他自刎于垓下，结束了英雄的一生。

刘邦可不像项羽那么厚道，取得决定性胜利后他不再分封，而是一个个地消灭与他一起合围项羽的众王，一统天下，自己当起了皇帝。当初答应韩信、彭越他们封王给地盘的承诺早就被抛到了九霄云外。估计那些参与围剿项羽的众王在败亡时肠子都该悔青了。相较于刘邦，项羽还真是个言而有信的君子，亡秦后每个有功之人都得以封王，而刘邦，一转身就反攻倒算，要人性命。

不够阴毒，不够狠辣，能力超强而又小视天下英雄，这才是项羽丢掉天下最重要的原因。韩信曾说项羽有妇人之仁，确为的论。当初鸿门宴上，项羽如果听从范增之计，顺势把刘邦拿下，一切后顾之忧都消除了。或者在灭秦之后不当什么霸王而直接就皇帝之位，恐怕也不至于落个自刎的惨烈下场。又或者不去剿灭什么叛乱，任各路王侯自相吞并厮杀，只管守好自己的封地彭城，做个安逸的西楚霸王，也没什么人胆敢侵犯他的领地。真要充当天下霸主，就要礼贤下士，谦逊有礼，团结天下能为、有为之士，共创伟业，而不是仅凭个人的能力征战四海，至少不应该把韩信、彭越、黥布这些一流英豪都推向自己的对立面。

经营天下而怀妇人之仁，才能越众而乏谦逊之心，项羽焉能不败！

战略性选择

秦始皇巡游天下的时候，刘邦和项羽都曾见过他的仪容和阵仗，刘邦羡慕地说"大丈夫当如是也"，项羽不屑地说"彼可取而代也"。两人都有灭秦之心，只是刘邦的终极目标是要像秦始皇一样当皇帝而拥有天下，而项羽的终极目标只是想恢复战国时的局面当霸主而宰割天下。所以刘邦要乘天下大乱而明修栈道，暗度陈仓，以最快的速度吞并三秦，掩有关中，扎实经营，然后东向与项羽争夺天下。反观项羽，当时作为天下霸主，分封天下，本来完全可以自据关中和蜀地，然后徐图关东，统一宇内。这是秦始皇成就帝业的现成路径，稍有野心的人都能想到。可惜项羽没有作如是想，而是意止于恢复旧时疆土国家，自己做个人人惧怕的西楚霸王，图了个人们口服心不服的虚名。

项羽身边不乏有识之士。有人劝他："关中阻山河四塞，地肥饶，可都以霸。"关中地处西北高原，以山河为屏障，四方都有要塞，易守难攻。由中原西进，须仰攻力克，寸步难行。当年燕赵等国联合攻秦，最远也就到达了函谷关。所以关中向来被认为是成就霸业的好地方。可是项羽根本无心待在这个西北边陲，以黄土高坡为主的三秦大地，哪比得上他的故乡彭城？家乡的旖旎风光、美女佳肴无疑更让人惦念。项羽认为："富贵不归故乡，如衣绣夜行，谁知之者！"既已称霸，就得让家乡的父老乡亲好好瞧瞧，这才不枉此生。看到项羽就这点出息，气得那个思虑长远的劝说者破口大骂："人言楚人沐猴而冠耳,果然。"看起来像个英雄豪杰,目光却这么短浅!

项羽虽然没有选择秦地作为封地,却也深知关中地理位置的重要性,他把关中和汉中划分为三大块,让最有实力的刘邦做了个汉中王,而封秦之降将章邯为雍王,自己的亲信司马欣为塞王,分别都于咸阳之西和咸阳之东,紧紧地看住刘邦。雍和塞都有阻挡之义,防范刘邦的心思昭然若揭。然而让项羽意想不到的是,这两人根本不是刘邦的对手,很快就被刘邦吞并。三秦归一,刘邦让萧何全力经营关中,自己则领军东来,与项羽一决高下。虽然屡屡战败,但这时关中独立富饶的优势就完全发挥出来了。后方稳定,粮草和兵马源源不断地输往前线,极大地支撑了刘邦的持久战。而项羽的老巢彭城则多次受到夹击,甚至还被攻破,损伤巨大。在征战各方时,项羽的部队只有大量的消耗,得不到及时和足够的补充,苦不堪言。楚汉相争到了后期,刘邦越打越强,项羽却越打越弱。项羽再勇猛,也架不住关中人力、物力的不竭输送,何况还有韩信和彭越等来自南北两边的夹击。最后在四面楚歌的合围中,项羽身亡国灭。

项羽的灭亡,原因很多。但都城封地的选择绝对是致命的错误。假如选择关中作为基业的是项羽而不是刘邦,情形则完全不同。他只要坐镇关中,恐怕无人敢觊觎函谷关。守住了三秦,等于立于不败之地。时机一到,他便可派一大将自益州顺流而下,直取楚地,再自引一支大军东征,未几便可平定中原,天下唾手可得。即便遇到强有力的对手,战败西奔,也极易东山再起。刘邦屡次被打得溃不成军,都是因为得到关中的兵力支援才重新振作的。项羽只打了垓下一次败仗,就无法卷土重来，就是因为后方太薄弱了。

  关中，成就帝业的好地方，遗憾的是项羽居然视而不见。虽云选择性错误，归根到底，还是因其眼光不犀利、气魄不宏大、志向不长远。

不因人废事

大度并不是指没有好恶臧否，没有脾气性情，只是凡事不愿计较，不会执着。特别是身在公门，行为众益，决计不肯以私废公，因人废事。所谓的宰相肚里能撑船，不是说宰相就没有怨愤，没有亲疏，跟人人都关系好，对事事都很满意，而是说宰相不会因为个人的脾性影响公平的判断，不会因为个人的得失损伤国家的利益。即便是贤明如管仲者，也在与鲍叔牙经商时多占盈利；忠诚如孔明者，也有人时常质疑他的频频北伐。只要性有大度，气有大节，胸有大局，便是个大人物、大英豪。

秦末的萧何和曹参，本都是沛县的小吏，后跟随刘邦一起反秦起义，共同建立了大汉王朝。两人都是起于微末，一开始关系很密切，随着各自的官爵逐渐上升，两人之间产生了隔阂。特别是在论功行赏的时候，刘邦总是以萧何为第一，这让冲锋陷阵、斩将搴旗的曹参十分不爽，对萧何更是心怀不满。汉朝建立后，萧何被任命为第一任宰相。而曹参只做了齐国的相，而且一做就是九年。惠帝二年（前193年），萧何病逝。临死前，惠帝问他，当今之世，谁可接替他的相位。萧何是个十分谨慎的人，并不肯轻易提出建议，而是说知臣莫如主。当惠帝提出曹参是否胜任时，萧何立刻顿首再拜说："陛下找到了最合适的人选，我可以死而无憾了。"可见，在萧何心中，曹参是接替他的不二人选，虽然他和曹参两人互相瞧不顺眼，但在国家大事上，萧何却不愿因个人恩怨废弃公义。换个心胸狭隘的人，这时肯定会极力反对，而他的意见，惠帝也一定会认真考虑的。萧何不仅没有反对，还认为非曹参莫属，只有他接位，自己才可安心撒手而去。萧何是真的肚里能撑船啊！

　　远在齐国的曹参听说萧何去世了，立即吩咐随从收拾行装，随从问他何故，他说朝廷马上就会来使通知他接任宰相了。曹参知道，他和萧何之间只是私人恩怨，凭他对萧何的了解，萧何一定会出于公心推荐自己接任宰相之位。不久，惠帝果然召他入朝为相。曹参代萧何为相后，举事无所变更，一遵萧何约束，是谓萧规曹随。这又充分体现了曹参的大度了。按说，曹参不喜萧何，必然把他的那套治国理政办法全部废弃，甚至他重用的人员也要撤换。可是曹参并没有做任何改变，他认为萧何所定规章都大致合理，所任官吏都基本得力，没有必要做什么大的调整，照着做自然就有成效。曹参虽与萧何有隙，却不涉及公事，说明曹参和萧何一样，公私是完全分明的。

　　现在有些地方官员一走马上任，立即不认旧账，全盘否认过去的做法，推行一套全新的思路，任用一批自己的亲信。有些人甚至以过去之是为非，以过去之非为是，非要来个彻底颠倒不可。这些人还真应该向萧何、曹参学习，做一个有胸怀有气度的人，不因私废公，不因人废事。

借 名

乱世起事，大概都要讲究出身，非得拉上皇姓大族的关系，才能号召海内，威压群雄，取信黎庶。东汉末年的刘备，本皇族后裔，但到他这一代，已经完全没落，沦为织席贩履之徒。当各路英雄会盟讨伐董卓之时，刘备虽然只有关羽、张飞二将和兵马少许，在诸侯中实力最弱，但他祭出了汉室宗亲的法宝，令各路诸侯特别是袁绍、曹操等刮目相看。

从此之后，刘备就开始打着汉室宗亲的旗号转战四方。后来刘备与曹操合力剿灭吕布，刘备本以为曹操会把当初被吕布夺走的徐州还给自己，哪知曹操狡诈之极，不仅不让刘备留在徐州，还把他带回朝廷，软禁在自己眼皮底下。好在汉献帝见刘备英雄，有意要与他拉近关系，拿起族谱开始查阅，竟然发现刘备是自己的同宗叔叔，当即封刘备为皇叔。刘备汉室宗亲的身份终于得到皇家确认，而且成了当今天子之叔。本来八竿子打不着的关系，顿时密切异常。皇叔的身份给了刘备莫大的好处，也给他增添了无限的风险。

刘备和汉献帝确系同宗，却不知隔了多少代。汉献帝是东汉开国皇帝刘秀之后，刘秀则是西汉太祖刘邦的九世孙。汉献帝和刘备的祖上交集在汉景帝，汉献帝是汉景帝儿子长沙王刘发一支，而刘备则是汉景帝之子中山靖王刘胜一脉。两人的确同系汉景帝之后。有意思的是刘备的祖上中山靖王刘胜是个乐酒好色之人，一天到晚游手好闲，到处搜罗美女好酒，尽情放纵享乐。他甚至还取笑他的兄弟赵王，说他热衷于政事，不懂生活，当王爷就应该声色犬马，尽享生活之美好。赵王则斥责他只知淫乐，而不知佐天子，抚百姓，不足为藩臣。刘胜置之不理，依然故我，最后居然留下子孙一百二十多人，确实是不枉一生。刘备不知是他哪个儿子一系。生于这种家庭，儿孙很快沦为普通老百姓实在是再正常不过了，何况是数百年之后？

每每看到《三国演义》中刘备自称中山靖王之后，便不由得想起他祖上的荒唐行径。这么个吃喝玩乐的家伙，刘备还要一本正经地拉来当大纛，大概因为刘胜是汉景帝之子吧，既然要找个名头，当然要上溯到皇子才为正朔。否则寻个无名之辈，就毫无影响力可言了。事实证明，汉室宗亲这张牌，刘备还真是打对了，竟然意外地捡了个皇叔当，这为他以匡扶汉室为名行争夺天下之实，找到了最名正言顺的理由。

曹操的忧思

小时家贫,寻遍家中无张纸片页,更不要说书籍墨宝了。唯一一本书是父亲从亲戚家借来的,这一借就是十几年,伴我度过了童年和少年时期,也让我好不容易有了阅读课外书的宝贵经历。因为读了十几年,书也就几乎烂熟于心了。这本书就是《三国演义》,对书中人物,我就像对村中小伙伴一样熟悉、亲切。尤其是对曹操和刘备二人,更是比对我亲人还要了解。因为从小就受罗贯中尊刘贬曹的影响,对刘备之仁慈忠厚、曹操之奸诈多变印象深刻,心中自然喜刘而厌曹。

后来走上社会,略知人情人性,开始把历史人物还原于历史之中,置之社会背景之下,对曹操也就慢慢地多了一些理解,觉得他没有以前那般令人反感痛恨了。加上后来知道有些小说、戏剧有意编排丑化曹操,于是更能客观公正地审视曹操了。用计使诈、多疑常变是曹操的性格特点,估计没什么人会喜欢这种性格,但在乱世,这种性格倒成就了曹操。所以在大历史背景下,欲成大事,具何性格,据何行事,似乎不必细究,关键是他对历史的走向、对社会的发展到底起到了什么作用。纵观曹操一生,对历史的贡献还是挺大的,至少他统一了北方,让千里无鸡鸣的中原又有了生气。

关于曹操的为人,我在认识上还有个转变的过程;但对曹操的诗文我从一开始就很是喜欢,觉得篇篇都是精品,就算是只有百余字的《求贤令》也写得与众不同,富有个性,令人拍案叫绝。而他所有诗文中,我尤爱那首《短歌行》:

对酒当歌，人生几何！譬如朝露，去日苦多。慨当以慷，忧思难忘。何以解忧？唯有杜康。青青子衿，悠悠我心。但为君故，沉吟至今。呦呦鹿鸣，食野之苹。我有嘉宾，鼓瑟吹笙。明明如月，何时可掇？忧从中来，不可断绝。越陌度阡，枉用相存。契阔谈䜩，心念旧恩。月明星稀，乌鹊南飞。绕树三匝，何枝可依？山不厌高，海不厌深。周公吐哺，天下归心。

这首看起来慷慨豪迈的诗篇，事实上充满了忧思愁绪。如果不是最后两句"周公吐哺，天下归心"卒章显志，整首诗看不出什么英雄之气，全部是在抒情感叹，倒有点像是婉约派的路数。尤其是居然有"忧从中来，不可断绝"之慨，与其驰骋疆场、叱咤风云的人物形象完全不符。可这却是真正的曹操，即便他是众将之核心、万军之灵魂，他也是个有血有肉的人，他有他的忧虑，有他的孤独，有他的深情。很多时候，他的寂寞无处诉说，他的愁绪无法纾解，好在有诗，可言情，可达意，可表志，在世人面前说不出道不得的情思，他在诗中淋漓尽致地倾泻而出，让不了解他的人了解了，让了解他的人懂得了。

一千多年后，一个曾经误解他的人通过他的诗，慢慢开始懂他了，同时开始洞悉诗的妙用。

成也乾隆，败也乾隆

我一直有种感觉，和珅的灭亡，是乾隆皇帝的一大阴谋。如果说早期乾隆皇帝对和珅是由衷欣赏的话，那么后期对和珅则是一种无原则的纵容。自认为文治武功第一的乾隆皇帝，虽年老时好大喜功、昏聩自满，但以他的执政经验和敏锐识见，一定能够看清和珅的为人，也必知他的结党营私、贪污腐化。我不相信那么多朝廷大臣弹劾和珅的奏折，乾隆看了会无动于衷。我更不相信，和珅过着那么奢侈富丽的生活，乾隆会毫无所知。和珅并不是生活在深山老林、世外洞穴，而是生活在天子脚下，天天要与皇帝见面，做下的勾当再隐秘，也不可能逃得过乾隆皇帝的眼睛。无论是通过耳闻还是通过目睹，天下之事乾隆皇帝要知晓也并非难事，何况手下一个重臣的言行和生活。

乾隆皇帝之所以不亲自惩办和珅，我想并不是像人们所想象的，或者影视剧中所演绎的那样，是因为和珅善于迎合讨好乾隆皇帝，乃至于让皇帝离不开他，没有他就活不下去。试想，一个权力至高无上的人，想听几句令人心旷神怡的好话，获得鞍前马后的贴身服务，简直易如反掌。有文化而又善谄媚的人，任何时代都不缺。没有和珅，乾隆皇帝照样会活得很好。但乾隆皇帝是个极其爱惜羽毛的人，丝毫不肯损毁自己的名声，在史册上留下不好的记录。他一直以"十全老人"自诩，十全十美，意味着方方面面都卓越超绝，没有瑕疵。判处和珅必是一桩惊天大案，将会给他辉煌的执政生涯留下难以抹去的污点，他岂能为了惩办一个和珅，影响自己的历史清誉？再说，和珅是他自己一路甄拔重用的,把他抓捕归案,岂不是有损于自己的知人之明?即使有再多的问题乾隆皇帝也得维护他,维护他就是维护自己的英明。为什么我们常看到一种怪现象,有些人从来不乏非议和投诉,却能一路向上攀升,高居要职,就是因为背后有人在维护他,维护他就是维护其后的自己。和珅敢于肆无忌惮地贪腐营私,也是看透了乾隆皇帝的这层心思。

然而,多行不义必自毙。这个道理和珅懂得,但他已经利欲熏心,难以自拔。而乾隆皇帝更是心知肚明并始终头脑清醒。他知道自己一旦归天,满朝文武定容不得和珅肆意妄为。特别是继任者,必会顺乎众意,法办和珅。那时和珅之案与己无关,与己之时代无关,是他咎由自取之果。至于和珅数十年所贪敛之财,反正也不会不翼而飞,只要一抄家,都可归为国有。且和珅善于理财,把资产放在他手里,实在是比放在府库要有价值得多,届时连本带利一起充公,绝对是笔惊人的财富。事实证明,和珅不愧是经济方面的行家里手,事败抄家时,其家庭总资产竟相当于清政府十余年的税收。故时有"和珅跌倒,嘉庆吃饱"之谓。看起来,和珅是因为嘉庆恨而法办,焉知这一切不是乾隆皇帝故意埋下的伏笔?

和珅其人,聪颖过人,精明强悍。少年得志,二十多岁即官至从一品,三十岁之前把朝廷重要的岗位干了个遍,深得乾隆皇帝荣宠,可谓一人之下,万人之上,人间该有的荣华富贵全部享尽了。权力地位的急剧上升,促使他私欲迅速膨胀,开始结党营私,聚敛钱财,打击政敌,走上了一条不归路。古希望历史学家希罗德的名言,后经悲剧作家欧底庇德斯提练为:"上帝欲其死亡,必先令其疯狂。"使和珅疯狂乃至灭亡者,正是他的主子乾隆皇帝。

断了前途的唐寅

对于一个一心要入朝为官、建功立业的人来说，断了他的仕途是件多么残酷的事！特别是正当此人才华出众、声名远扬、功名眼见唾手可得之时，突然剥夺他终身为官的权力，于他何异于晴天霹雳，飞来横祸。从此他的人生将一片灰暗，再无光明之时。这种情境在历史上不少天才文人都曾遭遇，明朝的唐寅就是其中一个典型代表。

唐寅，字伯虎，少有才名，立志高远，远近称扬。成化二十一年（1485年），唐寅考中苏州府试第一名，年仅十五岁。弘治十一年（1498年），考中应天府乡试第一（解元），这年唐寅二十八岁。弘治十二年（1499年），唐寅入京参加会试。若不出意外，进士只是他的囊中之物，或许可以名列三甲。正当他踌躇满志，准备大显身手之时，一场飞来的横祸降临到他的身上。和他一起参加会试的考生徐经舞弊被查，唐寅也受到了牵连，坐罪入狱，被贬为浙藩小吏。唐寅深以为耻，坚辞不受，从此浪迹江湖，沉迷诗酒，一生穷困潦倒，乃至于卖画为生。五十多岁即辞世仙游。

唐寅一直寄望于科举仕途，希望通过自己的才华中举人，考进士，然后顺利踏进庙堂，做一个名垂青史的官员，实现心中的抱负。这在旧时，是读书人再正常不过的愿望。事实上，这也是他们唯一的正道。现代人考不上大学，可以混个文凭照样做官；也可以做生意，搞贸易，成为人人钦羡的富豪，身份地位丝毫不亚于官员。可当时的唐寅却无路可走。

文人，特别是普通家庭的文人，没有取得功名，那就意味着贫穷。况且唐寅是有案底的人，永远都不可能被朝廷起用。所以他只能自放山水之间，混迹渔樵之中。好在他诗文书画皆冠绝一时。绘画方面与沈周、文徵明、仇英并称"吴门四家"，又称"明四家"；诗文方面与祝允明、文徵明、徐祯卿并称"吴中四才子"。山水画尤为时人所激赏，很多人慕名求画，皆被唐寅拒绝。实在穷得揭不开锅，他就画几张画到市场上出售。他有首诗《言志》正是其以画为生的最好明证：

不炼金丹不坐禅，不为商贾不耕田。
闲来写就青山卖，不使人间造孽钱。

即使穷，唐寅也穷得有气节。凭着他出色的书画才艺，他完全可以依附于权贵，获得丰厚的财富回报。可是他秉持一贯的清高狂傲，不屈己，不逢迎，宁可潦倒一生，也不失了文人风骨。可惜他早生了几百年，换作现在，即便绝了仕途，他一样可以功成名就。

天才农民领袖

陈胜这个人，决不能仅以一个普通的农民军领袖等闲视之。若以成败论英雄，仅刘邦是唯一的英雄，其他如陈胜、吴广、项羽、韩信等皆非英雄。凭着陈胜的胆略和志向，若非首个秦国的发难者，而是处于秦末农民起义的鼎盛时期，像刘邦项羽们一样，或许他也可以参与宰割天下，甚至最后拥有天下。正是因为他是第一个揭竿而起者，所以最为难能可贵。其他所有反抗都是借其声势，承其余绪。张楚政权虽然只存在短短六个月，但陈胜点起的星星之火，却已成燎原之势，最后把一个强大的秦帝国烧得灰飞烟灭。

陈胜首先是个怀抱远大志向的人。虽然他年轻时是个替人做工的农民，但那时他就跟身边的小伙伴开玩笑说"苟富贵，无相忘"，遭到嘲笑后，他又感叹"燕雀安知鸿鹄之志哉"，心中没有怀揣富贵前程梦想的人，不可能说得出这种豪气的话来。可见陈胜是不甘于做一个普通人的，只要一有机会，他便会乘势而上，甚至不怕铤而走险。对他来说，在大泽乡起义也许是个偶然，但去起义恐怕是种必然，否则，他一个农民，如何取功名富贵？

陈胜还是个能够化危为机的人。秦征劳力戍守渔阳，陈胜与九百人一起在风雨中北行，赶不上时间，按律当斩。陈胜立即抓住众人畏死又不甘枉死的心理，先是提出："今亡亦死，举大计亦死，等死，死国可乎？"反正要死，还不如奋起一搏，或者还有生路。即使死了，也是死于大业，总比窝窝囊囊地被砍头好。这话极具鼓动性，让本来怯弱惶惑的戍卒们有了勇气。接着陈胜条分缕析当前的形势，让大家树立起必胜的信心。从逻辑和路径上陈胜都给大家做了详细的阐释，谁还会脱众而去白白为暴秦献上自己的脑袋呢？

陈胜还是个善于凝聚人心的人。他和吴广是那帮戍卒们的领导，平时对那些人多有关照，本来就很得人心。他们还设计用当时人们迷信的方式，让"大楚兴，陈胜王"的理念深入人心，所以他俩振臂一呼，顿时应者云集。

陈胜更是个具有战略思维的人。他率众起义绝不仅仅只是为了暂时的富贵、狭小的地盘，而是目标明确地要推翻秦王朝。所以他响亮地提出"王侯将相宁有种乎"的口号，这口号振聋发聩，绝非后世那些农民起义军的口号可比。毕竟自夏商周、春秋战国直至秦帝国一统江山，从来天下都是贵族们代代相传的，即使改换门庭，也是此家族取代彼家族，绝不可能轮到普通百姓占有。而陈胜偏不信那个邪，他认为王侯将相谁都做得，实际上就是在宣示：人人在政治法理上都是平等的，都有掌管这个国家的先天权力。这种思考极为深刻，角度极为巧妙，而道理又无可辩驳。

陈胜虽是农民出身，却是个天才政治家、战略家、谋略家，甚至是个很不错的军事家，只是因为看到起义后秦帝国如摧枯拉朽不堪一击，滋生了轻慢之心，才导致最终的身死国灭。但这并不能抹杀他的天生才华和盖世功绩。

平民政权

刘邦建立西汉,实际上开启了数千年贵族政权以来的首个平民执政国家。从夏商周到春秋战国,再到秦国的大一统,都是贵族统治国家,平民在执政者的眼中心里从来都不值一提,所以秦国会那么不在乎各国人民,从骨子里贵族们从未觉得老百姓值得爱惜,值得托付。正是因为内心的轻贱,才会毫不在乎地消耗民力,最后导致了农民起义,而秦帝国也分崩离析。

刘邦的西汉王朝,居于庙堂之上的基本都是一群当初地位十分低下的人。刘邦自己是个泗水亭长,萧何为刀笔吏,曹参是狱吏,周勃办丧,樊哙屠狗,灌婴贩布,陈平、陆贾、王陵等皆是白徒,相当于无业游民。这些人如果不是通过起义反叛,永远也别想跻身上层社会。如今竟取暴秦而代之,做了万里江山的主人,真正佐证了陈胜的豪言"王侯将相宁有种乎"。历史在这里出现了巨大的转折,还时常提示着后世的人们:没有什么是必然的,江山并无固主,唯有德者可居之。

汉初多循旧制,因为一群平民夺得天下,实在缺乏治理国家的经验。所以刘邦灭秦后,其他将领都去争夺金银珠玉,萧何却要抢救典籍制度。后来治国理政,萧何靠的就是这些既有的法规典章,稍加修改甚至原文照搬,用起来一样顺手。虽然法制沿袭,但汉朝时统治者采取了与民休息的办法,让动荡已久的社会得到了安定。暴秦草菅人命,戍边疆,修长城,建宫殿,劳役重赋让人们苦不堪言。刘邦萧何们自己出身于平民,知道百姓疾苦,所以轻徭薄赋,让老百姓过上一段平静的生活，国力、民力慢慢得到恢复。虽然这帮人治国理政尚属首次，但他们与老百姓之间有着天然的联系，只要不去折腾摧残老百姓，即使垂拱而治，都胜过暴秦。

假如天下为项羽、田横这些贵族后裔所得，情况或许大不相同。秦破后，项羽大封天下，恢复各国，把天下分割得七零八碎。他只满足于自己当个西楚霸王，总览全局，却从未想过要一统天下，改变治理模式。即使他们在诸王之争中最后胜出，他们的贵族身份也会阻碍他们与平民的有效沟通，届时不过是出现类似暴秦一样的暴楚而已，天下还是以前的天下，不会发生实质性的变化。

刘邦和一群平民建立了西汉，这是历史的空前进步，不可以简单的朝代更迭等闲视之。

历史的误导

年轻时的朱敦儒,任谁都要爱他三分,除非你本身是个没有血气脾性的人。我知道并熟悉他是通过他的经典词作《鹧鸪天·西都作》:

我是清都山水郎,天教分付与疏狂。曾批给雨支风券,累上留云借月章。
诗万首,酒千觞。几曾着眼看侯王?玉楼金阙慵归去,且插梅花醉洛阳。

够气壮山河,够张狂疏放。风雨可以任意支取,云月可以随时拆借。一喝酒就上千杯,一写诗就上万首,正眼也不瞧那富贵王侯,只做个头插梅花的醉汉。

这首词基本表达了朱敦儒早期的人生态度:不入官场,不求富贵,自由自在,浪迹江湖。《宋史》载:"敦儒志行高洁,虽为布衣,而有朝野之望。"宋钦宗召他到京师,拟授官职。他说自己"麋鹿之性,自乐闲旷,爵禄非所愿也"。固辞还山。他也因此躲过了北宋灭亡时的兵祸,避居江南。后高宗即位临安,旨召朱敦儒入朝为官,他还是不想出山,经朋友力劝,方幡然而起,被高宗赐进士出身,为秘书省正字,不久兼兵部郎官,迁两浙东路提点刑狱。因力主与金开战而被人弹劾,不久被免职。秦桧主政后为笼络人心,起用了许多文人,朱敦儒赫然在列。秦桧死后,朱敦儒亦废。

朱敦儒年轻时，个性十足，才华横溢，傲视人间万户侯。其时北宋朝纲败坏，大厦倾颓，朱敦儒不应召为官的选择完全正确。后来高宗开启南宋，广招天下英杰，朱敦儒自山野入于庙堂，为国效力，亦无可厚非。毕竟国难当头，再个性、再疏狂也要有所收敛。只是他本是个主战派，与岳飞等人应该是同一阵营。岳飞被秦桧以莫须有的罪名陷害致死。按说朱敦儒应该同情岳飞而痛恨秦桧的，可让人大跌眼镜的是，朱敦儒居然跟秦桧父子走得很近，并欣然接受秦桧帮他谋取的官职。

如果说早期的朱敦儒是个桀骜不驯、果断坚毅之人，那晚年的朱敦儒则是个是非不分、迷恋官场之人，这显然不符合朱敦儒的个性发展逻辑。这也许是历史的误导。

充满争议的王莽

白居易有首诗《放言五首·其三》云：

赠君一法决狐疑，不用钻龟与祝蓍。
试玉要烧三日满，辨材须待七年期。
周公恐惧流言日，王莽谦恭未篡时。
向使当初身便死，一生真伪复谁知？

其中提到了周公和王莽：周公辅政之时，有谣言说他要篡位，后来他以实际行动证明了清白；而王莽一直表现得谦恭、高尚，人们以为他是一心为国，最后却夺取了西汉政权。白居易举了这两个例子，是要说明"辨材须待七年期"，也就是"风物长宜放眼量"的意思，不能以一时一地的表现来判断一个人的真伪好坏。

对于王莽这个人，历代史家士子大多将其归为乱臣贼子之列。我一直以为这对王莽很不公平。和他一样夺国的隋文帝杨坚，似乎没什么人有太多的非议，因为他成功了。而王莽夺得天下后旋即国灭身死了。像晋朝的司马炎、唐朝的李渊、宋朝的赵匡胤，要么硬取，要么巧夺，哪个不是从别人手中夺得的江山？为何到了王莽这里，平稳过渡反而成乱臣贼子了？这实在是让人费解，潜在的观念还是"成者为王，败者为寇"。王莽若是稳住了政权，发展了社会，一样会为后世所赞叹，那时他便是个英雄般的人物了。

说王莽当国能力不足无可厚非，说他虚伪失德就有些不讲道理了。一个人可以三年两载地伪装成高士大德，像王莽这样十几岁就开始以谦虚谨慎、修道崇德名闻天下，而且一直坚持了几十年，就不能以虚伪定论了。如果能一辈子始终如一，那就不是伪装，而是真实的了。白居易不是认为辨材须以七年为期吗？王莽的谦恭明德可是秉持了几十年，即便是那些高尚之士又有多少人能做到？

王莽的问题还是在于治国失当。其实他就是个热血书生，看到豪强土地兼并，黎庶水深火热，他迅速地推动土地国有和货币改革，这是一种类似于国家社会主义的战略，目的既是纯粹的，制度本身也是科学的，只是太过超前，既无强大的执行团队，又过于强硬急迫，结果乱了阵脚。老百姓没得到实际好处，豪强们又丧失既得利益，结果天怒人怨，谁都跳起来反对。本来，西汉末年已经经济凋敝，矛盾重重，即使不是王莽篡权，天下一样会大乱，只是王莽恰巧成为各方起义的剑指对象罢了。没有王莽，难道赤眉、绿林就不会出现了吗？

从后来东汉的治国理念看，还是迎合了豪强们的意愿而损失了老百姓的利益。也就是说，天下一统后，并未给人们带来什么实际好处，也许还不如王莽新政走上正轨后的社会情形好。王莽的失败不仅仅是他个人书生式理想主义的失败。更是中国历史演进中民本主义的一次大失败。王莽不应该被视为所谓的乱臣贼子，而应该被视为改革先锋派的积极探索者。

一代英主

在历代开国帝王中,恐怕汉光武帝刘秀是最为仁慈之君,来降者固然予以优待,对抗者并不坐连子孙。忠臣良将各得其用,绝不至于"飞鸟尽,良弓藏;狡兔死,走狗烹"。当然这只是刘秀个人待人为政之美德,并未形成某种制度流传下去。在仁慈厚道方面仅次于光武的是宋太祖赵匡胤,虽然他对功臣,特别是武将怀有猜忌之心,在基本平灭各国之后,来了个杯酒释兵权,将那些手握兵权的将领统统就地免职,但并未对他们刀剑相加,而是给了他们优厚的物质待遇,依然保持了他们高贵的身份地位。

五代以来,政权更迭如走马灯,那些立下赫赫战功的将领不是因猜忌而被杀,就是主动或被动地取故主而代之。赵匡胤本人即用了招黄袍加身,从幼小的周主手中夺得了天下。他本是后周之主柴荣手下的殿前都检点,也是柴荣手下的一员干将。可惜柴荣去世得早,留下七岁的幼子继位,难以服众,觊觎其江山的应不在少数。赵匡胤当机立断,与手下策划了一出黄袍加身的好戏,轻松据有后周山河,并改国名为宋;随后相继扫灭南方诸国,建立了一个统一的大宋帝国。

虽然赵匡胤得国并不光彩,但平心而论,当时情形下,即使赵匡胤不取代后周,别人也会打主意。就算无人巧取豪夺,但柴荣死后,人心便散了,国家迟早要被强敌吞并。那时的后周周围可是诸国环伺的局面,更别说北方还有强大的契丹。赵匡胤建立大宋后,为后世子孙定下了三条戒律。戒律刻于石碑之上，立于大殿之中，每个继位的新帝，都要朝拜铭记。这三条戒律是：保全后周皇帝柴氏子孙、不杀士大夫、不加农田之赋。其要旨在于："以忠厚养前代之子孙，以宽大养士人之正气，以节制养百姓之生理。"

也许是出于愧疚之心，赵匡胤要求后继者要保护好柴氏子孙，不要留下篡夺而谋杀之恶名。虽是安慰自己，外取美名，但也说明赵匡胤本性还算忠厚，历史上夺位后灭绝前任族系者比比皆是。而不杀士大夫一条，让后世文人皆恨不生于宋朝，因为宋之政策抑武扬文，文人在有宋一代绝对是扬眉吐气、全面伸展的。其实作为农民，生活在宋朝和文人一样也是幸运的，因为不加农田之赋这一戒律，就是要与民休息，让农民生活安定富足。这一情势直到熙宁变法才被打破，那时距赵匡胤立规已经一百余年。

虽然赵匡胤在文韬武略方面并不突显，似乎也少了开国之君的那种霸气，但他立下的三条戒律，却无比英明正确，一方面体现了他的善良仁厚，一方面也体现了他的远见卓识。他优待文人，培育文气，催生了国家长足发展的潜力；同时他重视民生，善养民力，抓住了国家长治久安的根本。以此而论，他虽开国不算力强，治国却是谋远，完全称得上是一代英主。

得　时

高人自然要比常人更加寂寞。诸葛亮隐居隆中之时，自比管仲、乐毅，时人皆不以为然，只有他的好朋友博陵崔州平和颍川徐元直深信不疑，因为他们对诸葛亮的才华、见识都十分钦佩。除此之外，就是诸葛亮自己深信不疑，因为他对自己更加了解。事实上，人们或许会对亲人朋友熟悉了解，对自己却很陌生，只有那些十分冷静明智的人，才会对自己进行观照分析，像对他人一样慢慢深入接触自己，乃至了如指掌。诸葛亮就是这样一个理智冷静的人，可以对自己的性格、才能进行条分缕析又能完全自我把控的人。所以当他身边的朋友都星散而去，任职于郡县，有所成就之时，他依然如如不动，继续在隆中的草堂高卧，懒散地晒着太阳，自足地吟着"草堂春睡足，窗外日迟迟"的闲诗。他的心里并未被世情扰乱，也未被朋友们的得志影响，他要等的是真正的机遇。如果没有，他宁愿终老林泉。与其屈服流俗，何如与山水为伴？

当刘备二顾茅庐，并留下书信之时，诸葛亮并未主动前往新野去回拜刘备，因为诸葛亮还不知道刘备到底是不是胸怀天下的英雄人物，贸然出击，只会让自己更加被动。即便刘备第三次光顾隆中，一开始诸葛亮仍未急于表达什么。一个普通将军的三次盛情光临，在诸葛亮看来，并不是什么荣宠。他是一条卧龙，往来皆是贤达志士，其时的刘备只是依附刘表的落魄者。当刘备急切地希望诸葛亮出山时，诸葛亮没有立即回应，而是问了一句："愿闻将军之志。"他是要看看刘备到底有着怎样的胸怀，是要谋一域还是要谋全局。如果只是志在荆州、益州，那诸葛亮一定会礼貌地让他请回。直到刘备说出他要匡扶汉室、志安天下时，诸葛亮才在心中暗自期许，决定从此出世施展抱负。

　　志向远大的人，一定是对自己完全了解的人，是自我把控能力强大的人，更是一个与寂寞为伍的人。诸葛亮在隆中时，对天下大势了然于心。曹操、孙权、袁绍、袁术、刘表、刘璋之流，诸葛亮早就在心中做过权衡，之所以不去投奔，不是因为这些人没有获取天下的能力和实力，而是不太适合自己施展抱负。既然宾主气场难契合，区区名分和些小富贵在诸葛亮看来恰如草芥一般，又岂能令他动心？

　　好在出了个刘备，能真心地尊重信任诸葛亮，才让他没有淹没于草莽。我想若是没有刘备，诸葛亮也就不可能建功立业、名垂青史，但若没有刘备，诸葛亮虽或默默无闻，但一定寂寞自逍遥。

无知者无畏

在所有宋明理学家之中，王艮虽难与张载、周敦颐、程颢、程颐、朱熹、陆九渊这些人相提并论，更不及他的师尊王阳明，但他算是王阳明最为优秀的弟子了。他对格物致知有着自己独特的理解和观点，提出百姓日用即道，强调"知之为知之，不知为不知，是天德良知也"，因而受到很多普通人的欢迎，由此开启了泰州学派，也算是确立了一派宗师身份。

王艮成为一个学者，实在是个奇迹。他出身低微，世代都是灶丁，以烧盐为生。王艮小时候读了几年书，很快就辍学到盐场烧灶淋盐去了。只是他比较聪明，比较会经营，因此"家道日裕"，成为一个富商。十九岁那年，他随父经商到山东，入孔庙拜谒，受到很大触动，认为"夫子亦人也，我亦人也，圣人者可学而全也"，颇有点项羽看到秦始皇时认为彼可取而代之的胆魄。一个差不多算得上是文盲的年轻人，竟然立志要当个学问家甚至是圣人，以当时情景而论，可谓无知者无畏。可成大事业者有时还真不能前怕狼来后怕虎，裹足不前犹豫不决。想到了就去干，边干边畅通。

王艮就是这样，想好了绝不迟疑，马上开始日诵经典，刻苦学习，而且逢人就谦虚请教，融众之所长，得出自己的心得，并不拘泥于经典及注疏。十几年后，他学有所成，于是前往江西谒见巡抚于彼的大师王阳明。求见当日，王艮穿着一身"奇装异服"，他认为既要学尧舜言行，就得穿尧舜时服饰。但这样招摇过市，当然很快成为大家关注的焦点。作为地方最高行政长官，王阳明对这么个狂妄草民并未鄙视，而是出门迎候。结果王艮毫不客气地坐在上席，并与王阳明展开激烈辩论；当时即被折服，于是转坐于侧席，辩论完毕后，立拜王阳明为师。第二天再来拜见，表示反悔，仍居上席，两人又展开新一轮辩难；结果彻底服了，再拜称弟子。

那时且不论王阳明已官至江西巡抚，学术名声也早就传扬四海，对于王艮，王阳明却只以理服之，不以威压之，可见王阳明是真正做到了学问深时意气平。而王艮就像个愣头青，不管三七二十一，只论学问，不及其余，虽然有些莽撞，倒也有几分可爱。没有这种勇气和魄力，当初他也不敢立志要做个圣人。王艮的学问、声名后来都颇为可观，在思想史上留下了浓墨重彩的一笔。我敬佩他取得的学术成就，但更敬重他的胆量和精神。我也曾到过曲阜和邹城，拜谒过孔庙孟庙，对孔夫子和孟夫子只有仰望的份儿，绝不敢生起"彼可为圣，我亦可为圣"的雄心。说实话，当时我的文化基础远比王艮入孔庙时要扎实，但在精神上、气势上与他相去太远，有他一半的格局和理想，没准也可建立一个地方学派，最少，自己好歹会成为一个差强人意的学问家。

活着，有时还真要不知天高地厚才行，但只坚持去做就好，转机或在十几年后平常的某一天。

节节向上

唐朝的诗人高适以边塞诗著名,后人多以为他是个地道的文人,事实上,他是以军事才能卓著而闻达于世的。因为祖上是部队将领,高适的身上天生有着军事基因,让他始终向往着战场,无惧于战争。而安史之乱对他而言,来得正是时候。那年他已经51岁,如果叛乱再晚上几年,他的一生就要白白蹉跎掉了。或许他的诗名仍将传之后世,但诗中一定也像李白、杜甫、孟浩然、李商隐一样,多了一些惆怅忧愁,因为怀才不遇。高适的诗中表现出的多是雄健昂扬\奋发有为的气概和风貌,基本没有郁结怨愤的情绪。这便是典型的盛唐气象。

安史之乱发生时,高适已经在军营中锻炼了好几年,天赋加上爱思考,让他迅速成长为一名颇有见地的军事专家。潼关失守,他亲历其败对骋疆场、亡命天涯,他有着深刻的体会。所以他能将失败的原因给仓皇西逃的唐玄宗分析出来,并赢得高度的信任和肯定。之后平永王之乱,解睢阳之围,合东西两川节度,高适都有大功于身。所以他的职位一路飙升,竟然在十年间屡获升迁,而且常常手握兵权,镇守一方。最后还得以封侯,以其文人之心、武将之身,高适成为唐朝跨界转型的典范。

高适不是没中过进士,也曾做过地方县尉,但很是不习惯。他称自己"我本渔樵孟诸野,一生自是悠悠者",像个渔夫、樵夫闲散惯了,做了小吏后处处受到约束,很是不适应。而且"拜迎长官心欲碎,鞭挞黎庶令人悲",欺负平民百姓,实在于心不忍。于是辞官北上,去了边关,在哥舒翰幕府中效力。三年后安史之乱爆发,高适终于等到并牢牢把握住了这次机遇,一举立下大功,成就了辉煌的一生。

想当初,在送别朋友董庭兰的时候,他穷得连酒钱都没有,坦言"丈夫贫贱应未足,今日相逢无酒钱"。但他依然充满信心,耐心等待时机。等待中的他并不消极,而是四海游历,结交知交,与当时的著名诗人,基本都有交集唱和,甚至携手同游,并写下了许多优秀诗篇。一直以来,他怀揣梦想,未曾有丝毫松懈,终于完成了雷霆一击,在生命的最后十年一飞冲天。

机会总是留给有准备的人,上天不会逢人便眷顾。高适准备了一生,终于赢得了上天的青睐,在最后的岁月里节节向上,到达人生巅峰。

为或不为

西汉辞赋大家扬雄少而好学，博览群书，曾向汉成帝进献《羽猎赋》《长杨赋》《甘泉赋》《河东赋》四大名赋，篇篇都是铺张扬厉、气势磅礴，为他赢得了不小的文名。有意思的是，扬雄文章虽畅行无碍，却天生口吃；文笔虽奢靡侈丽，为人却简易佚荡。早年间，他醉心于辞赋的华章异彩，晚年渐渐摒弃，认为赋乃"童子雕虫篆刻"，"壮夫不为"。确实，考其四大名赋，除了句式铺排、辞章华丽以外，实在没有什么深刻的思想，更谈不上真情实感。倒是他偶作的一篇抒情言志之作《解嘲》，写得真实随性，道出了他的人生态度。此文实系模仿东方朔《答客难》的体例，以主客两人一问一答的方式，对比了古今之士的不同遭遇，揭示了功业荣枯、人生穷通皆取决于遇不遇时。这篇赋一扫扬雄惯有的艰深晦涩，语言明白晓畅，寓意深刻玄远。虽是问答形式，却气势畅达、浑然一体。个人认为，这该是他最好的文章，价值远甚于其四大名赋。

文章最富有见地的当是："夫萧规曹随，留侯画策，陈平出奇，功若泰山，响若坻隤，虽其人之赡知哉？亦会其时之可为也！故为可为于可为之时，则从；为不可为于不可为之时，则凶。"扬雄认为，萧何、曹参、张良、陈平这些人能立下不世功勋，一方面当然是因为他们有过人的智慧；另一方面，也是因为他们遇到了好时候。所以不是有本事、有能力就能建功立业的，时代机遇不可或缺。在大有可为的时候奋力作为，是很容易有所成就的；而在难有作为的时候勉强作为，不仅无功,或许还将惹祸。扬雄是个很通透、很有智慧的人,他深刻认识到:"位极者宗危,自守者身全。是故知玄知默,守道之极;爰清爰静,游神之廷;惟寂惟寞,守德之宅。"他明白自己所处的时代并不是个干事创业的好时代,于是选择了静默守全,虽不能竟功,却可保无虞。

无论生活在盛世还是乱世,最难的事都在于审时度势。盛世看不清形势,最多是发展不好;乱世走错了方向,可能就伤及性命。智者"为可为于可为之时",愚者"为不可为于不可为之时",通观历史,像扬雄这样的智者无疑只是少数,而那些如《解嘲》中嘲讽扬雄的愚者实在不在少数。

空 灵

我一直以为，写山中之静谧清幽，无人能出王维之右。他似乎天生热爱山水，也具有看透听懂山水情调韵律的非凡能力，关键是他表达得太准确、太精妙了。天赋、勤奋、兴致、心境，所有的条件王维全部具足，开山水田园一派非他莫属。孟浩然虽与他齐名，很多诸如《过故人庄》等诗也是冠绝一时，但毕竟少了些人生的深刻体悟。朴虽是朴，真亦极真，但因为孟浩然经历没有王维丰富，纯粹天然有之，返璞归真则无。所以读王维的山水诗会更加多一份禅意和顿悟。而这些含义和意味都是在他描摹的如画山水中自然透露出来的，绝无着力为之之嫌。

他所有的山水诗都品质极佳，鲜有普通者。而相较之下，他写静态山水更加传神入微，令人神往。我一直酷好他的《鸟鸣涧》，虽然短小，却无与伦比：

人闲桂花落，夜静春山空。
月出惊山鸟，时鸣春涧中。

写人写鸟，有月有花，夜静山空，万籁俱寂。这里没有尘嚣，没有噪声，人闲适自得，花悠然自落，一切都处于静态之中、安然之中。这时月破云雾，朗照山林，一刹那间，幽暗的山谷突然明亮起来，鸟本来早就歇息了，光线的变化把它们惊醒了，开始在深涧中鸣叫起来。一时寂静的山林有了声响，但空谷回音,让山涧更显幽静空灵。短短四句,却将山中之景、山中之声、山中之光、山中之静、山中之空、山中之鸟、山中之人全部写尽,如诗如画,如雾如梦,让人惊羡,让人神游。不得山水之旨,无世外之趣者,永远也看不到这样美妙的景致,听不出这样空灵的谷音,品不出这样丰赡的意蕴。须得王维这种有灵性、有妙意、有禅心的人才能与山水相通,与天地相融,懂得自然之韵、万物之性,并写出如此感性、如此曼妙的诗篇。

王维之诗乍看天真浑然,实则功夫至深,悟性底蕴若不够,读起来味道且不能全出,更毋庸说仿效着写。历朝历代学他写山水田园诗的人数不胜数,但能跟他比肩的人实在是找不到。我也曾尝试着用其意,摹其声,写些山水文章,但总是力有未逮。方知最简洁处,最需用真力。而没有他那种出尘心、了悟意,就是文字功夫再强大,也造不出他诗中的灵境,抒不出他诗中的闲情,道不出他诗中的深意。

腹有诗书气自华

苏轼一生阅历丰富,感悟深刻,对于天、地、人生往往有着独特的认识,所以他的诗词中妙语金句很多,时至今日,依然为人们所深深喜爱并广泛使用。但很多人只知其然,不知其所以然,往往断章取义,不及其余,用得既非其境,又非其意。记得一次有幸参与一场文人高士的雅集,听到一位圈内有些名头的老兄高谈阔论,放胆畅言,颇有些藐视天下英雄的气概。话中还不忘拽上一句苏轼的名言"腹有诗书气自华",以自高夸世,听后不禁莞尔。"腹有诗书气自华"这句本来妙不可言的诗句,在众多附庸风雅者的贩卖之下,变成了畅销流行语,苏轼泉下有知,不知是该喜,还是该恼。

现代人提及"腹有诗书气自华",其中隐含着的意思大概有那么几种:我虽然长得不咋样,但我"腹有诗书气自华";我虽然没什么钱,但我"腹有诗书气自华";我虽然身份不怎么显赫,但我"腹有诗书气自华";我虽然是个无名之辈,但我"腹有诗书气自华"。腹有诗书当然气自华,可也不是任凭什么人都当得起这句话的。随意往自己身上套用,难保不贻笑大方。

苏轼当年写下这句名言,是用以赞美一个真正满腹经纶的朋友董传的。全诗如下:

粗缯大布裹生涯,腹有诗书气自华。
厌伴老儒烹瓠叶,强随举子踏槐花。

囊空不办寻春马,眼乱行看择婿车。
得意犹堪夸世俗,诏黄新湿字如鸦。

董传是一个一贫如洗的读书人,性情迂阔,不懂人情世故,但酷好读书,学识渊博,为苏轼所激赏。苏轼在《上韩魏公书》中盛赞他:"酷嗜读书。其文字萧然有出尘之姿,至《诗》与《楚辞》,则求之于世可与传比者,不过数人。"对他的评价可谓超越众人。正是因为董传腹有诗书,苏轼才力劝董传去参加科举考试,并设想他高中后得意夸世的情景。后来董传果然进士及第。可惜他的命运实在太过悲惨,还没来得及获授一官半职,他的父亲就去世了,他只好居家丁忧,处理丧事。丧期将尽之际,丞相韩琦向朝廷推荐了董传。闻听他要出而为官,有人愿意成就他的婚姻美事。眼看着好日子就要来临,可董传因为生活清苦,兼之读书勤奋,身体出了问题,未几居然抱憾而逝。苏轼听说后,殊为惋惜,并四处奔走为董传筹集丧葬之费,可谓古道热肠。董传得知已如此,可堪瞑目。

董传虽一生困顿,但酷爱读书,文章妙绝。他是真正当得起今之酸腐文人自谓的"我虽然没什么钱,但我腹有诗书气自华"。苏轼夸赞董传"腹有诗书气自华",可不是让董传以此自我标榜,以处穷守贫为荣,而是鼓励他参加科举考试,发挥所长经世致用,成为一个既腹有诗书,又功业圆满、生活富足的人。也就是说,不要把"腹有诗书气自华"作为丑陋、贫穷、卑微的挡箭牌,而要把它作为美好、富足、伸展的敲门砖。

第三章 洞悉人心

洞悉人心

刘勰在《文心雕龙》中说过："操千曲而后晓声，观千剑而后识器。"其实跟欧阳修在《卖油翁》中强调的"我亦无他，惟手熟尔"是一个意思：熟能生巧。曲奏千遍，当然知道其中的奥秘，无须他人赘言，自己早已了然于心。仔细研究过成千上万把宝剑，成为一个剑器家再正常不过。卖油翁每天都要多次重复酌油动作，从铜钱的孔中沥油而不溢出分毫并不稀奇。至于陈康肃勤习射箭而十中八九，更在情理之中。凡事皆是如此，历经得多了，就熟悉了，掌握了个中技巧，一切都变得明白晓畅。之所以仍未悟得其中三昧，无他，所操、所观、所酌、所射不足而已。

我倒没有操千曲的兴趣，因为不想成为一位音乐家。亦不曾热情地观赏宝剑，做位剑器家于今似乎意义也不大。从我至今尚未成家成名的结果便可知晓，我并未在什么领域主观上下过狠功夫。虽然我知道只要毕生勤于一事，必能成为此事之行家里手。可集中时间、精力于一域，说起来简单，做起来却极难。为什么大多数人终生一事无成，就是因为兴趣、热爱游于众域之间。不过，我虽未奋力操千曲、观千剑誓要做个专家学者，但于洞悉人心方面却"久病成医"。

我之长于洞悉人心方面，并不是像常人所思将各种人物进行分析研究，实践得多了，把各色人等的言行特点都搞得清清楚楚，也就把人心看透了。我并未对人心做过任何主观思量，恰恰相反，我宁愿相信每个人都是好人，都有一颗善良之心。

所以我选择对任何人都予以信任，上当受骗也就成为家常便饭。今天吃一堑知有一堑，明天绊一跤知有一石，摔打得多了，对一路的沟壑坎坷豁然了然，明白无误。

一直以来，我不光是对身边的朋友、熟人几乎毫无差别地一意相信，甚至对只打过一两个照面或者索性从不认识的人，也从未怀疑过他们内心的真诚和美好。有人说钱包丢了没钱回家，我会慷慨解囊予以资助；有人说身体残疾除了乞讨无以为生，我会眼中带泪倾尽身上之所有；有人说正在谋定要事而力有未逮，我会毫不犹豫施以援手；有人说他急公好义，一心只想服务社会，我会信以为真，一马当先。后来发现所有的信誓旦旦、楚楚可怜都是虚表，都是伪装，然而我仍然一如既往地"傻"着，我怕错过真的需要帮助、支持者。虽然我的力量有限，但微弱行为闪耀的光明有时能划破整个黑夜。

如此在被欺骗利用与反思醒悟中，我终于于洞悉人心方面无师自通。如今只要别人只言片语、眨眼抬手，我便立晓其意，知其用心，有时依然保有善意，不过是持怜悯之心罢了。来人照旧高兴，我心已然泰安。自度度他，岂不是妙？

舒适区

每个人都有自己的舒适区。在这个区域范围内,你的工作也许很出色,也许很一般,但你已经习惯了这里的生态环境、人情规则。你的生活或者很豪奢,或者很朴素,但你的身心已经完全适应了这里的吃住穿行、出入进退。一旦超越了这个边界,你的生活可能立刻会变得很混乱,心情会变得很凌乱。需要很长一段时间去重新适应,寻找到一个合适的时空,建立自己的舒适区。就像一间整洁干净的房子,我们难以一直保持它固有的样貌,但到了肮脏混乱得不堪入目的时候,我们一定会打扫收拾,让自己看得顺眼且起居方便。

年轻的时候,我们心中还没有形成固定的舒适区,或者说舒适区并不十分舒适,所以会毫不犹豫地改变现状,突破界限,去不断寻求建立一个让自己满意的舒适区。那时候调动辞职,搬家迁徙,甚至浪荡江湖,流落异域,也在所不惜。随着岁月的流逝、身心的变老,逐渐地便能找到一个相对舒适的区间,从此不愿再改换门庭,变换工作。即便是明知调了工作会更有发展,搬了住地会更加便利,但新的人事生态和居住环境,必然迫使你要重新寻找一个舒适区,而这个新的舒适区未必就比原来的舒适区更加舒适。这里当然有个机会成本的问题,与其冒险而未必,不如不动而循旧。毕竟当前的区域是长久习惯且相对满意的。

每个人的舒适区各有不同,在别人的舒适区生存未必就舒适。当然别人在你的舒适区也可能会很憋屈。鞋未必是名牌就好，合脚才舒服。有些区域大家看起来都觉得高端大气上档次，可你一旦入驻便立即感到浑身不适。有些区域似乎很普通平常，但你进入后如鱼得水，自由自在，那便是属于你的天地了。舒不舒适，一定要听任内心的真切需求决定，而不是按照别人的规划标准衡量，若舍己而就人，永远都将处于一种不适之中。有些人一辈子都在规划调适，可就是建不成那个舒适区，就是因为效仿他人却毫无主见。

苏轼在《超然台记》中说："哺糟啜醨，皆可以醉；果蔬草木，皆可以饱。推此类也，吾安往而不乐？"我在生活中一直秉持这一理念，将舒适区的标准定得很宽泛，所以舒适区的区域很宽广。即便是环境有较大的调整，生活有较大的变动，我想，我也一定能很快就找到一个恰当的舒适区，然后沉浸其中，安居乐业。

财 富

物质无疑是财富，苦难一样也是财富。前者是看得见的财富，后者是看不见的财富。有见无识的人只能看到物质的价值，而看不到苦难的价值；有见有识的人知道物质有价值，更知道苦难的价值有时不可估量。物质是人人都愿追求的东西，苦难却是人人都极力回避的东西。苦难是生活的赐予，有时求都求不来。遭遇苦难是人生的际遇，也许主观上并不希望与之相逢，但客观上苦难会不期而至。经历苦难后，其余一切都让人觉得甘甜美好，哪怕原来极为稀松平常的日子，也会突然有了幸福滋味。

一个出生在富裕家庭的孩子，从小就享受惯了优裕的物质条件，不知苦难为何物。其好处是可能不再为物质的东西所吸引，因为已司空见惯、习以为常。但不妙之处在于，一旦生活出现了变故，遭受了打击，对于苦难的承受力极为有限，很容易崩溃颓废，一蹶不振，他们从小就缺少吞吐风云的能力和咬牙坚持的韧性。一个出生于贫困家庭的孩子，在困难中成长，浑身上下浸泡着苦水，已经百毒不侵，一般的艰难困苦对其毫无影响。但因为他们一直处于一种物资匮乏的环境，见到琳琅满目的花花世界可能会眼花缭乱，甚至会迷失方向。苦难不能将其击垮，或许物质反而会将其诱入深渊。这就是为什么那么多寒门士子在仕途得意后，常常为物质所魅惑，而走上了腐败的不归之路。

所以最好是保持对物质的应有见识，没吃过猪肉一定要见过猪跑，尽量消除物质对自己的巨大吸引力和腐蚀力，对物质可以艳羡，可以激赏，却不可以贪婪。只要不萌生牢牢占据的思想，自然不会被物质的蛊惑引入歧途。而苦难，一定要多多经历，每一次的苦难经历都是财富的积累，而且这种财富不像物质财富容易转移损耗，它终生附着于自身，别人只能羡慕而无法觊觎。

我和所有人一样，追逐过物质财富，也像有些人一样积累着苦难财富。虽未目睹但也耳闻过豪奢的钱财物品以及奢靡的豪门恩怨，在啧啧称奇之余，也逐渐淡却了曾经强烈的获取欲望，正如李白所言："世间行乐亦如此，古来万事东流水。"一切莫过若是，又何羡焉？倒是对于苦难，我常常希望不期然与之相遇，好让我在奋发中积累财富。对那些自社会底层逆袭而上或者被打入生活底层绝地反击的人我一向由衷敬佩，是非凡的苦难成就了他们的事业，圆满了他们的岁月。无苦难，实在不足以谈人生。

人　设

现下很多的公众人物喜欢花大力气打造特有的人设，希望以一种固有的形象示人，以赢得专门群体的青睐，稳定自己的市场流量。有些人自设为活泼型，有些人则自设为稳重型。有些人装扮成严谨型，有些人则装扮成粗犷型。有些人展现为浪漫型，有些人则展现为专一型。有些人故作高洁型，有些人则故作亲和型。我一直有些疑惑，为何他们一定要以某种固定的形象把自己限定住、约束住，天马行空我行我素岂不是更好？把自己伪装成遵纪守法的典范，有朝一日东窗事发，偷税漏税的事被发现，岂不反差更大？如果在大家的心目中一直是个吊儿郎当的形象，违反政策法规，大家也不至于震惊声讨，无非觉得事发其身理所当然。把自己装扮成清纯玉女，有朝一日红杏出墙被人撞见，自己情何以堪？倒不如给公众留个纵情任性的印象，届时移情别恋当属自然，没什么值得大惊小怪。本色示人，精彩演绎，方为正道。艺术是艺术，为人是为人，不必非要给自己套上道德的外衣，织就模范的光环。否则，人设一旦垮塌，便一钱不值了。

从小，我就被身边的亲戚朋友视为敦厚诚实、勤奋好学的人。但说实话，我内心倒很羡慕那些调皮捣蛋、成绩偏差的人，他们做点坏事，说句谎话，大家都习以为常，从来不以为忤。而我一旦做错了什么事，说了一句不妥的话，大家就会认为很不应该，好像我天生就应该正确靠谱，不容有任何失误。也许因为家里贫穷，我一直发奋读书，成绩从来都是名列前茅，所以在人们心目中，我考了第一、第二名，再正常不过；要是落到前三名之外，老师和同学就会以异样的眼光看着我。一次，我还真就考了个第四名，结果老师召开成绩退步同学的家长会时，我的家长名字赫然在列。而一个成绩一直在中游的同学，那次居然考到了前十名，结果他的家长在全班家长总结会上作为典型发言。那时我就想，成绩差点也挺好，稍加努力进个几名，就能受到表扬。成绩太好，根本没有进步空间，考得好是应该的，考得稍微差了点，就要接受教训，查找问题。

进入社会以后，遇到许多聪明油滑之人，他们溜须钻营，取利攫位，无所不用其极，可是因为他们给人的印象本就是个投机分子，走歪门邪道，凭手段阴谋获得"成功"，人们不以为奇，甚至觉得合情合理。而我，一直被大家视为正直善良、品行可靠的好人，只要言语稍有越界，行为略微出格，立即就会遭到别人的非议指责。在他们心中，那些小人坏事做绝都属正常，而我甚至都不能金刚怒目一下。背负上了这样的道德枷锁，连我自己都觉得应该踏踏实实做事，老老实实做人，甚至不良的念头一起，就会立马心怀愧疚。

就像以前当好学生时所想，当个差学生也没什么不好。我有时觉得，最好不要在别人印象中形成什么固定的人设，要不然，不仅别人要拿非常严格的标准衡量你的言行，自己也会无形中被自设的框架牢牢地束缚住。

爱　憎

爱憎分明当然是好事，但爱憎过于激烈就容易被蒙蔽心智，失去公正。爱一个人时，不仅觉得他什么都好，缺点是优点，丑陋是特色，狠毒是豪迈，怯弱是温柔，甚至爱屋及乌，美其所美，恨其所恨，毫无原则，不加判断。恨一个人时，只觉得他浑身上下无一处可观，行为语言无一处对路，甚至他吹过的风都被污染，他赏过的花都不再美丽，不唯如此，可能还要殃及池鱼，凡是他的亲人必是土鸡瓦犬，他的朋友必是鸡鸣狗盗。一旦被爱恨左右，万物都将带上颜色，世人都将分出敌我。

韩非子曾在《说难》中讲过一则故事，卫国国君曾十分宠幸大臣弥子瑕，只觉得他容貌品德、行为语言，全都得体适中，无不合意，对他不吝赞赏，呵护有加。有一次，弥子瑕的母亲生病了，有人连夜告诉了弥子瑕这个消息，弥子瑕听后很着急，没有来得及跟国君请示，就驾着国君的马车驰往家中看望母亲。按照卫国的法律，凡是偷偷动用国君的御用马车就要被处以刖刑。国君不但没有对弥子瑕进行惩处，还赞叹道："弥子瑕真是孝顺啊，为了看望母亲，竟然不惧刖刑，违规擅驾御用马车。"

过了一段时间，弥子瑕与国君同游于果园，吃到一个非常甘甜的桃子，立即将吃剩下的部分送给国君品尝。国君又很感慨："弥子瑕真是爱我啊，吃到好吃的东西从来不会忘记留给我一些。"后来弥子瑕色衰爱弛，还得罪了国君，国君恨恨地说:"弥子瑕不仅胆大妄为,偷用我的马车,还对我十分不恭,竟然将吃剩下的桃子拿给我吃。"跟之前的说法截然相反,究其原因,韩非子认为:"故弥子之行未变于初也,而以前之所以见贤而后获罪者,爱憎之变也。"弥子瑕还是那个弥子瑕,国君还是那个国君,可爱已转化为憎,情绪发生了根本逆转,结果当然也就完全不同。

每个人都有爱憎,而且爱憎之间极易发生转换。一旦转换,就会失去对人物、事件判断的客观和处理的公允。特别是身居要位手握公器者,如果听任情绪的控制,必然对人产生偏见,让事态走向极端,从而有损于社会的公平正义。最好的办法就是公私分明,心中可爱可憎,但决不以爱憎废人事。

吹牛的好处

我觉得到了该出去吹吹牛的时候了，虽然吹牛并不是件光荣的好事。事实上，我平生最讨厌的就是吹牛的人了，满嘴跑火车，浑身不正经，不仅骗人，还误事。令我不解的是，当牛皮吹破，这些人竟然毫不尴尬，甚至恬不知耻，他们的心理素质倒是很强大，居然屏蔽了羞耻感，从此便明目张胆，大言不惭，即便人家发觉是空谈虚言并因此愤怒鄙视，也决计不会影响到吹牛者的情绪。要是我，被人撞破或者揭露，恨不得立马寻个地缝钻进去，哪里还有脸见人？可那些惯于此道者却很是从容，并依然故我，令人不能不刮目相看。

或许是受到的教育太正规，加上没有胡说的经验，我一直是怯于吹牛的。说出去的往往都是真话，可真话一是难以滔滔不绝，二是难以句句悦耳，故而动辄得咎。讲真话、讲实话并不像我所想的那般容易被人信任，那些喜欢吹牛的人倒似乎更受欢迎，这点让我很是不解。在事关重大的时候，我一直不敢越雷池一步，稍微放大弄虚一点点，哪怕把十分夸大成十二分，更毋庸说把两分说成十分。

但在无关宏旨的事情方面，我也开始尝试着适当吹吹牛，务务虚了。比如关于读书，有时只是观其大略，便说自己已得其要旨；有时只是粗粗翻阅，便说自己已全部精读；有时甚至列出一长串的书单，放言都已摄入脑中，实际上只是个阅读计划而已；有时自吹"腹中贮书一万卷，不肯低头在草莽"；有时自慰"粗缯大布裹生涯，腹有诗书气自华"。说着这些话时，心里却发着虚。毕竟吹牛非我所长，一贯走的是正道，稍微斜了点、弯了点，无论如何都要想办法扳直了。牛吹出去了，心下便惴惴不安起来，于是赶紧把那些自己放出去的话梳理一遍，将没读过的书买回来读，将粗略读过的书细细地读，好好地拾遗补阙，让那些吹过的牛变得名副其实。如此这般试过几次后，发现吹牛对我倒是莫大的促进。

　　脸皮薄，羞耻心强，吹牛怕被别人识破，便逼着自己事后去弥补空白，大量阅读，精细耕耘，久而久之，反而因此受益匪浅。所以我决定多去外面吹吹牛，因为牛一旦吹出去了，特别是对着那些十分信赖自己的朋友，便要生起一份愧疚感、责任心，觉得不循名责实，把一些虚话大话给填补了，实在是对不住他们。如此吹牛于我反而变成一种激励、一种督促。想想吹牛不仅可以逞口舌之快，还能得大实惠。我还有什么理由墨守成规呢？且去吹牛。

见　识

不是什么方面见多了都好,见多识广是无疑的,但见多有时也会心乱。近访一好友,家住豪华别墅,进去顿时觉得海阔天空、世界寥廓。相形之下,我的住处只能算是个容身之所,人家一个客厅就大过我整套住房,其他各种功能房室,应有尽有。我到外面花钱才能享有的,人家足不出户就唾手可得。

虽然这种阵仗、气势我并不少见,置身于其境仍是难免心起波澜。两种心绪油然而生:一是惭愧,二是激昂。惭愧自是源于不及,激昂则是被其所感染激励而有昂扬奋发之意。就像当年初到这座城市,站在那一栋栋的高楼大厦前,指天为誓,有朝一日一定要住进其中。后来通过努力,还真的扎住了阵脚,住上了高楼。之后经过那一片片别墅区时,我没有再誓天断发。小富即安,是我生活自得的法宝,当然也是难以大成的根源。关于车,我勉勉强强买了辆普通汽车,加盟有车一族。也曾到过奔驰专卖店,去过宾利展销场,去一次也会心动一次,但终究架不住自我劝退,也就一直毫无作为了。

所以在我还不能根绝对财富的欲望之前,我尽量不去见识更多的豪奢,以免把持不住,要去做些自己力不能及的事情,心浮气躁不说,还要蹉跎岁月。小时候读过一则故事,忘记了出处。大抵是说一个人发现了一座宝山,进入后先映入眼帘的是一串串黄澄澄的铜钱。他用带来的口袋装了个够,但往前走了一段后,竟发现了一箱箱白花花的银锭。于是他把铜钱尽数倒掉,全部装满了银锭。然后他继续往前走,又见到了一堆堆金灿灿的金币。他嫌弃地清空银锭,将口袋装满了金币。然而前行了许久后,他又见到了一盒盒光闪闪的钻石珠宝,他又如法炮制,倒出金币,装满钻石珠宝。然而,他一心只关注各种金银珠宝,却忘记了来时的路,结果迷失在宝山之中。见得多了,有时是好事,有时反而忘记了初心。

在学问的宝山,我有时也会像那个发现宝山的人。比如我最开始觉得姜夔、周邦彦的词已经十分精美,后又发现秦观、李清照的词更高级,及至发现苏轼、辛弃疾时,才知道原来这才是词中之钻石珠宝。看到莫泊桑、福楼拜时,惊为大师,再见雨果、巴尔扎克时才知道强中更有强中手。读康德前,认为欧洲古典哲学大师云集,读了康德才知道什么是真正的哲学。原以为尼采、萨特已经堪称当代哲学的巅峰,岂知尚有海德格尔这座山外之山!好在我不会像那个探宝人,见到金币就不把银锭当宝,所有学问宝山的宝贝,只要能扛得动,我希望一件不剩。

对于房子、车子、金银珠宝这些财富,见识不一定越多越好,特别是容易心醉情迷的人,最好少见少知为妙,省得动了贪念占欲,失了本性。而学问一道,我以为见识越多越好,哪怕迷失在其中,我也在所不惜。

贫穷限制想象

贫穷限制想象，说这话的人大概不仅物质方面缺乏，精神方面也空洞。虽然有些富人喜欢奢侈讲究，肆意挥霍，玩着花样变着戏法花钱摆阔，但其情其状也不至于不可想象。就算他们有游艇，也不过是在小小游艇上做做锦绣文章，难不成要开上航母编队雄壮地遨游远洋？就算他们有私人飞机，也不过是在空中高来高去比常人方便些，难不成要驾着歼-20隐形战斗机高速飞行于云海之中？那些人号称富可敌国，或许他们真能买下一座岛，购得一座山，但至今也没人敢说广州是他们家的院子，上海是他们家的花园。一度确有人在每个城市都有自己的广场，每个港口都有自己的码头，但也仅限于此。中国领土永远都在，没人拿得走，更不用说整个地球。有本事出人意表，自驾飞船，远离地球，游遍宇宙，做个太空飞人。即使这样，几千年前的庄子也早就想到过这层，而且他设想的是没有任何倚凭，甚至无须借助风云，但只逍遥飞行，与天地精神独往来。这种境况恐怕那些富人也难以想象吧。

至于饮食，更没有什么想象空间。无非是虫草成捆放，鱼翅当粥喝。这似乎并不让人食欲大增，对身体健康也没多大益处。对胃便是最好的饮食。住在内陆农村，生就一个辛辣胃，无辣不成欢；居于东南沿海，长着一个土腥胃，无鱼虾不成席。不合胃口，吃着山珍海味也味同嚼蜡，有时还比不上一盘蓼茸蒿笋、辣椒菜梗什么的。有了胃中最欲、心中最爱，富人们吃些什么，怎么个吃法，不想也罢。晋人石崇与王恺斗富,一个将蜡烛当柴烧,一个用糖水洗锅碗。他们奢靡侈丽,不过是想尽办法向世人炫富而已,满足一下他们那可怜的虚荣心。就像现在有些人陈列香车美人,展示高屋华居,不过是想找找存在感,这些小把戏一眼就可见底,根本无须开动脑筋去想象。

真要是"精骛八极,心游万仞","观古今于须臾,抚四海于一瞬",浮云尽散,万物皆空,还有什么想象不到,洞穿不了的呢?故物质贫穷与想象无关,精神贫穷就真的限制想象了。

考 试

这段时间，高考后接着中考，全市沸腾，全国震动。参加考试者朝气蓬勃，风华正茂，他们正在成为这个国家的主人，在不久的将来，当迎来属于他们的时代。对于我们这些考了大半辈子，已考无可考的人而言，除了关注儿女们的考试结果外，只能徒留感慨了。

人生到了没有试可考的时候，证明自己就真的老了。从小到大，我们都是一路考过来的，中考高考，考硕士考博士，考公务员考会计师，考岗位考职称，无所不考。对于幅员辽阔、竞争激烈的国家来说，考试取人虽不是唯一的完美途径，却是相对公平的办法。特别是这几十年，经济高度活跃，教育普及迅速，以考试辨才取人已广为大家所接受。所以无论是领导岗位还是专业职称，都要经过三番五次的考试竞争，这已成为一种约定俗成的惯例。

突然有一天，考试对我们没用了，考场的大门对我们关闭了，那是一种多么苍凉的感觉。也许有人会松下一口气：终于不用再去面对面激烈拼杀了。可话说回来，连参与的机会都没了，还能有什么希望呢？一个岗位空出来了，大家争相报名考试，而你的岁数已超出了要求，只能默默地站在旁边看热闹。想再进大学校园深造一下，博士考试的最高年龄限制却将你冷冷地拒之门外。只能去读读老年大学，而那里是不用考试的。

一直以来，我都是个考试爱好者，但凡考试，我必兴奋。我知道，每次的大考都可能决定我的命运，而考试也是我能把握自己命运的唯一方式。所以每次考试我必全力以赴，坚信天道酬勤。凭着考试，我顺利进入大学，如愿进入机关。只要通过考试可以达到的目标，我基本都能实现。几次大考下来，我实现了几次人生大跨越，我哪能不心心念念地寄望于考试呢？

可现在不一样了，该考的都考完了，所有的考试已将我排斥在考场外。即使我想通过考试调换一种生活方式，也已经不可能了。有时我甚至想过要丢弃所有的学历和职位，来个彻底的清零，再上一次大学，重启一次人生。可惜找不到那种没有年龄限制的考试了。如果还有机会考试，我一定重新披挂上考场，考出个新天地。"莫嫌旧日云中守，犹堪一战取功勋。"

讲 座

做一次讲座其实相当于亮一次家底。如果家底够厚，将绫罗绸缎、金银珠宝稍摆出一些，就足够令人眼晕目眩的。如果家底很薄，就只好精心设计，巧妙摆设，不能让人看出自己的空虚贫乏来。今大多数讲座者，就像个家中只有几担谷的小地主，喜欢将那可怜的一点谷子担到晒谷场当众晒一晒，显示自己很富有。其实，只要有人到他家里探个究竟，就会发现他的家中已经空空如也，仅有的一点存货全部都被晒了出来。所以这种人面向听众讲来讲去就那点东西，虽被冠之以专家学者，能示人者实在寥寥，只是他们掩饰得好，装扮得巧，人们不易发现他们的鄙陋浅薄。今天这个沙龙，明天那个讲坛，天涯海角地变换着讲，翻来覆去，其实都在"炒冷饭"，主题上不做任何更新，内容上没有任何创意，讲者昏聩，听者亦迷惑。

在讲座方面，我很是佩服陈寅恪先生。他说："前人讲过的，我不讲；近人讲过的，我不讲；外国人讲过的，我不讲；我自己过去讲过的，也不讲。"如此一来，就必须讲自己的所思、所想、所得，而且要不断地更换主题，不断地拓展内容。因此也必然要不辍地阅读，不停地思考，否则就难以为继。没有源源不断的活水，哪里还敢站在讲台上滔滔不绝？按照陈先生这种严格的自我要求，有些人讲个几场就没东西可讲了。那仨核桃俩枣，经不起几下大嚼大咽的。

所以讲座如果要对付，其实很容易，做好两三个课件，照本宣科，四处贩卖就行。如果有点名头，还能卖个好价钱。家底薄点也没关系，没几个人会真的刨根问底，看你到底有些什么压箱底的货。很多人去做讲座，并不怎么认真准备，把课件一放，在台上东拉西扯一两个小时，拿钱走人。至于效果和评价，他们并不在乎。反正此处不让讲，自有让讲处。关键要先混出个名头来，有了虚名，来邀请的人便络绎不绝了。

对于任何一场讲座，我都不敢有丝毫懈怠，哪怕讲我非常熟悉的专业领域的内容，一定要尽我所能掌握更多的知识点，形成自己的认识论。授人以渔而不仅是授人以鱼。一场讲座下来，我会阅读大量的书籍、资料，同时也会耗费大量的时间和精力。我是抱着讲听相长的目的而做讲座的。故每次讲座完成，我自己也实现了一次升华。而且我也像陈寅恪先生一样，自己讲过的东西不喜欢再讲，于是便不断地拓展新的讲座主题。我想假以时日，我就能将无数个分散的讲座主题融会贯通，形成一套自成体系的讲座内容。这或是我好为人师的终极目标吧。

欠 债

对于那些欠债不还还振振有词的人，我在深恶痛绝的同时也不得不佩服他们心理的强大——人至贱则无敌，一旦没有了底线，恐怕就像脱缰的野马，可以旁若无人地驰骋在广阔的社会大舞台。关键是欠债不还的人并非都是未经教育者，很多是有头有脸有学历有身份的人。我们总倾向于认为那些有着无赖卑劣行为的人都是些底层没有文化的人，可以通过教化实现根本转变，而事实上，即使社会消灭了文盲和贫困，欠债不还的现象依然会存在。所谓"欠债还钱，杀人偿命，天经地义"的古训，在某些人眼中只是句虚话而已，不可能成为行动的根本遵循。

一直以来，无论是父母还是老师，都在谆谆教导我做个实在靠谱的人，不要轻易开口问人借钱，即使万不得已负债，也要想方设法尽快还清。所以我平生极少举债，曾经因为买房贷款，终日心中惶急，一旦钱凑够数，立即还清银行债务，然后心中长舒一口气，睡觉终于踏实安稳了。虽然错过买房投资的机会，也不甚可惜。对我而言，若无闲事挂心头，便是人间好时节。不亏不欠，比之大挣大发更让我心情愉悦。

不唯财货的借贷，让我犹如重负在身。人情债更会让我朝夕挂虑。请人帮忙，得人相助，一定要有所表示，有时备下薄酒一杯，有时电话致以谢忱，否则，总是寝食难安，似有未竟之事萦绕心头，让自己不得安宁。我见过很多得人大助脱困得利之人，事后若无其事，甚至对襄助之人熟视无睹。特别是当他们已经跨过艰难险阻,"轻舟已过万重山",放眼只见"潮平两岸阔",对那些曾经相助过如今却无力再相助的故人,便冷漠犹如陌生人。我常想,当初那般热情相求,如今却这般冰冷相待,这种人的心脏起伏抛物线也太波澜壮阔了,得有多强的吞吐功能才能消解尴尬和无情!

我一向秉持的理念是,人助之事永远铭记于心,助人之事最好迅速忘却。我欠人的人情债,尽快想办法还清,会一身轻松;人欠我的人情债,还不还我都已经不放在心上。如此永远没有人情债的心理压迫,两不相欠,快乐相见。因为从不欠钱财债,也不欠人情债,什么时候,与任何人相见,我都可以做到毫无愧色,坦然从容。

异　化

权力和金钱最容易让人异化。在权力日增\金钱日多的背景下，依然保持本性不变和人性全在的人不是神，就是圣，要么就是佛。大抵权力大了会让人变得刚愎自用、目空一切，就像一副渺小的骨肉之躯，穿上了钢铁外衣化为变形金刚，顿时就会自我膨胀，错误地感觉自己已经崇高伟大、通晓天地，到了无所不能、无处不达的高度。原来那个凡人肉身、常人心智的自己早已脱胎换骨，凤凰涅槃。不仅他自己这么认为，还定要别人也这么看待。

我曾见过一位仁兄，从某个单位提升上去，以大半生的时光漫游了几个单位，终于回到原单位做了一把手，于是志得意满，高高在上，以为自己智力、能力已非昔日吴下阿蒙。其屡次郑重告诫过去故旧："我已不是过去之我，而是已经在多处多年历练的新我，不可等闲视我，不可以旧情待我。"言下之意，一定要视他为圣，尊他为神，因为他无论在哪方面都远超于那些故旧。后来，还是岁月让他认识到了自己原来就是个肉身凡胎，并不比任何人高明强大，甚至比起当初还有些愚蠢。被收缴了权杖，褫夺了职位后，他就是一个平平常常、地地道道的退休老人，就像脱了钢铁外衣的钢铁侠，没了变形能力的小汽车。如今见了谁都很客气谦虚，内心想来十分期望他人以常人待己，以情谊待己。异化终于在此时有了回归正常的迹象。

人有了钱撑腰，腰杆子会变硬，说话声音会变大，甚至气息也恨不得变粗。原来的世俗会以时尚来装点，原来的粗鄙会以礼节来掩饰，原来的浅陋会以奢侈来填平，原来的野蛮会以文明来化解。钱是灵丹妙药，专治各种难言之隐、疑难杂症。有了钱，人们再也不是原来那个真实简单的本我，而是经过诸般美容整容了的赝品。我见过不少人，早期穷得叮当响，可人是可触可感的、可信可靠的；后来有了钱，就越来越没有原来的影子；最后完全像是换了个人，除了名字还是那个，皮肉还是那副，其他的竟然没有留下一丝旧日的痕迹。

　　钱和权一样，都能让人异化得不成样子，只是权让人设法使自己坚信异化后的样子，而钱让人设法使他人坚信异化后的样子。卡夫卡的小说《变形记》中，主人公异化为甲虫，当时读来觉得有些不可思议。而在现实生活中，人异化为金刚超人、奇禽异兽其实并不奇怪，只是卡夫卡写出来了而已。

才与财

如果可以选择，我更愿意有"才"而不是有"财"。当然二者得兼最好不过。可世上哪有那么完美的事？什么都占齐了，恐怕命就不长，天妒人怨的肯定好不了。好事物居其一，一辈子也就没白来一趟。所以人们奋力攀爬，拼命挣钱，渴望出名，都无可厚非，谁不想做个有出息的人呢？只是其中有个选择问题。选择既要基于自身天赋，又要根据客观势态。重身后之名的，可能会选择文化艺术之路；重时下之快的，可能会选择经商之路。金钱能让人感官痛快，作品能让人享誉后世。可现实之中，大多数人会心中倾慕文化，而行动上追逐财富。毕竟活在当下是最具感召力的，身后之事不可知，亦不可待。

自古以来，有"财不外露"之训，主要是怕富名一旦远扬，引起盗贼惦念和旁人嫉恨，祸及自身和家人。所以财主们在人前总要谦逊几分，道及自己的家产时必要狠狠打上一番折扣。不知从何时起，人们不再隐富，而是大张旗鼓地炫富，什么别墅豪车奢侈品一股脑地拍摄成图片发在微信朋友圈，生怕别人不知道自己是个千万亿万富翁，赢得人们啧啧称羡，心中的虚荣顿时得到极大的满足。随着仇富心理的暗生，那些炫富的人不少被深挖并翻车，其嚣张之态才略有收敛。炫富，在当今法治社会倒不必担心盗贼土匪，财富的来路是否经得住查验才是关键。有多少人的暴富没带有原罪呢？故而那些心机深沉者，是不会轻易地炫富的，他们只是过着低调而奢华的生活。

且不论是不是会引起社会风险，炫富行为本身就是一种浅薄轻浮之举，只会让人觉得俗不可耐，虽然他们可能盛装美饰、香车宝马，那也掩盖不住华丽下面的"小"来。露才却截然不同，才只是少数人才有的，不像财，很多人都多少有些。财可以一夜暴富后瞬间聚集，而才却需要天赋加勤奋日积月累才形成。才因为稀有而宝贵，露出来自然酷炫。有才者的博见洽闻、妙思深情，很容易感染人，打动人，让人打心底里生发出敬重和仰慕。不像炫富者那样，只会让人产生厌恶嫌弃之感。

财易聚也易散，今天是你的珠宝，明天可能就戴在别人的身上；今天是你的别墅，明天可能就成了别人的安居所，没什么值得炫耀和依托的。才就不一样，凝聚于身后就永远归你所有，别人夺不走，偷不去，只有羡慕欣赏的份。你甚至可以恃才傲物，可以恃才放旷，别人或者看不惯，却不敢看不起。像庄子、屈原、李白，他们个性十足，特立独行，不容于世俗，但却无人敢轻觑。当然，如果有才而谦逊，更会让人由衷敬服。像邵雍、纳兰性德、曾国藩，不管是一介布衣，还是公侯贵族，他们都因学问人品而受人尊崇。

所以于我而言，与其有财，不若有才。

凡尔赛

凡尔赛是法国巴黎的一座艺术名城,城内的凡尔赛宫可谓法兰西的艺术明珠。说起凡尔赛,人们的心中立即会浮现浪漫美好的艺术想象。然而不知何时,凡尔赛成了一个网络名词,大抵是不经意间展示自己优越感的一种表达方式。说白了,就是炫耀的升级版,只是没有了早期炫耀者的那种肤浅,变得含蓄而高级。但既然仍为炫耀一系,再升级也离不开它的本质,那就是得意。任何类型、任何领域的炫耀或者凡尔赛,都是心中得意了忍不住要嘚瑟一下。是的,人生于世,既然自己比别人高明一筹,炫一炫也无可厚非。只是炫的内容不一,效果是截然不同的。

万千炫耀者之中,炫富者是最多的,但也是最让人反感的,毕竟富有者并不都是通过敏锐的市场感觉、扎实的商业行为而致富的,通过各种厚黑谎骗手段获取钱财的不在少数。所以有些炫富者虽然得到了某种程度上的心理满足,却立即被网友们扒了个精光,有些关联人还因此锒铛入狱。当然炫炫容貌、炫炫身材不至于有什么风险,最多被人说是臭美。晒晒孩子、晒晒温情也无可厚非,小小得意一下,想来也不至于触犯众怒。

最值得炫耀的当数文化,虽未免有得意之嫌,但文化毕竟是比较高雅的玩意,还真不是什么人都能炫的。所以即使炫得人头昏眼花,别人也不好多说什么,因为文化不像金钱,可以掠夺而来,它必须是一点一滴积累起来,难度犹如针挑土。很多人受不了那个苦楚，忍不了那个寂寞，当然也就与文化无缘或者缘分不深。即便想炫也无可炫，看到别人得意地展示，只有羡慕嫉妒的份，愤怒却是无由的。当然，如果炫耀者能够凡尔赛一点，将得意的成分收敛一些，闻者会更增多几分羡慕之意而减去几分甚至完全消除嫉妒之心。

因为喜欢文化，又自诩拥有了些文化，所以我也常当众炫耀炫耀文化，朋友们出于善意，也会给予鼓励溢美，有时不免会泛起得意之心，这让我事后颇有些后悔。苏轼云："无波真古井，有节是秋筠。"说明自己还是容易技痒，喜欢表达。所谓学问深时意气平，今尚有得意之态，学问无疑还很浅陋，所以修养一道恒久远。当然人非圣贤，谁还没个得意炫耀的时刻呢？只是那时不妨凡尔赛一下，不要像那些炫包炫车炫别墅的人那般简单粗暴，至少可以让得意之情稍稍隐晦一些。

降　维

像姚明这样身高的人跟一个侏儒走在一起，最违和的其实并不是身高的显著差距，而是交流起来特别费劲。高者就像一个身在半空中的人要听辨一种来自地面的声音，矮者则要竖起耳朵倾听那高空缥缈隐约的声音。而声音的传递需要时间，无疑将滞碍接受的速度，所以对话得有非常安静的环境，还要屏住呼吸，凝神静气，如此双方才能勉强交流下去。让高者坐下来，而让矮者踮起脚，不失为一种好办法。

身高差异带来的交流困扰还是有办法解决的，但思想差距带来的交流障碍恐怕就不是那么好突破了。思想上的"姚明"肯定是不多的，但思想上的"侏儒"却满大街都是，无论走到什么场合，都充斥着思想上的"侏儒"。当然思想上的"侏儒"不像身高上的"侏儒"一眼便可辨别，很多思想上的"侏儒"喜欢掩饰自己，努力找些杂乱的知识把自己垫高一些，装扮成一个常人甚至高个儿，显示出自己的与众不同。但三言两语之后，便露出了马脚。特别是遇到了思想上的"姚明"，很快就会现出原形。有些人思想上确实矮小，但还比较诚实，坦承自己的短处，然后向思想上的高个儿学习长个儿的办法，慢慢地也还能跻身高个儿之列。但更多的人思想低劣浅陋，却死活不肯承认，还要不知天高地厚地与思想上的高个儿一比高低。结果愈发显出自己的矮小来。

一段时间以来，"降维打击"一词颇为流行。降维意味着对阵双方根本不在同一层次、同一水准，没办法进行较量，完全是一种一方对另一方碾压的状态,结果肯定是一边倒。高层级者只好降格、降级来屈就赛制,好比一个核大国对敌一个无核小国,只能动用常规武器。如果核杀器一用,小国必然瞬间灰飞烟灭。正如第五代隐形战斗机对阵普通的战机,只能关闭隐形功能,面对面清晰地对决;如果隐形功能一用,普通战机连对方的影子都看不到,谈什么决战,只有死路一条。思想上的"高个儿"和思想上的"侏儒"比较,正类似于此。如果"高个儿"不降维,定将"矮个儿"碾为齑粉,因为实在不在同一档次。"高个儿"说的话,"矮个儿"都听不懂,如何做进一步的交流探讨呢?

  在日常生活和社会交流中,思想上的"高个儿"是孤寂的,就像姚明站在茫茫人海。为了不引起不必要的阻碍和掣肘,思想上的"高个儿"只能采取向下兼容的方式,也就是说要关闭一些前沿思维、学问储库,让自己变得矮小平庸起来,如此才能显得与芸芸众生相齐相平,正如让姚明在众人皆站立的地方俯身坐下来,甚至蹲下去。说实话,思想上的"高个儿"其实过得挺累。

威力与魅力

但凡素质不高能力不强而又有点权势的人都很喜欢施展威力，树立威信，耍耍威风，进行威压。他们总是以为，威力是解决一切问题的根本，在巨大的威力之下，人们自然就听话了，服从了。在过去，威力确实管用，普通百姓、下属幕僚都不敢轻易抵制，因为得罪权威的成本实在是太高了，弄得不好，丢了饭碗不说，可能连立身之地都找不到。可是现在情况已完全不同：此地不留爷，自有留爷处；你不待见我，自有人待见我。搞得不好，还真应了网上流行之语："今天的你对我爱答不理，明天的我让你高攀不起。"在处处皆机会的今天，运气好加上勤努力，一飞冲天的例子不胜枚举。因为选择多道路多，威力正在失去往日的效力。靠威力让人口服都不容易了，更别说让人心服。

这是个崇尚魅力的时代，有魅力的人才有吸引力、凝聚力，才能让人由衷敬服。而身带魅力要么有超强的能力，要么有出众的才华。光靠权势、职位是生发不了魅力的。有时我们在公众场合，见到一些人熠熠生辉、光彩照人，并不是因为他们的容貌和身高有多么与众不同，而是他们身上透出的智慧和学识让人觉得眼前发亮，光芒万丈。即使他们不发一言，有时也是个强大的存在，根本无须抖威风，作姿态，人们自然内心尊崇。那些想威压他人的人要了半天威风也威服不了任何人，而那些浑身散发魅力的人在不知不觉间就能收服众人之心。

社会越进步，人们就越聪慧。在越来越聪慧的人们面前，逞威力、耍威风只能让人觉得无知可笑，起不到任何积极效果。而那些一身本事学问的人无须多言，不经意间就魅力四射，惊艳众人，而且没有任何违和感。

有时候看到那些站在高处的人们，身上带着一股子蛮力拙劲，非得在大庭广众之下卖弄他们的威势，真是很想劝劝他们，收敛起戾气，放平和心态，平平常常地表达，踏踏实实地行事，即便不能得到人们的赞美，至少也不会遭人哂笑。当然我在品评劝诫他们的同时，也时刻注意着不崇威力而只重魅力；尽量多啃书吞墨，努力去俗脱凡，多少培育出点魅力，倾倒不了一大片，影响三两个人也是好的。

强　者

　　《道德经》云："知人者智，自知者明。胜人者有力，自胜者强。"实在是在对人性准确把握基础上的至理名言。懂得别人已经极不容易了，只有洞穿人性能力极强的人才能做到。而能自我了解、自我看透的人是极少的，只有明者方能自知。现在的人动辄感叹，自己在这个世界上是寂寞独行的，意思是别人对自己不理解，知音少。其实也就那点小心思，并不难看穿懂得。有时故作高深，或者伪装苍凉，只是想让别人觉得他与众不同，腹有诗书，是个有沟壑、有城府的人。偶尔与之交流接触，稍略听其言，观其行，就知道他有多少斤两，吃几碗饭，是俗是雅，是图名还是好利。

　　毕竟历史看得多了，世俗经得多了，很多现象后面的本质就会自然显露出来，无须做仔细的观察深入的思考，就知道眼下情形的走向、人们言行之目的。所以在知人方面，我大约还是有着一些经验的。正是因为表象不能遮住我的眼睛，其下的真实目标就暴露在我面前，有时会觉得很是尴尬。就像欣赏一场魔术演出，把结果都搞清楚了，变化手段和路线也都明白了，魔术师还在奋力地表演，这时看起来难免兴味索然。平时与人交往也是如此，不是听不懂寒暄的主题，看不清此行的真正目的，而是不愿去戳破美丽的谎言伪行，没有兴趣，也没有时间深入别人的内心世界而已。

　　后面两句话更加厉害，"胜人者有力"还没什么，能够战胜别人自然不仅有武力，更可能有智力。光凭力气打打架还行，但战胜是指整体具有压倒性的优势，是一种综合性结果的呈现。有时一个力气单薄的人凭着聪明也可以战胜一个孔武有力的壮汉。一个人的实力是生理条件和智力条件的综合考量，能够战而胜之的人越多，说明自己的综合实力越强。所以每个领域都有人成为佼佼者、超群者。

但就是这些精英豪杰，未必就能战胜自己。对所有人而言，自己才是最大的敌人。不少英雄豪杰，战胜他人轻而易举，但却被自己轻易击败。面对外敌，他们坚强勇敢、聪明智慧，但面对心魔，却怯弱畏惧、节节退让，最后一败涂地。历史上轻而易举战胜强敌夺得江山的人比比皆是，但天下一到手，条件一优越，自己就被另一个好逸恶劳、刚愎自用的自己三下五除二地卸去了武装，解除了智慧，很快就以惨败告终。我当然不会轻易与他人为敌，但我深知成就任何哪怕一丁点的事情都要克服内心的怠惰、疑虑、虚弱、退缩，所以我总是与自己做斗争，只要把自己打赢了，外在的一切阻碍和困难都将迎刃而解。

所以老子认为战胜别人的人只能是个有力者，而战胜自己的人才能称为强者，这一点我深有体会并深以为然。

画眉鸟

嫁入或入赘豪门,是现代灰姑娘和放牛郎的美妙幻想。确实,一朝富贵美梦成真的现实案例不在少数,有人甚至成为王妃或驸马,朝在穷巷,夕入王宫,人生来了个彻底颠覆。至于那些昨日尚且一文不名的小姐姐、帅哥哥,今日已是身家亿万的豪门佳媳、乘龙快婿,更是屡见不鲜。引得无数年轻人遐思幻想,誓要学习效仿。

豪门,首先让人印象深刻的是"豪"。要么是王公贵族之家,要么是千金财富之室,非富即贵,肯定属上流社会最高阶层。而"门"之一词,总让人联想到带着几排圆钉的宽厚木门或者沉重的钢铁之门。门一关上,便是一个神秘的世界,里面发生的恩怨让常人感到离奇而玄幻。故唐人崔郊曾有"侯门一入深似海"之叹。

当然,自古以来最大的豪门是皇宫。一入皇宫,那可就是进入了绫罗绸缎织就的锦绣牢笼,好吃,好穿,好住,好寂寞。唐宣宗时有妇人被锁于深宫,过着锦衣玉食的生活,却无限向往宫外天地。一日闲坐溪旁,见水中有落叶飘过,于是俯身拾起,题诗一首于其上,将心思尽寄诗中:

流水何太急,深宫尽日闲。
殷勤谢红叶,好去到人间。

终年藏于深宫之中,虽然衣食无忧,但却并不开心快乐。

人间即使有各种不如意，好歹也是鲜活的世界，有着生机勃勃的日常。不像宫中生活，沉闷无聊，死水一潭。墙外行人或许无限欣羡，墙内佳人却愁眉不展。天上虽美，终不如人间有生气，可惜常人不知，仍要做着成仙的梦。

每每听到平常百姓家的孩子嫁入或者入赘豪门，人们总要羡慕感叹一番，以为从此以后那些进入豪门的孩子便可化蝶飞舞，漫天翱翔，开启唯有幸福的人生了。事实上，那些在人间自由生长的年轻人，一旦进入规矩习惯繁多、人情关系复杂的所谓上流社会，是很难适应并融入的。不是一类人，却要并肩行，不别扭就不错了，更谈不上什么欢喜。而且各种既已形成的约定俗成的框架规范，完全束缚人的手脚，甚至杀人于无形。

所以穷人进豪门，一切物质的东西或许应有尽有，而精神层面则可能从此就失去自由了。宋欧阳修有诗《画眉鸟》云："百啭千声随意移，山花红紫树高低。始知锁向金笼听，不及林间自在啼。"是可谓进入豪门者之形象写照，所以不必羡人，但只快然自足便好。

难于向好

我一直有些不解的是，学好似乎比学坏要难得多。学好也许三年五载都不成，学坏可能三朝两夕就完成。难道真如荀子所说，人的先天基因就充满了恶，所以很容易接近恶，正如水易就湿、火易就燥一样，必须靠后天长期的强扭硬掰，才能弃恶从善，朝着好的方向发展？虽然我不愿承认人之初，性本恶，但对很多人性本恶的现实表现，一时竟找不到合理的解释。

当然，说人们学坏并不是指杀人放火、罪大恶极，而是指养成相对消极不良的习俗爱好。让一个人公而忘私、兢兢业业、毫无怨言地工作，除非其思想达到忘我的境界，而臻于这种境界无疑需要长久的教育熏陶。而让一个人吃喝玩乐、夜夜笙歌、忘乎所以地生活，不用教导，稍加诱惑，即可上道。做个有为的人何其难也，做个随波逐流的人又何其易也！恰如端午节吃的粽子，将一把糯米扎成一个粽子要用粽叶包好、丝绳捆牢，颇需费上一番功夫；剪断丝绳，打开粽叶，让粽子变成散落的糯米，却毫不费力。人亦如此：做个正人君子需要花大力气，做个无良小人只是举手之劳。

近看电视网络，各种相亲吐槽、超女快男、游戏电竞之类的节目红极一时，其核心价值和意义无非让观众图一时之快，然而趋之者众。如果换成学术讲座、文化教育，则观看者寥寥。谁都向往高端文化，可谁都贪图世俗享乐。以前人们因为政治或者生活，约束自己奋发向上；现在政治很清明，生活亦无忧，便开始舒适躺平，放任自流，不再对自己做人做事高标准、严要求。一个人如此，无非是少了个英杰，多了个俗人。整个社会如此，道德底线就彻底地崩颓了，文化精神就彻底地幻灭了。即使有些人要踔厉奋发做个有为君子，也会被人们视为异端无情嗤笑。

诚然，有些人并没作奸犯科、违法乱纪，只是破坏了道德规范、人伦纲常，一切的社会契约、礼仪诚信在他们眼中都毫无约束力。可他们偏偏红遍网络，大发其财，成为生活的最大赢家和人们羡慕的对象，把那些一直辛苦努力想把自己锻造成好人的人带偏了。向恶者大行其道，而且春风得意；向善者没有市场，而且艰苦蹉跌。这才是社会潜在的最大危机。

学坏本来就比学好容易，社会上一些别有用心的群体又无声地鼓励，于是躺平、放下的人越来越多。

依　恋

　　人都有依恋之情。小时候我们依恋父母。父母走到哪儿就要跟到哪儿，一刻也不想远离。一方面是因为父母给我们以保护和守候，另一方面是因为父母给我们以温情与关爱。长大后我们走遍天涯，落地为家，心里深深依恋故土。不管是田间小路、青绿山水，还是老街小巷、昏黄灯光，只要是我们曾经走过、反复见过的，都被刻入了记忆深处。一草一木，尽态极妍；一叫一卖，满是风味。不是其他地方没有，而是故土的一切都凝聚着青春之歌、热爱之情，已经与我们的身心融为一体，不可分割。

　　年老之后，我们依恋尘世。林语堂说尘世是唯一的天堂，听起来有点绝对，也许天堂和西天都是美丽的世界，但尘世是天堂，这一点是无疑的。谁都对尘世恋恋不舍，即便是一辈子平平淡淡、冷冷清清，但生活本身的滋味却是丰富多彩、品味不尽的。

　　我一直不喜欢耽溺于往事，更不愿意谈论过去，但我对故人旧物却极为留恋。以前用过的物品，我不舍得丢弃，不是因为它们有多少实用价值，而是因为它们寄寓了自己的情感，丢弃意味着割舍一份情意。一路成长中遇到的朋友，我不愿轻易与之断绝来往。虽然世事变迁、物是人非，他们不是过去的他们，自己也不是过去的自己，但还是不忍荒芜了那一缕旧情。而故乡的一草一木、一人一狗，在我心中的印象也未曾淡去、褪色，我常在脑中绘制家乡山水四季之美景，回放亲朋故旧的音容笑貌,在夜阑人静的时候,深陷其中,不能自拔。

  我知道,美景佳物、亲人妙友,可依可恋,终不可挽可留。解开情感的绳索和铁扣,是让自己身轻心淡的最好办法。见到夕阳,但只欣赏,而不惋惜;放弃旧物,但只释然,而不情牵;回到故城,但只回味,而不哀伤;对这个多姿多彩的尘世,但只享受,而不加留恋。

  人间所有,皆是造物者之无尽藏,包括我们自己。人物之间,亲朋之间,缘聚缘散,分属天定。依恋越深,越易感性伤情。年轻时尚可心有牵系,一任性情。年纪大了,便要渐渐地学会相忘于江湖,不依不恋,真正做到倏忽来去,心无挂碍。

关于诗和远方

很多人喜欢用一句话安慰自己:"生活不只是眼前的苟且,还有诗和远方。"恕我直言,远方也多是苟且,并没有人们想象的诗。之所以觉得身边的人和事都是苟且,是因为深陷凡尘俗务难以自拔,于是便寄望于目不可及并身难以至的地方,觉得那里一定是山水隽永,空气清新,人声甜美,往来尽雅士,入耳皆妙音,无案牍之劳形,无名利之挂心。一天到晚,不是观赏音乐会,就是参加诗歌节,高雅浪漫,轻松快乐。但事实上,远方也和此处一样,生活着一群不堪的人,发生着一些庸俗的事,人并不比这里高尚脱俗,事也不比这里生动有趣。很多人也许觉得自己走得不够远,但即便是天涯海角、异国他乡,只要还在人间,接触的无非还是那几个人,遭遇的无非还是那几件事,万变不离其宗。千万不要觉得越远越浪漫、越远越清新,天下乌鸦其实一般黑,四海之内生活都苟且。

关于诗和远方,苏轼也曾有过类似的感想:"长恨此身非我有,何时忘却营营。夜阑风静縠纹平。小舟从此逝,江海寄余生。"为了生活,我已非我,没有了那个傲骨铮铮的自我,徒剩一副蝇营狗苟的俗躯。所以他反复琢磨着:"几时归去,作个闲人。对一张琴,一壶酒,一溪云。"他梦想的诗和远方要么就是隐居于山野故居,要么就是消逝于江湖扁舟。可惜直到去世,他也未能如愿。或许他心中早就明了,所谓的远方不过是一种想象,真的去了,也是一片狼藉。认真过好当下才是正道，在日常的苟且中营造诗意画境，会更加现实、靠谱一些，寄情于虚无缥缈的远方，难免要再三地失望。况且苏轼本身就是个在俗世创造仙境的诗坛圣手，让苟且的生活充满诗情画意，对他来讲小菜一碟，自不必非去远方才能酝酿制造。

对那些将希望都寄托在诗和远方的人，我还是要诚心奉劝一句，远方与此地没有什么大不同，我刚从远方来，没有感到一丝浪漫气息，倒是一身的疲惫。诗也不足以慰风尘，我写过不少诗，自得其乐是可以的，用它来止痛解忧恐不可行。还是要立足于生活的苟且，在烟火缭绕的大块之中，找到一方清凉之地、安乐之所，彼时吟诗也好，歌唱也罢，意气自然高远，神态自然安逸。而一切进退忧乐，实则存乎一心，与诗和远方无关。

落　差

很多人都会想当然地认为，经济形势不好时穷人的日子会很难过，而对富人的生活则并无多大影响。其实这是一种错觉，覆巢之下，安有完卵？大背景不好的时候，穷人和富人日子都好不了。穷人所积不厚，所挣不多，自然生活困顿。但他们本来就行居简陋，吃穿朴素，身无长物，只要还有食物果腹，衣服蔽体，陋室避寒，再怎么变化也不可能差到哪里去。已经到了谷底，就没有担心下跌的必要了；已经处在底层，也就没有担心失败的必要了。十天吃上一次肉，改为二十天吃上一次肉，似乎生活的品质下降得也不大；原来常穿三十元的衣服，现在只能穿二十元的衣服，似乎也没人会关注这一细微的变化。所以穷人在经济凋敝的时候，没有过多可忧虑的东西，左右不过是个"穷"字而已。

富人则不同。遇到经济下行，无论是绝对财富还是相对财富损失都是巨大的，甚至是难以忍受的。越富有的人，财富流失越多，有时资金链一断，可能一夜之间就变成了穷光蛋，甚至负债累累。即便是还能维持，过着平常生活，对他们来说也是落差很大的。要知道，他们一向奢侈惯了，香车豪宅，美酒佳肴，莺歌燕舞，突然要降低标准，过起简约的生活来，他们的适应性远比穷人变得更穷时的适应性要差。

还有一种想当然，就是认为身居高位的人退休之后比普通职工退休之后要悠游快乐得多，事实上也是恰恰相反。达官显贵在位时叱咤风云，威风凛凛，长期万众瞩目，前呼后拥，逐渐养成了一种傲视群雄、自以为是的心理和感觉。一旦退位，光环熄灭，阿谀断供，关注他移，云端仙人变回了地上凡人，齐天大圣现形为普通猴子，前后之别不可计，这让他们如何能承受呢？他们要化解这种心理落差，不知要花多少功夫，不掉入抑郁感伤的泥沼就不错了，哪来的闲情逸致开怀痛快？

　　反观普通职工，情形则完全不同。本来就不曾权势显赫，自然不知道被人追捧的感觉；从来没机会耀武扬威，也就没尝过当众显摆的滋味；一直匍匐于尘埃之中，当然想象不到云端的风景。退休，不过是从底层回到底层，从平凡走向平凡。不存在任何区别，根本无须做心理调整。到公园中只要稍事关注就知道，那些踽踽独行、官气犹存、若有所思、怏怏不乐的老人，大概率是个退休老干部；而那些成群结队、口无遮拦、活蹦乱跳、率性天真的老人，基本都是普通退休职工。

　　落差，是从高处跌落低处的差距，先前所居越高，跌落时落差就越大。生活的巨大落差或许咬咬牙还能忍受过去，心理的巨大落差就不是那么容易忍受了，需要高超的人生智慧，寻找适合自己的独特调节手段，通过时间换空间，最终将落差一点一点地填平。

壮　胆

酒壮怂人胆这话，我经过反复验证，确系至理名言。身边有几个胆小气弱的朋友，平时行事极为迟疑，说话声音微细，连走路都是蹑手蹑脚、毫无声息的，但是几杯白酒下肚，情形很快就会发生变化，不知从哪里生出的胆量气魄，激发着他们的情绪、力气和声音，让他们如同换了个人似的，满面红光，精神抖擞。声音比之前提高了八度，话语比之前增多了几箩，气势比之前宏大了数倍。开席前没有半点存在感，此时渐渐找到了感觉，整个酒桌就只有自己了。喝酒前我是属于这座城市的，喝酒后这座城市都是属于我的。待到人去席空，各自归去，一夜过后，那些人又恢复到了往日模样，依然是细声细语，走路不响，估计胆也收缩回原来大小，气也匀称到固有节奏。酒可真是个好东西。

比酒更有刺激作用的是钱。不管你长得如何高大魁梧、英俊潇洒，如果口袋空空如也，底气总是不足，说话也始终难以强硬。特别是在一些高端场所，或者紧要关头，考究的就是出手的阔绰了。谁的家底谁知道，没有钱做后盾，心就先行虚了，气就自然泄了。高大威猛的身躯瞬间将显得虚弱不堪、不可依托。如果财富雄厚、身价不菲，走到哪里都是气势凌人、毫不畏惧的。只要挥金如土，出手大方，永远都是人们尊崇欣羡的偶像，哪怕长相丑陋得令人作呕。因为人们首先看到的一定是你的钱财，而不是你的外表。所以只要有钱，就可以胆肥腰粗气壮，就算是个怂人，在旁人眼中没准也是个英雄般的存在。而没有钱,就是个真英雄有时也会窘迫难行。钱是个比酒还要好的东西,酒只能刺激一时,而钱能支撑很久,只要身上有,就一直能让尸人胆气长存。

比酒和钱更能让尸人胆气雄壮的是位。不管什么窝囊废、低能儿,只要给他一个高位,马上就能让他秒变豪杰。颐指气使、目空一切,并非他的才华能力足以让他有此气度,而是位置的权杖和力量让他有了这个资本。正如《笑傲江湖》中的日月神教的杨莲亭,本只是东方不败的面首,武不能安邦,文不能治教,但被东方不败扶为教中的总管,顿时有了生杀大权,便可以肆意妄为,尸人立马变成了狠人。位置意味着人马,意味着钱财,意味着巨大的资源,可以任意调度使用,就算是一个手无缚鸡之力、胸中毫无点墨的文盲,有了位置的加持,也会理直气壮、飞扬跋扈,指点起江山、品评起人物来,因为他有位置背后的人、财、物作为有力的支撑。当然有朝一日位置没了,他也会像泄了气的皮球一般,委顿于地,再也雄起不了了。

相对于酒和钱,位更有力度。但酒和钱可以反复有,位一旦失去,就难再得了。尸人需要借助这几种东西才能壮胆,而英杰即使没有这些也一样豪迈。

论 文

和几个从事写作的穷书生在一起，意气一生发，便开始纵论古今，横评中外，仿佛四海不过盈握，天地都在胸怀。说白了，就没有我们不敢品评的人物，没有我们不敢小觑的大事。现在那些所谓的大作家、好作品，条分缕析之下原来不过尔尔。以前须仰视才见，如今平视即可。端详起来，萧郎原来是常人。那些名家之作固然无甚大观，他们的弟子门徒更是技艺平平。我从来以为，写作是个人的事，凭着天赋加勤奋或有希望脱颖而出；生于书香之家，列于名家之堂，未必就能成为名副其实的文章家。这点不像做学问，多少还讲究些渊源传承。创作方面，老子英雄儿好汉的实在不多，不少人乃借父、师之威浪得虚名，不过银样镴枪头罢了。

像文学创作这种拿东西说话的活最是掩饰不得，哄哄外行或许可以，行家一睁眼，就可看个清清楚楚，无所遁形。名声大水平次，正如雷声大雨点小，徒然留下笑柄。这不，我们这几个无名闲人坐在一起，茶饭之间，把那些自命不凡或者盛名远扬的文坛体面人物一一哂笑了个遍。这年代，没点绝活，最好不要出来招摇过市。好在这是文坛，才弱而名大最多也不过是被人取笑；要是江湖，技差而名扬，一准落个剑断人亡。

江湖上很多人信谣传谣，容易"造神"。但好歹还有华山论剑这种试金活动，可以一决高下真假。文坛上更有一群志乱神迷者，盲目跟风从众，簇拥着一些名头响亮的人物，成为一座座文学山头，互相割据，彼此不服，但也只能戟指遥骂，无可奈何。他们之间的种种华丽或不堪，都是我们茶饭之余的谈笑之资。

　　对于我们这些有着文字洁癖的人而言，那些枝蔓槎丫的文字就像一团团墨渣，简直不忍卒读。他们饶有趣味地说着堆堆废话，一本正经地复述他人观点，不厌其烦地记录琐事碎闻，关键是不得要领还长篇大论，居然被认为是善写善作，实在是众人皆信的悖论。我习惯了看唐朝的丰赡、宋朝的深刻、明清的铺张，让我再来看今朝的烦琐浅陋，实在是一种心灵的残酷折磨。我可以短褐穿结，粗茶淡饭，蓬户瓮牖，可我就是过不了阅读贫穷的日子。如果当今的市场上没有好货，我宁愿爬罗剔抉，到旧时的纸堆里寻觅。总之，关于文章，是不能像吃穿一样降格以求的。这也是几个穷书生朋友一致的心声微志。

读书月

一座城市以读书为主题，开展了足足一个月的活动，可见文化在这里所受重视的程度。这个城市就是深圳，一个曾被讽刺为文化沙漠的地方。如果当年这里确是文化的不毛之地，通过二十几年读书月的浇灌，如今也早已是文化的绿地。因读书而受人尊重，这个响亮的口号，彰显了人文的回归和智慧的力量。文化不再被挤在角落，不再被束之高阁，而是像旗帜一样被重新举起，在城市的大街小巷猎猎作响——数千项活动密集展开，处处人头攒动，书页散发的墨香飘满城市的各个角落，人们尽情享受着一场文化的饕餮盛宴。

每当此月，本地的文人学者总是不够用，于是一批国内有名的文化名流都要被请到深圳做客，讲座对话，品评人物，推荐书单。人们争相参与活动，不吝采购书籍，以示自己是个热爱读书之人。即便是那些平素不摸书本、轻慢文化的人，在这种出入皆见书籍的氛围中，也会情不自禁地驻足，被裹挟于其中。各文化场馆早早地发函延请大家鸿儒前来助阵，请不到最有名望的耆宿，就请一些势头正劲的中青年精英。实在是抢不到外来的和尚，就以本地的文化人补缺。不管如何，一定得有些名流和行家来引领大家一起阅读，如此方能匹配读书月。

我也很荣幸地成为活动的本地文化候补人，来回穿梭在各种读书活动中。当然，我会很认真地谈些读书心得，推荐一些经典书目，不仅要对得住邀我者之真情，更要对得住听我者之真心。

读书月对于市民读书无疑是个极大的促进。常年自觉读书者也就罢了，即使没有任何读书活动，他们一样会有计划地阅读，因为阅读已经成为他们的一种生活习惯。但不少市民是有一搭没一搭地读书的，有空才翻翻书，没规划，没目的，读点闲书而已。还有些市民从年头到年尾都不曾摸过一下书，有时并非因为没时间读，而是缺乏读书的心气。沉不下心，就凝不了神，光有读书的意愿是远远不够的，拿着书就走神分心，怎么都读不进去。虽美其名曰读书，实则分毫受益皆无。所以读书也是一种能力，起码得先具备在混乱忙碌的生活中安静下来的本事。

虽然按照名望分为国家级文化人和本土文化人，但读起书来可不分这个，那些来回讲座、评述、作秀的人未必就得了读书的真谛，忽悠一下活动承办的机构，惊艳一下鲜于阅读的市民或许还行，对于真正善于阅读、勤于阅读的人而言，就未免显得苍白浅陋了。我如今也加入阅读沙龙行列，到处推荐连自己都没有阅读或者细究的书籍，心下很有几分惶恐，生怕自己也成了那些没读几本书就急着说书读完了的肤浅文化名人。好在我推荐完阅读书单后，会及时补课，将其中未曾涉猎的部分赶紧囫囵吞枣地扫上一遍。故而在建议别人多阅读的同时，我其实也在劝自己勤阅读。

一个读书月下来，我相信，大多数市民的家中或办公室都会增添些书籍，多了些书香，有些人还真会乘机静心读上几本书，即便不读，也好歹培育了些许书卷气，不至于像从前那般满身俗气。至于我自己，则在坚定维系读书习惯决心的同时，进一步提高了堕落为作秀文人的警惕性。

钱满足不了的灵魂

民间流行着一句名言：钱能解决的问题都不是问题。确实，很多问题错综复杂，纠缠不清，就像无数相扣的连环锁，不知从何处开始打开，就算是能力极强的人也未必就能畅通症结。如果通过钱能贯通，反而把复杂问题简单化了。就像一团乱麻，线头多，难以提纲挈领，快刀一斩，立即清晰。钱就是那刀。大多数时候，钱确实能解决问题，因为世上事情虽多，但归根到底，还是落到钱的身上。少量钱解决不了的话，就用大量的钱，不过是量上的区别，始终在性质上没有改变。所以遇到什么事情，人们首先想到的办法就是花钱，只是反复在花钱多少上斟酌犹豫。其实真正用钱都解决不了的问题能有多少呢？人们所说的不是钱的事，实际上只是钱的多少的事。启动金山银库，什么都会迎刃而解。钱不仅能荡平道路，也能化敌为友，甚至还能活命安国。

但也有极少量用钱解决不了的事情。比如刻骨之恨、铭心之爱。有些恨不共戴天，无法消解，非以性命相搏不可；有些爱融入血脉，无法忘却，早与生命共存亡。这些爱恨用钱是扭转不了，买断不了的。也就是说，对于世俗的物质问题，钱几乎无所不能；而对于情感问题，钱很多时候也无能为力。但真能经得住金钱考验的情也不是很多，始终不易的要么是痛恨，要么是深爱，皆与性命攸关。

正如钱都解决不了的问题才是难题，钱都不能满足的灵魂才是高贵的灵魂。人们总是关注着出身和生活的高下贵贱，而忽视灵魂的天差地别。普通的灵魂因钱而满足，高贵的灵魂让钱很无奈。有些问题看似钱解决不了，加大钱的分量最终都得以解决；有些灵魂看似高贵得让钱很乏力，加大本钱后照样匍匐在地。这种灵魂不是高贵，而是更加贪婪庸俗。真正高贵纯洁的灵魂对钱财莫动于衷，再多钱堆在眼前也不能改变其性情初衷。他们视若生命的是信仰和理想，而这与钱毫不相干。

钱满足不了的灵魂如幽谷芝兰，芳香自远；如草尖凝珠，晶莹剔透。只是不轻许人见，是以人间绝少。

标准不一的评价

对于文学和艺术,我从来都只相信自己的眼睛、耳朵和头脑,任他人说得天花乱坠,我自有判断。倒不是文人相轻之故,而是长期以来,我在阅读和思考中形成了一套鉴赏标准,也许这一标准不同于主流和大众的公共认识,但绝不至于偏颇或浅陋,这是在熟悉古代先贤思想观点后给我的底气和自信。我从不迷信所谓的权威和主流,更不以获奖成名定优劣。读几行字句,听几句旋律,基本就可评判文章音乐的好坏优劣。文学和艺术没有那么神秘,读起来让人流连,听起来让人沉浸,便是好作品,也没有那么复杂的界定框架,正如功夫的根本目的是技击,如果打不倒人,最多是舞蹈或体操,中看不中用。文学和艺术也一样,获得再多奖项和好评,如不能悦人心性,启迪思想,那便如同废品不堪入目。至少我是没兴趣浪费时间多看一眼的。

在文艺界久了,总能遇到所谓的大咖,或者拿奖专业户,头衔无数,光环满身,初闻骇人耳目,令人敬肃,及至对话交流,多是浅薄鄙陋之流,徒有虚名耳。他们拿着光鲜的证书、华丽的简历,到处耸人听闻、哗众取宠,外行不懂,以之为神。行家伸伸手,便知有没有。再光怪陆离,深入其中,不过漆黑一片,实在找不到一丝亮光。但正如要看清那些魑魅魍魉,须得有孙悟空的火眼金睛,才能一眼洞穿。鉴别文学艺术的好坏,也要炼就火眼聪耳,还要有足够使用的脑子,如此便能独立对任何作品瞬间做出判断,绝不至于人云亦云,拾人牙慧。

　　一直以来，我坚持"取法乎上"的原则，从历朝历代神品、能品、妙品入手，学习分析，总结思考，找出其所以千古盛传之要旨，反复咀嚼吞吐，得以稍窥其堂奥。好的东西，虽手不能至，但眼可速辨，心向往之。久而久之，但凡遇到极妙之文学艺术作品，立即物有共识，情有共鸣。相反，遇到次品，厌倦情绪便油然而生。而且，自然而然对那些成名已久甚至写进了史册的名流大家，会进行严格的审视。往往，没多少人能经得住审视。所以一个时代真正高明的文学艺术家其实是寥寥无几的。虽然放眼一看文学艺术家俯拾皆是，但真能经得起推敲的人还真没几个。

　　当我表达这种观点的时候，很多人不以为然。但我只是按照自己的标准来评价，因为这个评价标准随着时间的推移越来越严格，所以在许多人眼中的神在我眼中被还原成了人，而在许多人眼中的人物也变回了普通人。因为评价标准不一，他们是对的，我也没错，不妨各持己见！

好人难做

因为在我的人生路上得到过不少帮助，所以我常常心怀感激。秉持爱出者爱返的理念，我也力所能及地给予他人以援手。早先受到助人为乐，做好事不留名的观念影响，帮助别人都在暗处，从不声张，也绝不期望回报。行事皆是"事了拂衣去，深藏身与名"。有些人是心知肚明的，有些人则不知就里。心知肚明的人有两种：一种懂得感恩，一种淡然忘却。这两种于我其实都不会造成任何负担，因为我也是事了则忘，不做任何期待的。不知就里的人也分为两种：一种心中感恩，只是不知向谁表达；一种泰然受之，以为事情本当如此，得到帮助，是因为自己努力了上天才眷顾，跟他人帮助没有关系。

本来他们作如是想，与我也毫不相干，事过境迁，相忘于江湖也就罢了。可这种人往往便是传说中所谓的"斗米养恩，担米养仇"之人，得到以为正常，不得便觉事有不公，其中必有问题。于是牢骚满腹，怅恨不消，心中始终难平，郁结久了，终于成病。于是散播流言蜚语，四处攻击，甚至阴狠恶毒，诬告陷害。乃至施恩其身不仅未得其好，反受其害。这种人虽然不多，但终究是有的，一个已令人烦，两个就让人厌了。

后来帮人我会因人而异：有些人有自以为是之特性，我索性不予帮助；一旦施援我会将助力之处说明，不是图什么回报，而是要让他知道，没有人相帮，仅凭他个人的条件和努力是难以成事的，省得他觉得事成是理所当然。这世界所有的成功其实都不是必然的,不过因缘际会罢了,而他人的帮助不可或缺。我之所以要把帮忙公开阐明,就是希望被帮之人不要以为事成是必然,其实是得益于他人的助力,这样下次未获帮助心下也就坦然了,不至于未得就记恨报复。公开帮助之行后,当然大多数时候会得到别人的感谢,但这并非我所求,我只是希望帮助了他人,不给自己带来无穷的麻烦。现实生活中,反目成仇者很多恰恰是那些援助者与被援助者,最初是恩人,最终成仇人,生死相向。这种事例不胜枚举。

人情这东西最为复杂,于我是能还就还,最好两不相欠。即便是我帮助他人,也多是出于情愿,过了就过了,不再牵扯,毫无负累。但因为人心难测,所以该告知的还是告知,别人是否内心感恩且不去管他,至少不要给自己留下无穷后患。我常心下感叹,帮人有时候也挺难的,所以俗曰"好人难做",此真至理名言。

怀才不遇

在这个火力全开、千帆竞发的时代，已没有理由感叹怀才不遇。当今之时，用人之际，怀才必遇，不在此处遇，便在他处遇，所以不遇者，必是无才也。孔老夫子说："不患人之不己知，患不知人也。"套用孔老夫子的话说，不患人之不己知，患无真才也。声名不扬，不是因为别人不知，而是因为不具备值得别人传扬盛赞的内在条件。社会已经发展到非常成熟的阶段，领域的细分详尽入微，只要稍有长处，就不容易被淹没。

特别是风气持续开明自由，每个人都有机会寻找到最适合自己生存的环境和勃发的土壤。在此背景下仍感叹怀才不遇，不是没有真才实学，就是观念陈旧、抱残守缺。有些人或许很有政治才能，却在商界打拼，结果一事无成，却又不愿另寻坦途，只能慨叹怀才不遇。有些人天生就是做生意的好材料，却在仕途上混着，结果总也提拔不了，却迟迟不愿转行，难免就要蹉跎岁月，怀才不遇了。

在古代，"万般皆下品，惟有读书高"。士子们除了读书当官，再无其他路可走，读书人去做生意是要被人嗤笑鄙视的。所以大家都去谋求做官。千军万马过独木桥，肯定有不少人是要被挤下去的。就算再有才华，有时也无法找到施展的机会，所以感叹怀才不遇的人自不在少数。乱世也就罢了，生逢盛世，如果还不能寻个用武之地，对于有才的人来说，便要愤愤不平了。盛唐时期，诗人孟浩然身负才华，胸怀远志，却一直难以施展，不免心中郁结，只能以诗抒怀，写下著名的《望洞庭湖赠张丞相》：

> 八月湖水平，涵虚混太清。
> 气蒸云梦泽，波撼岳阳城。
> 欲济无舟楫，端居耻圣明。
> 坐观垂钓者，徒有羡鱼情。

从诗中可以看出，孟浩然还是很羡慕那些仕途得志者的，也明确表达了耻于在圣明时代无所作为的观念，只是苦于找不到好机会。一身才华，只能没于乡野。若是换作现在，当不了官可以当教授，不做学问可以做生意，条条大路通罗马，一样可以名扬四海，受人尊重，决计无须写诗抱怨抒愤。

生于当代，行当众多，领域宽广，只要有才，哪里都可扬名立万，领袖群伦，且没有高低之分、贵贱之别。怀才者除非不想遇，想遇的话，终究是能遇的。故而现代人的怀才不遇，要么是客观上非真才，要么是主观上不欲遇。

越　狱

　　自从越狱以后，安迪不仅人身获得了自由，灵魂也获得了救赎。他来到墨西哥的海边，用智斗监狱长获取的金钱，在当地置业安顿，过着他在监狱里想象了无数遍的美好生活。这里景色宜人，安宁祥和，没有欺诈，没有谎言，没有算计，有的只是阳光沙滩，新鲜气息，蔚蓝天空，寥廓海洋。他并不富有，却也不贫穷，对于一个曾经吃了十几年牢狱饭的人而言，再普通的饭菜也是美味佳肴；再简陋的居所，也足以舒展身躯，不像监狱里那么狭窄局促。那湛蓝的海水、翱翔的海鸥、漂泊的渔船、朴实的人们，无不让他心旷神怡。

　　如果不是他狱中好友瑞德如约来到海边找他，他几乎忘记了过去的悲惨生活，一心沉醉于当下的简单幸福之中。我想，当瑞德详述安迪越狱之后的监狱生活，安迪会不会突发奇想，要回到肖申克监狱看看它的现状？凭着安迪的智慧，他当然不可能让监狱的看守们发现一点可疑之处。他甚至会以一个慈善家或者一个社会贤达的身份出现在监狱，成为监狱长的座上宾。

　　他一定会首先来到他当年住过的那个班房，那张他曾经用来遮盖洞穴的影星海报或许已经成为越狱的经典教材；而那条他辛辛苦苦挖了十几年的隧道，无疑将被结结实实地堵死；那些能弄到开挖工具的私下交易途径必然也被杜绝；看守们对犯人定然更加严厉，那个放风的操场（一度是安迪倒土的地方），这时也已被严加看管。

依然有人会为多争得一勺菜而大打出手，为谋取一个稍微轻松或者有点小好处的岗位巴结狱长看守。有些人很烦闷，也会想着像安迪一样越狱而去，可又没有安迪的聪明才智。有些人安于现状，还有着自己的消遣方式，甚至像罗伯特·艾伦科特那样喜欢收藏钱币或者其他什么小物件。还有不少人像布鲁克斯那样习惯了监狱生活，出了监狱不知如何是好，最后因为不适应新的生活而走上了绝路。安迪故地重游，看到这一切，为那些曾经的狱友感到悲哀的同时，一定会庆幸自己及时脱离了这个悲惨世界。

设想到此，我突然意识到，自己是否也一直生活在一种人生的肖申克之狱中，只是缺乏安迪的勇敢和耐心，挖不通那条通往自由的隧道，所以尽享不了阳光沙滩，实现不了灵魂的救赎。

功名心与书卷气

功名心一起，书卷气难免就少了。无论说得如何慷慨激昂，写得多么耸人听闻，把读书的重要性认识得多么深入透彻，把读书的方法论掌握得多么轻松娴熟，若不去开展读书实践，一切皆是枉然。我们需要的是阅读本身，而不是去研究阅读的重要性、必要性、紧迫性，所有对后者的关注，事实上都没有触及问题的本质，正如总是围着中心反复勤快地绕圈，却总也不去抵达中心。只要稍微思索一下，我们就会发现，更多人不是正在进行阅读，而是正在讨论阅读。

所以貌似读书的人很多，而真正读书的人很少。

人其实是很难一心多用的，顾此则失彼，顾彼则失此。一心一意干一件事，肯定比三心二意干一件事容易成功。今日取功名，明日欲立言，看起来积极进取，两个放弃，搞得不好，可能就两头皆失。毕竟能将"兼济"与"独善"融为一体的人实在太少。古人在这方面做得好的还是有一些的，像高适、王维、元稹、白居易、范仲淹、欧阳修、王阳明、曾国藩等，皆有此能。他们功立得赫赫，言也立得皇皇。现在的读书人也有不少欲以之为表率，可惜画虎不成反类犬。当然，这番意愿还是令人心生敬意的，毕竟身在名利场，却愿谈风雅事，本身已经算是超尘脱俗了。至于在文化方面的建树，就算是专门研究文化的人，考其一生也未必就有。

我不是个善弹琵琶的人，十根手指不能箕张，心亦不能旁骛，做一件事情稍为分心，结果定不能精纯。即使全神贯注，也会漏洞百出，时时需要堵塞填充。就拿读书写作这种事来说，本是不涉及他人的纯粹事，但也常搞得混乱茫然，不得要领，并非专心致志，就心中明镜似的，一切了然。《孙子兵法》有云："故备前则后寡，备后则前寡，备左则右寡，备右则左寡，无所不备，则无所不寡。"我有时觉得这就像在针对我读书写作而言。不读不觉得知识少，越读越觉得盲点多，真是无所不备，无所不寡。于是全力以赴，有时夜以继日，可仍然感到知识的储备库中空空如也。

我早已不去论证事关读书的各种枝蔓问题了，而是直击读书本身，但进展还是极其缓慢。有了切身体验，我因此不太相信在当今时代能鱼与熊掌兼得，也就是说边获名利，边厚学识。所以每当功名心一起，我就要加强阅读，尽量给自己增添些书卷气。

量力而行

近来与一许久未见的好友谋面，彼此闲话这几年的遭遇，方知他经历了巨大的人生变故，家属一度危险至极，在鬼门关走了一遭，如今仍在恢复之中。这些年他极少外出，在家尽心助妻恢复，颇见成效。朋友是个极为乐观的人，当初医生将他妻子推进手术室，面对生离死别，他没有表现出丝毫的惨然愁苦，而是幽默地对医生说："我可是将一个完好的人交给你们了，你们一定要完璧归赵啊！"十小时后手术做完，医生将他妻子推出来时，他又开起了玩笑说："你们不仅还给我一个完整的人，比进去时还更完美了。"搞得医生护士们都哈哈大笑。其达观开朗大抵如此。

据朋友说，他妻子的病很是危险，能手术成功实在是万幸。经此一劫，他把什么都想开了，提前办好了退休手续，专心照顾家人。之前他是一位很优秀的校长，退休后很多人来聘请他去做私立学校的校长或者顾问，指导教学和研究工作，他都坚决地拒绝了。他说："钱多钱少对我来说没有什么特别的意义，有名无名更是无关宏旨。"看得出来，余生他是真心想过平淡的生活，没有什么能让他动心移情。他风趣地自嘲说，每当开车经过医院时，觉得健康就好；开车经过看守所时，觉得自由就好；开车经过火葬场时，觉得活着就好。虽是玩笑话，却有着深刻的道理，我听了不禁为之动容。

年纪轻轻、身体健康、出入自由时，我们总是要给自己不断加码，向生活无休止地索要，金钱、权势、名声，多多益善。等到进手术室的瞬间才会觉得健康原来最重要，贪图钱财以致身陷囹圄的那刻才会觉得自由最为珍贵。而被送往火葬场时，连后悔的机会都没了。所以朋友是冷静而明智的，选择是正确的。他的淡然态度让我很受感染，让我本就趋淡的心更加平静。不是要故意"躺平"或者"摆烂"，而是要量力而行，拼搏前先看看自己有多少本钱，不要还没奔赴疆场，自己就非战斗减员。

人生在世，奋斗是必须的。但首先要有奋斗的力量，其次要在阳光下磊落地奋斗，更关键的是奋斗要持续、长久。我很欣赏朋友所说的，人须得活着，健康地活着，自由地活着，才能谈及其他。奋斗，对某些人来说是愿不愿的问题，而对某些人来说则是能不能的问题。

打回原形

改革开放四十多年来，经济发达，国富民强，国人的生活完全变了样。回忆二十世纪七八十年代的情形，人们几乎都会感觉恍若隔世。今昔对比，犹如梦幻一般，令人难以置信。在这几十年中，人们多已脱胎换骨：洗脚上田者有之，工人摇身变为经理者有之，小学生成长为研究生者有之；最为常见的是穷光蛋暴发成富豪，小流氓蜕变成大哥。总之，社会发生了巨变，人们也随之变得面目全非，自己都不知道自己是谁了。如果不在夜阑人静时分细思往日身份，坐在高楼大厦之中，穿得西装革履，出入豪华场所，还以为自己天生就是个有钱人、大贵族，从来未在下层社会混过，未在穷乡僻壤生存过。

一切都是富裕发达惹的祸，让人忘了出身，不知从何处来。天长日久，一个小学生真以为自己是个大书生，一个乡下人真以为自己是上等人。原形，在物质的包装下化身隐藏，就像那些小妖小怪，一旦成了精，场面就大了起来，腔调就洋了起来。其实，把他们的衣服一扒，简历一捋，就知道这些人出自何处，几斤几两。任他奔驰宝马开得飞快，虫草燕窝当作白菜，那些与生俱来的浅陋和深入骨髓的粗俗怎么掩也掩不住。就像孙悟空的猴子尾巴，纵有七十二变，尾巴终是藏不住，明眼人如二郎神者还是一眼就可识别。就像有些人发家带有原罪，这些人的骨子里也带有精神"原罪"，洗不脱，甩不掉。即使在辉煌的大厅，在炫目的舞台，还是影影绰绰，依稀可辨。

最好的办法就是本色当行，不要掩饰，不要装潢，做一个真人、一个善人，承认学历低，然后循序渐进，踔厉奋发，即使不能与人作比，也可以与己相较。承认自己出身低微，然后节节向上，永不止步，即使不能登顶巅峰，也可到达相当高度。掩盖终是要揭开帷幕的，装饰终是要现出本来面目的，届时被打回原形，便要让天下失望，人人鄙薄。

这么多年来，我始终变化不大，小步慢走，徐徐而前，本色仍在，初心不忘。没有大起大落，亦无大富大贵。虽偶有"清时有味是无能，闲爱孤云静爱僧"之慨，到底还是没有生出"欲把一麾江海去"的意气。所以所见便是原形，原形便是所见。不像有些"挟其高大以临我"，令我眩乱反复的精怪，被打回原形后，都是些蜘蛛老鼠、狐狸白骨之类的东西。

请求与拒绝

请求和拒绝是我们在日常生活中常遇的情景。即便是特别善于自持的人，也免不了会在情急之下提出请求，毕竟社会之湖海广阔，以一人之力难以顺利横渡，请求是必然的，也是无可厚非的。但那些不懂自重的人，会经常对别人提出各种超越常理的请求。于他们而言，达到目的才是王道，什么尊严、身份、底线通通都可不顾。所以请求常遇，倘若你具有一定的办事能力的话。越是强大、富有者，收到的请求就越多。

请求是每个人都可能会提出的，而拒绝却不是每个人都有资格做出的。拒绝的前提是要收到请求，也就意味着你有满足请求的能力。提出请求很容易，拒绝起来却很难。拒绝不等于简单粗暴地说"不"。拒绝不仅需要勇气，还需要能力。平常请求也许可以不假思索地予以拒绝，但有些请求隐藏重大的利害关系，涉及重要的人际关系，拒绝时必须慎之又慎。否则，不仅绝了情谊，误了大事，还可能断送了性命。自古以来，我认为最艺术、最唯美、最妥当的拒绝，莫过于唐朝张籍拒绝节度使李师道的请求。面对李师道的倾心笼络，张籍回诗一首：

君知妾有夫，赠妾双明珠。
感君缠绵意，系在红罗襦。
妾家高楼连苑起，良人执戟明光里。
知君用心如日月，事夫誓拟同生死。
还君明珠双泪垂，恨不相逢未嫁时。

诗中借用一个已婚女子拒绝追求者的口吻，暗喻彼此之间的情境，表达了矢志不渝地忠于唐王朝的决心："知君用心如日月，事夫誓拟同生死。"但同时又珍惜李师道的欣赏看重："感君缠绵意，系在红罗襦。"并对不能应承所求而深表遗憾："还君明珠双泪垂，恨不相逢未嫁时。"既表明了心迹，也给足了李师道面子。唐中叶之后，藩镇割据，朝廷轻而藩镇重，藩镇多拉拢朝官，而朝官多倚重藩镇。张籍名重一时，故李师道对其极力拉拢。张籍深知其中的利害关系，借用一首情诗予以婉拒，轻而易举地化解了危机，体现了惊人的勇气、超强的能力，更体现了高妙的智慧。

一直以来，对于各种合理不合理的请求，我都是照单全收，从来不懂得拒绝，因为怕伤了请求者的颜面，挫了他们的自尊，所以有时即使明知事不能成，也要勉力一试，结果往往弄得自己疲于奔命，而事能成者几稀。后来发现自己不过是请求者广泛撒网中之一网，这一网撒下去能网到鱼固然是好，网不到他们自去查看其他网的收获。原来他并不完全寄望于你一人，所以你也不必似有千斤重担在肩。明了此情，过了自己的心理关，我终于有了拒绝的勇气，只是拒绝的能力还有待于提高，要多学习张籍的拒绝艺术，如此自己便少了拒绝的心理负担，请求者也不至于因折了颜面而心生怨气。

优劣源于比较

我平生不好饮酒，应酬时总是捉襟见肘，所以一般不去组局聚会。对茶也知之甚少，少有到茶馆悠然闲度的心境。但身边倒是不少好酒迷茶的朋友，有些还精通品酒和茶道。好酒，特别是好红酒的朋友是很讲究的，他们喝酒完全上升到一种艺术品鉴的高度。

一次与几个精通红酒的朋友小聚，他们拿出五六瓶不同品牌、价位的红酒，一字排开，从低价位到高价位依次品尝，喝完一瓶再开下一瓶，而且换上新的酒杯，绝不混淆。如此，对每种红酒的滋味都了然于心。有了比较，哪种酒是何档次、有何特征便清清楚楚了。连我这个外行都分辨得出酒味的区别，似乎价位高者确实要更加香醇味厚一些。如果单喝一种酒，我是无论如何也喝不出好坏来的。

茶也一样，懂的人自能甄别品质好坏甚至生产时间，不懂的人最好的鉴别办法就是拿出几种不同质量和价格的茶一一咂摸，有了比较就约略知道差别。像我这种喝酒只有辛辣味，喝茶都是苦涩味的酒盲、茶盲，每次去懂茶的朋友那里，他们都会给我泡上多种茶叶，让我感受其味道的不同。对比，是入门酒经、茶道的最好办法。

不久前，我与一个过去的同事偶遇，彼此谈起手头的工作。他原在经济领域当中层领导，后去了一个完全与此无关的行业从事管理工作。他精通经济与金融，在经济领域做了很多宏观改革创新，并为工厂、企业做了大量细致入微的服务工作，很多企业对他都很是尊重。后来他调整了岗位，接任他的是个外行，创新能力缺乏，服务也很不到位，企业对其大为不满，怨声载道。后来换了几任，反响终是不如我的前同事，大家都开始怀念起他来。过去他在任时，方方面面都很顺畅、很便利，大家觉得理当如此，当时只道是寻常。有了前后对比，大家才觉出他的好来。如果只经历他这一任，大家对他的能力和效率并无特别的认识；有了标的，人们自然会在心中进行比较，好坏优劣就较量出来了。

对人的认识就像品酒、饮茶，一定要找些不同品质、档次的进行对比，单一的分析有时只能得出绝对的量化结果，而得不出相对的综合参数。所以有时我们会忽略身边的英才秀士，因为没有比较就分不出良莠。等到我们阅人无数，回头一望，原来曾经错过不少英杰，正如我们在酒桌上忽略了某种高档红酒，在茶馆中轻慢了某款陈年普洱。

医 思

不到万不得已,我实在不愿到医院去。平时小病小灾的,我宁愿力扛过去,也坚决不去医院。因为每次去医院,都要胡乱猜度,把身上的不舒服处无限放大了想,没病也会先被自己吓得不轻。但话说回来,力扛的前提得有力。年轻时体力好,什么都扛得住。随着年龄的增大,越来越经不住细菌、病毒的袭扰,不借助药物的辅助和医生的指点,很容易被击溃。就像一台跑了几十万公里的汽车,各个零部件都已老化,时不时就得进厂检测保养一下。人也一样,经历几十年的风吹雨打和日晒雪冻,加之生活的磨砺与岁月的煎熬,难免这里疲劳、那里损坏,进医院去修补整饬一番,实有非常之必要。所谓磨刀不误砍柴工,任何事情其实都不会重要过此。工欲善其事,必先利其器,我们干事创业,身体就是我们的利器,个把身体这件利器磨砺好,将一事无成,或者即使成了也无法持续。

所以我现在经常鼓励自己勇敢直面身体问题,将医院视若其他平常地,意态从容地前往检测或治疗。将来更要培养一种心态——逛医院要像逛公园一样轻松。可不,现在,人来到这个世界,就是在医院;人离开这个世界,多半最后也要经过此地。这里既是生死两道门,我们最好要熟悉这里,至少不要排斥这里。我时常想路修得再好,我也不一定在此经过;广场修得再气派,我也不一定在此活动。但医院,无论如何不想去,终究还得去排队挂号。

我有时想,对于与我们生老病死都休戚相关的医院,全社会都应该倾尽全力,把医院真正建设成五星级的家,让人油然心生亲近感而非畏惧感。本来就带着病痛而来,还要狼藉满眼、骂声盈耳,岂不更让人心烦意乱、痛苦不堪?病尚未治,已濒临崩溃的边缘。如果医院风景秀丽、树影婆娑、清净隽永,医护技术高超、态度宜人、话语悦耳,尚未检查病或已好了大半。可惜,我们更多的资源都耗费在口腹之欲、奢侈之望上。很多人只明白吃喝玩乐是享受,却没意识到圣手仁心才是最佳待遇。

若有一日到医院有宾至如归之感,我将不再怯于"进厂保养",甚至勇于坦然面对"进厂大修"。果如此,则是我等之幸、大众之福。

酒宴之思

经济浪潮席卷天下那会，应酬是必不可少的社交活动。好像不在外面会会朋友谈点事情，就是没有本事、没有地位的表现，正如杜牧所言"清时有味是无能，闲爱孤云静爱僧"，佛系、道化绝不是时代主流。人人都把自己当成社会活动家，频繁出入各种饭店酒肆。据说早年日本男人如果下班就回家，定会遭外人鄙视，甚至家人都会瞧不起他。国人其实也不遑多让。我身边也不乏以应酬为乐，无酒不欢的人，哪天要是没有酒宴，浑身立即就不自在起来，精神萎靡不振。那时节人们似乎特别愿意结交朋友，即便是没什么要事相商，也要凑在一起喝酒谈天，不忘老朋友，认识新朋友，如此朋友圈越来越大，真有我们的朋友遍天下的味道。

在酒席上肯定有主宾，有陪客；有滔滔不绝者，有不善辞令者；有善于搞气氛的活跃分子，有一声不吭的"闷罐子"。形形色色，倒也别有一番景象。一般来说，话题都是围绕着主宾的兴趣点而展开，一旦主宾不是很兴奋或者不太熟悉，聚会组织者就要立即改换话题，不能让主宾觉得尴尬和不适，这是张罗宴请者的必备技能。所以宴席虽然热闹，但话题其实比较单一，因为所有的人都没有太多的发挥空间，一切都要追随主宾的意愿和兴趣点，附和或者延伸。除了主宾外，一般还有次重量级的几位嘉宾，他们共同构成了酒宴的灵魂。其他都是陪衬者，整场酒宴下来几乎没有几句台词，那些口才差点或者初出茅庐者甚至只能全程尬笑，沉默不语。表演是主角和配角的事，他们就是跑跑龙套而已。

我虽然没有社交恐惧症，但却有社交疲倦症。这种鱼龙混杂、呕哑嘲哳的场面，我素来不好。但为了不与世界断绝联络，偶或参与一两场应酬。完成最起码的觥筹交错之后，我会坐下来用心地享用美食，同时仔细观察各人的社交情态。居于核心地位的几位嘉宾自然是表现裕如的，而且他们在礼节性地与每个入席者一一互相致意后，就旁若无人地拉起小圈子，说着人人都可听到的悄悄话。那些资历浅、朋友少的人就只好闷头吃东西，时而怯生生地抬头张望，并始终赔着笑脸。我对这些人颇有些同情，常会主动举杯致意，以缓解他们局促的心情，他们多会报以感激的眼神。这个时候他们的存在几乎可以忽略不计，有人来关照一下他们的情绪，于他们自然是珍贵的。后来几次我因为别的事情偶与他们中的一些人有些交集，他们不仅在态度上对我极为尊重，而且在行事上也给了我不少方便和照顾。于我而言，当初出于尊重个体的致意并无他想；而于他们，则始终藏之于心并择机图报。我唯一的冀望，是他们以后在位居主宾时，还能记起当初的无所适从，给别人一些应有的尊重和关心。

我想，人在上升通道或者得意之时，你再怎么敬他，重他，他也许都不会当回事。而当他被冷落，处劣势时，哪怕一点微不足道的关怀也会激起他们的深切感激之情。投之以细石，他们将报之以巨浪。

洁 癖

爱干净其实是大多数人的本性，但有些人会特别讲究，甚至到了吹毛求疵的地步，这就是人们常说的洁癖。有洁癖的人其实是蛮痛苦的，他们可以把自己浑身上下收拾得干净利落、纤尘不染，把自己家和办公室收拾得整整齐齐、窗明几净，可他们不能把别人强行洗涮一番，对世界进行全面大扫除。邋遢的人到处都是，凌乱的地方随时可见，所以他们出去总有诸多不适、各种不满，只好闭门落户，深居简出，在家不停地洗刷擦拭。他们甚至想将吹过脏乱者的风都清洗一遍，或者扔进垃圾堆。

我身边就有几位有洁癖的朋友，到他们家里或办公室，他们有时甚至会跟在你的身后，一边与你交谈一边拿着抹布一路尾随冲洗抹擦，让你感到无处立足。用过的卫生间他们或要冲上好几遍，让你萌生出去到公厕解决问题的想法。喝过的茶杯估计走后得消几次毒，甚或根本只备一次性的物品，用后则弃之。我虽然不修边幅，好歹还爱干净，衣着简单但不失整洁，长相平平却不至于尖嘴猴腮。所以他们或许不喜我随意的穿着和行为，但也还没到厌烦的地步，否则便没有资格做客于他们的私属空间了。

我对于世间万物都没有苛求，能暂为我所用已很幸运，即便是粗衣糙食我也决不嫌弃。因为来自农村，看惯了泥土沙石；因为家境贫寒，从不追求精细物品。所以洁癖对我而言，无异于天方夜谭。什么混乱地方都能存身，什么褴褛衣衫都能遮身。别人的穿着打扮怎样，起居办公之处干净与否，我概不关注，对我毫无妨害。但有一点，对于精神，我是有洁癖的。那些庸俗浅陋之人，我向来是看不入眼的。跟他们交流就像一个有洁癖的人看到一个浑身脏兮兮的人一样感到极不舒服。精神上污秽的人可比生活上脏乱的人多得多。遇到生活上脏乱的人，最多就是勤洗勤擦，把他们留下的脏迹消除掉，而遭逢精神上污秽的人，是无法将其鄙陋粗俗抹去的。而且有些人还得时不时见面，被他们隔三岔五地熏染，必须要对精神进行清洗保养，才不至于留下劣迹。

保持精神洁净的最好办法是独处，就像一个生活中有洁癖的人，更多地只愿意待在自己独立的空间，把那里经营得干净整洁、锃光瓦亮。独处可以斩断一切精神污染源，始终保持精神上的清澈澄明、独树一帜。人只有精神干净了，灵魂才会高贵，故生活上的洁癖大可不必保留，而精神上的洁癖还真得有那么一点才好。

称　呼

刚参加工作那会,觉得与在学校最大的不同就是称呼。学校关系很简单,比我长者皆称老师,同学之间一律直呼其名。到了单位,称呼便复杂起来,一定要带上头衔,比如李科长、张工、黄总;没什么职务和职称的,像司机后勤之类,则在其姓后冠以"师傅"称谓。像我们这些初来乍到的年轻人,谁见到我们称呼起来都是在姓前加个"小"字,比如小赵、小钱。

每当有人称我"小王"时,我都会觉得十分别扭,总感到这称谓陌生中还带着些蔑视,似乎在体现着称呼者的某种优越感,于是我会很有礼貌地请他们直接称呼我的姓名,或者省却姓只唤名,回到双方平等的语境中来。其实小王也好,老张也罢,不过是些流传已久又约定俗成的称谓罢了,意思也很简单,年轻人在姓前加上"小"字,年纪大的在姓前加上"老"字,以示亲切。

知道人们在称呼中没有什么特别意思后,我也就不再在乎别人叫我小王,时间一久便习惯了。那时年轻,小伙伴之间倒不愿相互称呼小李小孙,非得老气横秋地互称老李老孙。仿佛姓前加个"老"字,我们就彼此显得成熟稳重了许多。

被人叫了许多年小王后,人到中年时,便没几个人好意思继续这样叫了,除非是我的长辈和老领导。生疏的称呼起来必定会加上职务,以体现尊重,比如王科长。熟悉的或会在名字中选出具有代表性的一个字,然后加上哥,以示亲切,比如猛哥。如此我又安于此称谓十几年,直到最近接待几个旧时故友，他们竟称我为老王且直言无碍，并不显得故意或生硬，仿佛当年我们称呼那些年纪大的人一样。我这才意识到自己很有些年纪了，似乎早已不宜用小王的称谓，猛哥改唤作猛叔显然也不合俗规。剩下的就是姓后加个职务后缀了，这种称呼显得官方而冷漠，无形中便人为地拉开了人与人之间的距离，无疑不适合朋友之间的交流。那么，老王便是最为恰当的称谓了。

  岁月无情地把小王变成老王，把轻捷转为滞重，把简单写满沧桑，这确是件令人有些神伤的事情，好在朝气尚未化作暮气，雄心并未日渐灰心。对于称谓之变、时序之变，敏于岁月者自会暗暗心惊，而对忘却年龄的人而言，并不至于伤春悲秋。好在我早已不在乎修饰容颜，只着意于焕发精神，所以哪怕将来老王变成了王大爷，我心犹壮。

躺　平

我专门以一整天的时间试验躺平的滋味，听着嘀嗒嘀嗒小跑的时光，就像一个穷人听到别人撕碎了一张百元大钞，心痛得如同刀绞。几十年如一日全天候地将日子精打细算，已经养成了一种计划时光的习惯，突然闲下来一时还无所适从。在这个躺平声浪此起彼伏的时代，即使躺下来，也未必就躺得平。心中的那些纠结事儿难免要让人辗转反侧，寝不安席。

心底无事天地宽，可滚滚红尘，焉得心底无事？所谓花无百日红，人无千日好，没有远虑，近忧是难免的。本来究其根本，我们为之汲汲戚戚的诸多事情确实没有什么特别的意义，所谓的重大、深刻都是人为加码的，其实没么严重。地球都不过是一粒尘埃，将任何事物比作鸿毛都显得重了。只是我们自己把一些本来空洞的东西赋予了丰富的内涵，渐渐地就习以为常地为之忧思忙碌，心神不宁，其实真的无所期待，反而觉得天地宽了。但信马由缰地活着，一定会被人指责为胸无远志、无所作为。人总是翻越不了他人言论的篱笆，打破不了约定俗成的框架。其实很多时候我们都在质疑自己当下的生活观念，只是不敢从源流上断定其正确与否。

有时我也很想放弃一切努力，正如躺平的这一天，无所事事，只仰望白云发呆，俯视溪流无意，一任时光悠然远去。我知道回过神来时心会隐隐作痛，觉得又浪费了一天的大好时光。可话说回来，发号施令、洽谈争辩、阅读行吟就真的不是虚度岁月？我倒觉得不做期待，不怀寄托，不留痕迹，是一种真正的松弛和洒脱。让自己闲逸在风雨中,散漫在光影下,忘我在时光里,获得生命的要旨、人间之至味。只是说起来容易,做起来太难。就像躺平,躺下来容易,平就难了。即便是身子平了,心却难平,意更难平。在心意还不能自如控制的时候,还是行走着好些,待到心如止水、波澜不起的时候,再去修篱采菊、屠狗卖浆也为时未晚。

快乐难再

过去人们的笑点很低，每当欣赏《春节联欢晚会》时，但凡看到相声小品类节目，总是笑得前仰后合，其乐无穷。因此多年来，春晚的相声小品节目一直都为万众所期待。然而随着人们的笑点不断地提高，传统的相声小品类节目慢慢地很难满足大家的需求了，那些用了无数遍的陈词滥调旧包袱，人们听了上句就知道下句，再也难得展颜一笑。于是新的喜剧形式出现了，比如脱口秀、吐槽大会，其中的喜剧幽默不是直截了当地搞笑逗乐、说荤段子，需要听众听后回味咀嚼才能回过神来，较之之前直白浅显的相声小品，似乎更有内涵，也更有嚼劲。所以一时间脱口秀、吐槽大会大行其道，深得人们喜爱。这种新形式显然是一种时代产物，符合人们日益提高的笑点需求。

幸福也同样有幸福点。小时候我们添了一件新衣服，买了一双新鞋，或者得到几个糖果，拿到几块压岁钱，都会觉得快乐无比，幸福满怀。记得那时最想得到的是一套《三国演义》连环画。在乡里供销社的柜台边，我每天都会流连半晌，不愿离去，因为那里正摆着一套我心仪的《三国演义》连环画。后来我将母亲给我的少量零花钱慢慢储存起来，待存够一本的钱，便买下一集。经过数年的努力，居然购得全套三十六集的《三国演义》连环画。为此，我很长一段时间兴奋得不知如何是好，仿佛在深山中挖宝而归。每天翻阅着那些连环画，不肯稍离片刻。还真有些《琅琊王歌辞》中所言："一日三摩挲，剧于十五女。"后来工作了,虽然也买过不少自己喜欢的书籍,也很认真地阅读,但当初购得全套《三国演义》连环画的那种快乐却再也没有找到。正如现在有些富家子弟,你就是给他买上全身名牌,也不能让他们稍感幸福。在他们心中,或许认为生活理当如此——吃味美的食物,穿时尚的衣服,是天经地义的。

随着时代的发展、生活的富裕、文化的进步,人们提高的远远不只是笑点,还有获得感、存在感、幸福感,所有的基点都大幅度提高。人们需要的不仅是物质的极大丰富,还要得到足够的尊重,享有绵绵不断的爱意,获得精神上的空前满足。光是些香甜糖果、时新服装、美酒佳肴,又如何能令人幸福快乐呢?

有时候觉得,把笑点提高,幸福门槛加高,实在是件很残酷、很不幸的事,因为人们日渐地少了笑容,少了幸福感,变得沉重凝滞起来。当初听到那些浅白的相声傻傻一笑、得到几个糖果时偷偷一乐,现在想起来还真值得珍惜和怀念。

期　待

有了期待以后，感情上、心理上就会产生惯性的依赖。期待如愿也就罢了，如果与期待相左，情绪上便容易受到影响。期待体现在人生的方方面面，不仅仅是名利，也包括情感和生活。有人说，人只有怀抱希望，活着才有意义。我认为，不要对人、对事、对未来抱有任何执念，但只做着，过着，顺其自然，这才是人生的正解。

人活于世，极少没有痴心妄想的，有人偏偏美其名曰希望。有欲却无满足欲的能力，便属于空想。有了空想，还要满心期待，哪能不失望、落寞呢？没有对明天进行美好的设想，只是用心地干好今天的活计，到了明天，生活真的呈现出美好的景象，岂不是更加惊喜？光想得完美，事有未谐，等来的只能是郁闷痛苦。有人说，有了希望才会有动力，希望会引领你去奋斗，去成就。难道非得给自己的明天或未来画上一个饼，才会去努力奔跑吗？果真如此，也太浅薄鄙陋了。

不少人其实在某些方面解决了期待的问题，比如不再期待晋升，不再期待发家，只想平平安安地生活，健健康康地享乐。但熄了这种期待，又生起了别的期待，比如说，想找到存在感，一定要在朋友中或者社会上抛抛头，露露面，如果能成为个草根网红什么的，让万众瞩目就更好。于是潜心地钻，拼命地造，一心要满足自己出圈爆火的期待。有些人在名利方面看得很淡，却过不了感情关。对别人好，一定要别人也对他好，必须得爱出者爱返。可现实偏偏又不争气，往往是真出者假返，爱出者恨返。于是事先的期待全化为乌有，自己又被不良情绪所萦绕。

我一直主张不对任何人、事、未来做任何期待，只开心地过好今天，完全地用好当下。对名利抱着一种不求取、不拒绝的态度，有则笑纳，无亦欣然。决不能被这种变化扰乱了心神。对情谊也一样，追求淡然如水，君子之交。对他人付出真心实意后，并不要求他人同样讲真话，付真情。帮助他人时做到以助人为乐，而不是以他人回报为乐。如此，进可抵足而眠，退可相忘于江湖，自己心中没有任何负担。至于生活，我一向认为平安快乐就好，从不追求奢侈富贵，所以从来都是满意的、顺心的。要求低有个好处，就是任何超出低要求之上者都会带来意外的惊喜。

命运本该有它自己运行的轨迹，不会因为你期不期待而做任何改变。期待，只会给自己带来框架，带来束缚，无所期待便还自己自由之身。

人以群分

有朋友在新联会工作，我特意查阅了一下这个组织的全称：新的社会阶层人士联谊会。这是个全新的组织，服务对象占社会的绝大部分。随着经济社会的发展，原来简单的国有单位关系变得多元化。过去人们无论是在政府、事业单位还是国有企业工作，都是国家的员工，拿国家工资吃公家饭。改革开放以后，形成了不少新的经济组织和社会组织。这些组织中的人的身份不再隶属于国家。这部分人被称为新阶层。这个阶层里又分为不同的群体，比如律师群体、设计师群体、新媒体工作者群体。加上过去的公务员群体、老师群体、医生群体等，社会各阶层出现了细微的分化，形成了千千万万个不同的社会群体。

每个人在工作中都更多地与本群体的人、本领域的事打交道。比如医生们互相之间的交流会很多，老师们彼此之间的研讨更频繁，官员们多致力于社会治理，设计师们都投身于作品创造。所以在工作中，是真正的人以群分。自己属于哪个群，自然做着相关的事，与相关的人打交道，无论喜不喜欢，都是一种工作。有些人有着职业化的心态，便容易跳脱出来，不把工作任务和工作情绪带到生活中去。有些人喜欢把工作和生活混为一谈，把工作当生活，把生活当工作，所以毕生把自己局限于某个群体，只体验着这个群体的喜怒哀乐。

其实每个人除了身份和工作群体外，还可以根据自己的兴趣爱好，去寻找属于自己的那个群体，甚至可以同时参与到不同的群体中，在那里找到自己的位置和价值，尽享多样性的快乐。比如加入摄影组织，和一群愿意到山水之间、人群之中去寻求捕获美好的人，共同结朋交友，创作交流，留下令人难忘的艺术瞬间。或者加入作家群体，和大家以文会友，抒情达意，叙事传神，在字里行间获得一种精神满足。或者成为一名歌者，与一群音乐人常相聚首，听歌入深浦、声振林樾，在优美的旋律中陶醉。没有文化艺术特长，就去体育竞技中寻找一项运动，搏击、篮球，或者长跑，总能找到适合自己的项目，还有一群爱好同己者，共同磨砺技巧，锻炼身体，乃至探讨心得获取快乐。跨越工作阶层，社会中有成千上万个群体，可以有多种选择去丰富生活，娱乐身心。

  我在工作中当然也隶属于固定阶层，所以未能免俗。在生活中，我是游离于各个阶层之外的，因为更多的时候，我觉得独自闲着会更加自由快乐些。因为我对存在感无感，对孤独感也不反感，故而极少加盟任何社会群体。但这并不意味着我没有兴趣爱好，相反，我觉得对天地万物都兴致勃勃，意犹未尽。我只是不想为群体的意愿所绑架，为众人的想法所框定。与其有乐于身，何如无忧于心；与其有益于思，何如无害于神。

据理办事

身居要位、手握公器者，本当无偿报效社会，服务大众。然其办公行事本意各有不同，或据理，或因情，或为利。故结果相差何止千里。

据理办事，是公职人员的应有态度，也是维系社会公平正义的正当行为。然而，德行上的秉持清正、公事中的不偏不倚，有时反而会遭到世俗的嘲讽、世人的指责。要么认为其傻，要么认为其迂，不懂变通，不会寻租。从大处看，他们延续和弘扬了正气清风，当然是民族的脊梁、国家的基石，正是因为有无数据理行事的人，社会秩序才不至于混乱，社会公正才不至于偏远。而从小处讲，得罪了一些俗人，阻碍了他们的意愿，损伤了他们的利益，当然为他们所不喜，甚至为他们所恨。于秉公办事者自己而言，不仅没有半点好处，还会带来不小的害处，非但没有将手中资源转化为利益，可能还因此得罪了亲戚朋友，甚至惹恼了上司同行。结果是无法长进，还有被撤换的危险。如此一来，人们都要认定其情商不高，不懂人情世故，他们自然在讲究互惠互利的江湖难以立足。这实在是个莫大的讽刺，人们口口声声要求平等正义，却对维护平等正义的人轻慢责难，打击报复。

因情办事，当然是首重情感，是不是合理、合法尚在其次，关键是不能伤了彼此之间的情谊。为了不伤情面，不坏关系，甚至可以不惜牺牲公众利益。只要自己的周围环境营造得好，上升通道始终畅行无碍，其他也就顾不得许多了。这种人常被人们誉为聪明人、明白人，情商高，会办事。确实，他们往往在工作中左右逢源，在生活中如鱼得水，是人们艳羡的对象。可这种人却是德之贼也，不仅打破了规则，损害了公益，还起到了极坏的表率作用。人们对他们一边口诛笔伐，一边却对他们内心称羡。

为利办事，秉持的是一种交换理念，多大权换取多大利，非常明确具体，不管何人何事，一视同仁，钱到事成，两不相欠，干净利落。这种人既不守规矩，亦不念旧情，简单明了，绝不枝蔓，唯利是图而已。他们是正义观念的颠覆者、公平社会的危害者。他们身上的歪风邪气，若任其蔓延滋长，定会席卷四方。可这种人并不在少数，恰如病菌，传播力极强。被影响至深者，可以见利忘命，迷途不返。羡于此者，或认为其亦是有胆魄者之流。

我们当然还是希望这个社会尽量多些据理办事者，虽然有时会觉得他们有些不近人情，但事实上他们才是国家民族的基石，他们晃动了，整个社会就会山崩石裂，人们就会头破血流。

第四章 敬仰文化

敬仰文化

实现文化的复兴，仅仅对文化重视是远远不够的，还要打心底里敬仰文化。中国的历朝历代有盛世，有乱世，但什么时候似乎都没有缺失过对文化的应有尊重，有时更是将文化推崇到无以复加的地步。因为不管在什么时候，总有一些人对文化由衷敬仰，对大师真心崇拜，哪怕他们身在庙堂，居于要位。

东汉桓帝时期，名臣陈蕃外放豫章郡任太守，他为政严峻，吏民敬畏，但他特别尊重文化名流。豫章本地有个高士叫徐孺子，德行高尚，恭俭义让，精通今文经学和天文历算。陈蕃对他尤为敬重，经常请他到家中探讨大事，请教学问，并专门为他设置了一张床，以备他过夜休息。待徐孺子一走，立即折叠收藏起来，从不他用。王勃在《滕王阁序》中盛赞江西人杰地灵之时，就曾以此作例："人杰地灵，徐孺下陈蕃之榻。"陈蕃作为豫章太守，来往需要接待多少上级、同僚和亲友，可他只为徐孺子备了专榻，可见他对徐孺子有多么尊重！而徐孺子是道德学问的代表，陈蕃对他的敬重正是对文化的敬仰。虽然陈蕃没有时时处处强调对文化和文化人的重视，可他为徐孺子设专榻之行为，已足以说明他敬仰文化之真诚。即便他给予徐孺子无数钱财房地，对其屡屡提拔重用，也不及为他在家中专设一榻。真正的重视文化不是给予钱物，而是心中敬仰。

北宋时期，有个学问家叫邵雍，他只是一介布衣，却立志学易悟道，不仅无书不读，而且酷好游历。终于有一天，他感叹道:"道在是矣。"从此他隐居洛阳,过着平淡的生活,安贫而乐道。但他深厚的学识、高尚的品德折服了朝中仕子、村野黎庶,富弼、司马光、吕公著等政要名流无不对其钦佩敬爱,并专门为他置办了园宅。邵雍将住宅取名为"安乐窝",并自号"安乐先生"。他自耕自种,自给自足,怡然自得。无事时,他常乘一小车随意而行,洛阳市民对小车的声音都非常熟悉,对他争相迎候,并亲切地称道:"我家先生来了。"人们尊崇邵雍之道德学问,甚至教育子女晚辈,往往如此说:"你再做不好,恐怕邵先生都会知道的。"外地来到洛阳的官员学子,不一定拜会官府,但必会去拜望邵雍。邵雍病危之时,司马光、张载、程颢、程颐等名士大家都早晚在他身边守候照料,直至他去世。

事实上,邵雍出身普通,不曾为官一天,只是因为道德高尚、学问高深,受到了人们的额外敬重。如果不是人们心中敬仰文化,谁会把一介书生像神一样供奉呢?富弼、司马光都是曾经做过宰相的人,他们对邵雍的礼敬完全是一种对文化的礼敬。桃李不言,下自成蹊。他们从未标榜自己多么重视文化,可他们对邵雍近乎膜拜的行为,难道还不能充分揭示他们对文化的敬仰之情吗?

品评人物

两晋特别是东晋时期，士林崇尚清谈玄理，品评人物。而后者多以前者为据，能清谈者自然容易被评入前列。当时的贵族王公很是重视自己在公众品评中的排名，做官大小可以无所谓，但是不是在人们心中排得上很重要。

其实，品评人物在东汉末年就已盛行，只是到了两晋才发扬光大。开启人物品评之端者是东汉末的许劭。许劭是当时的高士，《后汉书》说他"少峻名节，好人伦，多所赏识"。他和他的从兄许靖皆得盛名于当时。兄弟俩在汝南发起了一个有趣的活动，叫"月旦评"，就是每月的初一对当世的人物进行评论，月月更换主题。这一活动参与者甚众，在汝南一带蔚然成风，影响力迅速扩大到全国。许多人因获月旦评的肯定而得到官府拔擢，乃至飞黄腾达，其气势、威风远超通过别的途径提拔晋升的官员。但那些在月旦评上获得差评的人物也名声大坏，受到质疑贬谪。真是"所称如龙之升，所贬如坠于渊"。

月旦评之所以为大家所重，是因为许劭、许靖两人品评乡党，褒贬时政，不虚美，不隐恶，能分忠奸善恶，所评结果经得起时间的检验、事实的佐证，故而众皆信服。月旦评的公信力影响力越做越大，一时四方名士慕名而来，以得二许一字之评为荣。甚至王公贵族、朝廷要员都对月旦评之结果甚以为意。《后汉书·许劭传》载："同郡袁绍，公族豪侠，去濮阳令归，车徒甚盛，将入郡界，乃谢遣宾客，曰：'吾舆服岂可使许子将见。'遂以单车归家。"袁氏家族，四世三公，非常显赫。袁绍少年英雄，就是对何进、董卓这些权要，他也没有丝毫畏惧敬服之心，但对许劭却很是敬重。本来很讲场面的袁绍，在回老家之时，唯恐奢侈铺张的仪仗为许劭所反感，谢绝随行宾客，轻车简从而归，可见他对许劭的态度是多么在乎。

曹操也一样很重视许劭的评价，曾经卑辞厚礼，拜见许劭，希望他对自己评价一番。许劭对曹操很是看不上，根本置之不理。曹操软硬兼施，逼迫利诱，许劭被他缠得没有办法，给了他两句评语："君清平之奸贼，乱世之英雄。"操听后满心欢喜而去。很多高洁之士一经品题，便身价百倍；而一些污浊之人被贬低后，多为众人所嫌弃。

一个人的评语能够左右时人的看法，决定名士的前程，这个品评人的道德人品、学问见识之超拔杰出可想而知。我们现在甄拔优秀人才，固然需要依靠科学的用人机制，但最后决定去留用废的还是领导者，而领导者本身的德行、识见尤为重要。伯乐才能选中真正的千里马，而普通相马师只能选到一些常马、驽马。要是多一些许劭这样的人就好了，每月举办个月旦评，人才很容易就脱颖而出了。

促谏之法

谏官是旧时的一种言官，专门给皇帝找不足，给朝政找问题，相当于在太岁头上动土，在老虎身上拔毛，所以这是一种非常危险的职业，一般的人都不太愿意干。自汉以来，谏官制度就已建立，之后不断得到完善。这种岗位虽然危险，但也有个好处，就是可以直接接触皇上，若真敏锐善察，卓有见识，而且敢于大胆直陈，很容易得到皇帝的欣赏和拔擢。

历朝历代不少名臣都曾干过谏官，最有名的莫过于唐之魏徵、宋之司马光。魏徵以耿介刚直名留史册，唐太宗李世民对他十分忌惮，但凡得空找点乐子，都要小心翼翼地避开魏徵，生怕被他抓住把柄一顿数落。皇帝做到这步，算是气度恢宏、把持有度了。而谏官如魏徵，算是生逢其时、十分幸运了。更多的谏官没有如此好运，无法遇到唐太宗这样的一代明君。所以在大多数朝代，谏官们只是例行公事，并不十分卖力去发现问题，痛陈要害。特别是碰到一些昏君暴君，他们更要明哲保身，敷衍塞责。

苏洵在《谏论》中分析道，谏官大概可分为三种：一种是本性忠义刚直的人，一种是时勇时怯的人，还有一种是胆小怯弱的人。他认为让这三种人直谏、力谏，就像将其置于山崖而令其下跳：第一种人为捍卫勇者之名，将义无反顾地往下跳；给予第二种人千金赏赐，他也会鼓起勇气往下跳；第三种人无论如何也不敢跳，而这时若放出一只猛虎，向他们张牙舞爪，他们会立即转身一跃而下。由此苏洵提出，要多甄拔一些忠义耿介之士进入谏官体系，这些人无须扬鞭自奋蹄，自会履行好进谏之责。对那些勇怯参半、犹豫不决的人要多奖赏鼓励，激发他们进谏的勇气；而对怯弱的人，必须约之以规、刑之以法，让他们不得不言，不敢不谏。

其实苏洵的这套办法又岂止适用于谏官，任何领域都可用此法。本性忠直诚实的人不需要严格要求和反复提醒，他们自会将本职业务干好办妥。普通人则需要提拔奖赏、以利激励，也会把既定工作完成得令人满意。而对于那些无利不起早、不推不挪步的人，必须约束以制度，刑之以法规，让他们心生畏惧，肩负压力，如此方能达到预期目标。如果以结果而论，这三种方法或致同一结果，但相较而言，第一种方式无疑是最佳途径。既无须利诱，又不必势逼，而是在内在品质的引领之下自然达成，臻乎完美。可这世界到哪儿找那些个耿介刚直、忠义淳厚之士去？

下笔晦涩

虽然有时候写诗作文也放眼万里，回溯千年，胸中虑及宇宙天地，但终究未居要津，未当要道。要想象那份气势是可以的，要流露那种气势就有些难了。故像魏之三曹和建安七子那样，"志深而笔长""梗概而多气"，不是说做就能做到的。不说家国天下，就是风花雪月，也未必能吟咏得好。再微细的事物，再熟悉的景致，在笔端流出也是如"冰泉冷涩弦凝绝"，什么时候也奔腾畅快不起来。

记得袁枚写过一首《遣兴》，也是道及动笔之难的：

爱好由来下笔难，一诗千改始心安。
阿婆还是初笄女，头未梳成不许看。

像袁枚这种大家，写起东西来也一样是极为不易，一首诗要改上千百遍，方才拿来示人。就像一个老阿婆出门，还是要似当初做少女时那般注重形象，没梳好头、打扮好，坚决不出门见人。袁枚虽然没有什么气势磅礴的鸿篇巨制，但很多诗文写得清新脱俗，娴静可人，比如他的《苔》《所见》《十二月十五夜》《夜过借园见主人坐月下吹笛》，其妙处，"透彻玲珑，不可凑泊"。

相较于袁枚擅长清丽诗文，辛弃疾可以说技高一筹。他不仅能写气势豪迈之词，像"八百里分麾下炙，五十弦翻塞外声，沙场秋点兵""千古江山，英雄无觅、孙仲谋处"；也能写温婉动人之词，如"众里寻他千百度，蓦然回首，那人却在灯火阑珊处""倩何人，唤取红巾翠袖，揾英雄泪"。辛弃疾文武双全，一身英雄之气，但吟弄风月，也是绝世高手。试看他的《南歌子·新开池戏作》：

散发披襟处，浮瓜沉李杯。涓涓流水细侵阶。凿个池儿，唤个月儿来。

画栋频摇动，红蕖尽倒开。斗匀红粉照香腮。有个人儿，把做镜儿猜。

炎炎夏日，坐在新挖的水池边，吃着冰镇瓜李，叫个月亮来水中玩儿。旁边有个美人儿，把池水当镜子照，非得和倒映在池中的红色荷花比美。夏日傍晚乘凉，吃着瓜果消暑，与美人同赏花月，本是隐居的日常生活，在辛弃疾笔下却无比浪漫。特别是那句"凿个池儿，唤个月儿来"，十分轻松俏皮而又出人意表，把文字玩弄得出神入化，丝毫见不到袁枚所说的难来。他那双开过弓、舞过枪的手，拨弄起风月来，同样是新奇有味，让人着迷。

我常常想，诗文到了苏轼、辛弃疾等人的笔下，为什么总是像长江出三峡，自然流畅、一泻千里，而在自己笔下却千难万难，像被堵塞的航道、凝滞的山泉？是天赋之别，还是勤奋之分？二者盖皆有之。

蜗角之争

孔子是个胸怀天下的人，而庄子是个胸怀宇宙的人。所以孔子要周游列国，推行他的仁义主张，希望天下太平、民生安乐。孔子绝对是有理想、有情怀的圣人，从来只为苍生谋而不为个人计。庄子则压根不入世，决不为国家天下出一谋，划一策。楚王曾派使请他出山，他根本不为所动，表示要"曳尾于涂中"。庄子关心的是宇宙自然之大事，对于为王称霸之俗事，不屑为之，甚至很是厌恶。

《庄子·则阳》中记载了一个寓言故事：在蜗牛的两个触角上建有两个国家，左角上的国家唤作触氏，右角上的国家称为蛮氏。两国为争夺地盘时常发生激烈战争，伏尸数万，血流成河。追亡逐北，往往要追杀十几天才返回。蜗牛本就是种小动物，蜗牛角就更无立锥之地，竟然在庄子奇幻瑰丽的想象中，住着两个国家，每个国家都有成千上万人的军队，为争夺土地还要发动战争，一追赶起来就是十几天。蜗角是个肉眼仅见的地方，国家小如蜗角，人走上十几天都不能穷尽一国，那人得有多细微，用尘粒来形容都大了！也许须用高倍放大镜方能看清楚。在庄子的心中，人渺小如菌，国微小如尘，有什么值得争斗谋取的呢？即使得一国，也不过得一蜗角，毫无意义。故庄子宁愿穷困地隐居山野，也不愿为虚名浮利稍作一谋。他是个自然人、宇宙人，只有在山水天地中自由来往，才会感到逍遥自在。

天下入心的孔子无疑是圣人，宇宙在心的庄子则是至人。

后世贤达对这两位大思想家都推崇备至,行多效法孔子,思多追慕庄子。特别是那些有过仕途浮沉、人生起伏的人,更会从内心喜欢庄子,学习他的通透豁达。大文豪苏轼就很喜好庄子。他有一首著名的词作《满庭芳(蜗角虚名)》就用到了庄子的这则寓言:

蜗角虚名,蝇头微利,算来著甚干忙。事皆前定,谁弱又谁强。且趁闲身未老,尽放我、些子疏狂。百年里,浑教是醉,三万六千场。

思量。能几许,忧愁风雨,一半相妨。又何须,抵死说短论长。幸对清风皓月,苔茵展、云幕高张。江南好,千钟美酒,一曲满庭芳。

我想,身陷囹圄之时,九死南荒之际,苏轼说不定会常常想到庄子的"蜗角之争",世俗人事渐渐地渺小了,心中天地就慢慢地寥廓了。圣人之学,可以强国强天下;至人之学,可以强身强灵魂。

呆若木鸡

斗鸡这种游戏大概春秋战国时期就已开发,王公贵族似乎都很好这口。一直到清末,这种古老的娱乐方式都还盛行不衰。能够流行几千年,说明这种游戏是多么深得人心。绝大多数人只是在斗鸡中寻求感官刺激,少数人却能在斗鸡中悟出大道。

《庄子》中讲了一个有趣的故事。有个叫纪渻子的人,专门为国王培训斗鸡。有一次国王交给他一只雄壮的公鸡,让他精心培育。过了十天,国王问他培训好了没有。纪渻子回答说还差得远,这只鸡现下本事不大,还骄傲自满、不可一世,根本不堪一战。过了十天,国王又问纪渻子鸡怎么样了。纪渻子说还是不行,这只鸡很容易受到外界的影响,老是闻声而动、捕风捉影。过了十天,国王又来催问,纪渻子认为还差一把火,这只鸡常常眼露锐光,身透意气,尚不够成熟稳重。又过了十天,国王再来询问,纪渻子这次很肯定地回答说,现在完全没有问题了,各方面的素质已经全面具备了。它看上去呆若木鸡,纹丝不动,完全不受任何外界影响,不为同类所动,但只凝神沉寂,旁若无人。其他的鸡一看它的神态,早已吓得不见踪影,更别说上前厮杀。

纪渻子训鸡确实是有一套,从去骄气,到去浮气,到去意气,让一只趾高气扬的鸡变成了一只心智深沉的鸡。这不正是老子等所谓的"大智若愚""大巧若拙""大勇若怯"吗?庄子故事之意在此矣。

考当今之文人学者，与纪渻子所训之鸡无异。有人"虚憍（同"骄"）而恃气"，明明没什么水平，却傲气得紧，仗着站得高的自然优势雄霸四方。有人"犹应响景"，听不得任何异言否语，一有反对意见便要跳起脚来争论驳斥。还有人"犹疾视而盛气"，眼光犀利，盛气凌人，容不得别人不从不敬。这些人本来还需驯养时日，到达"呆若木鸡"的境界，方能胜券在握。可惜他们并未坚持到最后的阶段，中途便纷纷披挂征战江湖，故而总是让人难以服气，自己也甚觉力不从心。毕竟文化这东西不是恃贵仗高就能令人心悦诚服的，没有真才实学，很快就会露出马脚。

那些虚张声势而底蕴单薄的文化名流，到底也没有意识到，骄气、浮气、意气，并不是什么压倒一切的法宝，恰恰是战胜攻取的滞碍。只有通过扎实的修炼，慢慢去除这些短板，将自己变成一只精气凝聚、心无旁骛的"木鸡"，才能雄视天下，不战而胜。

君子之交

即便是再沉默寡言、性好独处的人，多少也还是会有几个朋友的。如今这社会，任是深山更深处，也应无计避红尘。所谓的隐居林泉，不过是自欺欺人的把戏罢了。像王维那样"独坐幽篁里，弹琴复长啸。深林人不知，明月来相照"，恐怕是很难了。我时常想"春去花还在，人来鸟不惊"，那该是个多么美妙的世界。可真要享受那份宁静，就得像陶渊明一样息交绝游，甘于寂寞，自度定力还不足当此。但说实话，见面就交朋结友，未几就称兄道弟，我更做不到。所以一直以来，我朋友不多，联系也不甚紧密。我信奉庄子所言的"相濡以沫，不如相忘于江湖"。

我猜想，庄子该是个十分耐得住寂寞的人，因为没有任何史书记载过他曾有什么良朋好友。像他那么深刻超拔的人，确实也难以找到什么知己，普通朋友甚至都难交。那个富裕的监河侯该是他俗世的老熟人，否则当他揭不开锅的时候，也不会勉强向那家伙借米。结果不光没借到米，还被嘲笑了一番。可见监河侯虽然是熟人，却不是朋友。几斗米都不愿借，焉能称得上是朋友！是朋友当然不会见死不救。不过也要感谢那位吝啬的监河侯，让我们至今都能阅知精彩的"涸辙之鲋"的故事。

惠施这个人倒是时常出现在庄子的文章中，著名的"子非鱼"之争便是发生在庄子与此人之间。能跟庄子对话的人，自非等闲之辈。但惠子很是嫉妒庄子的才能，一直严防庄子争夺其相位。可见他虽有跟庄子辩论的才华,却非庄子真正的朋友,朋友之间本该互相成就才对。

庄子的超凡脱俗注定了他要寂寞一生,但他并不在乎。他深知人性的弱点,却并不因为懂得而改变,反而更加坚定了独来独往的决心。他从不寄情于他人,而是寄情于天地。所以人情在他眼中是极淡的。他断言"君子之交淡如水,小人之交甘若醴"。君子交友,淡而久远;小人交友,浓而短暂。庄子是犀利的,他无情地戳破了那层薄薄的人情面纱。

自少及长,不同的阶段,我都曾留下几个朋友,淡交疏联,故而长在。虽然阅历不同、境界有别,但因为无六尺之孤可托,无百里之命可寄,也就不必苛求彼此,相伴人生同行罢了。这一点,我喜欢庄子的态度。

人心不古

老子、庄子都提倡要绝圣弃智，让自然回到本来状态，让人回到最初本性。就像轩辕氏、祝融氏、神农氏时代，人们"甘其食，美其服，安其居，乐其俗，邻国相望，鸡犬之声相闻，民至老死，不相往来"。自从人们开启了心机才智，一切都变了样，盗贼四起，物欲横流，天下动荡，民不安生。庄子认为，这都是因为圣人的出现，把整个社会风气带偏了。圣人推行仁义，他们修礼法，定制度，明规矩，看起来似有益于国家。然而盗贼在窃取国家的同时，把这整套典章制度一并盗窃了过去，成为装饰门面、维护利益的手段。圣人之道不仅防不了大盗，倒是有益于大盗。正如有人为了防盗，将箱子锁得牢牢的，袋子扎得紧紧的，结果盗贼将箱子和袋子整个搬了去，之前所有的防范不仅失去了意义，而且大大有助于盗贼搬运。

圣人提出的圣、勇、义、智、仁，在庄子看来用处适得其反。善人讲道，盗亦有道。《庄子·胠箧》载：

故跖之徒问于跖曰："盗亦有道乎？"跖曰："何适而无有道邪？夫妄意室中之藏，圣也；入先，勇也；出后，义也；知可否，知（智）也；分均，仁也。五者不备而能成大盗者，天下未之有也。"由是观之，善人不得圣人之道不立，跖不得圣人之道不行。

能够判断室内是否藏有财宝，这就是圣；率先入室盗窃，这就是勇；最后一个撤离，这就是义；分析入室盗窃可不可行，这就是智；分赃分得很均匀，这就是仁。听起来盗亦有道这话在逻辑上还真没什么漏洞。也就是说，善者以道立，恶者凭道行，那道对于去盗还有什么用呢？

然而圣人提倡仁义，恰恰也是因为礼崩乐坏，人心不古，希望推行大道以裨补时陋。老庄却认为圣人提倡的仁义之道不仅无益于天下，还乱了自然，坏了人心，所以决绝地认为"圣人不死，大盗不止"。他们希望回到蒙昧单纯、毫无私欲的远古时代，过着纯粹的自然生活。没有杀伐，没有争夺，没有才智，人与自然和谐共生，其乐融融。

其实圣人如孔子、孟子者，也很崇尚三皇五帝时代的美好生活，只是不知什么时候人心变了，变得心机重重，变得贪婪无厌。他们倡道，也是想匡复民风，纯洁人心。事实上，老庄和圣人都盼望民风淳朴、海晏河清，只是老庄的路径是绝圣弃智，而圣人的路径是倡导仁义。

鱼水关系

我们都知道，不管是什么鱼儿，一旦离开了水，只有死路一条。不同的是，有些鱼儿一离开水，一两分钟就没了呼吸。有些鱼儿离开水，还能挣扎些时日；能坚持十天半个月的，就算是很厉害的了。然而非洲中部地区有一种鱼叫肺鱼，离开水后，还可以生存5年，被当地人誉为"不死鱼"。肺鱼可谓世界上最耐干旱的鱼了。众所周知，非洲中部地区，常年干旱。正是因为这种干旱的环境，生长于斯的肺鱼进化出一种神奇的功能：每当旱季来临，肺鱼就会钻进土中，蜷曲于洞穴，并分泌出一种黏液，以确保周边的湿润。接着它便进入休眠状态，不吃不喝，每天只消耗极少的能量。如此一直等到下个雨季的到来。即便是等上个四五年，它也能坚持住。网络上甚至流传着这样的故事：非洲人搭建房子，常用泥土，有时泥土中就藏着一条休眠的肺鱼。一不小心，肺鱼被砌进了墙里，变成了真正的鱼干。有朝一日，大雨滂沱，泥塌墙倒，肺鱼竟然破土而出，满血复活了。足见肺鱼的生命力是多么顽强。

庄子为了讽刺他吝啬小气的朋友，曾讲过一个寓言故事：有一条困在干枯车辙中的鲫鱼，向路过的庄子求救，说它本来居住于东海，今不幸陷于此处，快要干渴而死，希望庄子给他一升半斗水，以解燃眉之急。庄子痛快地答应了："好吧，等我到了南方，去劝说吴、越两国国王，把西江里的水引来救助你，让你随着江水游回东海。"鲫鱼听了气愤地说："没有了水，我一刻也活不下去。现在只要得到少量的水，我就能续命了。如果等你往返吴、越，引来西江之水，我早就渴死在这里了。到时候，你只能到鱼干铺里去找我了。"我想，如果庄子遇到的是非洲肺鱼，而不是东海鲫鱼，它一定能够等到庄子从容地说服吴王和越王，引来西江之水，把它带回到东海老家。庄子在路途花费的时间再多，也不至于要四五年。就算真的被人置于鱼干店，给它足够的水，它也能神奇地苏醒过来。

对于人而言，江湖就是水。有人一刻也离不开江湖，离开了就奄奄一息，失去了所有活力。江湖就是他们的全部，就是他们的生命。有人可以相忘于江湖，远离江湖，甚至长年不涉足江湖。但若干年后再进江湖，他们一样可以进退自如，就像肺鱼一样。

化为常人

庄子认为，至人圣人不是要站在万人中央，高人一等，受人朝拜，而是要"入兽不乱群，入鸟不乱行"。走到兽群之中，兽并不因此窜；走到鸟群之中，鸟并不因此惊飞。也就是说，从外表言行上看，与普罗大众毫无二致，不会引起任何同类的注意。没入人群，瞬间就踪迹难觅。只有这样不责于人，人亦无责，才能自由自在，不受伤害，不被束缚。给自己装饰道德的光环，无异于主动戴上华美的枷锁，甚至埋下祸害的种子。

孔子周游列国，困于陈蔡之间，感叹世风日下、人心不古，自己的大道难以畅行。庄子却对孔子的遭遇另有一番解释："直木先伐，甘井先竭。子其意者饰知以惊愚，修身以明污，昭昭乎如揭日月而行，故不免也。"他认为，高直的树木首先被砍伐，甘美的泉水首先被饮干，这是再明白不过的道理。孔老先生以其智慧让愚笨者惊惧，以其高尚让污秽者行惭，他就像日月穿行于夜空，就像繁花绽放于枯叶，太过突出张扬，难免不被世风流俗所伤，处处遇阻，困于道路，实在是太正常的遭际了。

庄子也追求道，不同的是，他不好功名。他坚信"自伐者无功，功成者堕，名成者亏"。功成名就之时，对自身必有损伤。可惜，世人一心追求功名，不及其余。没几个人能抛却功名，得道之后，仍一如常人。"孰能去功与名而还与众人！道流而不明居，得行而不名处；纯纯常常，乃比于狂；削迹捐势，不为功名。"圣明如孔子者，虽悟大道，却也难彻底地抛却功名。在其道推行不畅之后，孔子从布仁求功转而立言求名，成为万人仰望的圣人，事实上离凡夫常人越来越远，昭如日月，须仰视才见。

庄子的要求听上去很简单，不过是让人没入人群不见罢了。对于本就普通的凡人而言，没入人群不见自然而然，要显现出来倒是十分困难。可对于一个看透世情、了悟人生的人而言，要熄灭浑身光彩，钝化无上智慧，却不是一件容易的事。脱胎换骨，气凝神聚，稍微一挥洒，就会让人魂动心惊，如今却要意态平和，言行庸常，化作千万人中一员，见兽兽不奔，观鸟鸟不惊。没有出尘的品性、淡泊的内心，永远无法做到。

笃 定

谣言传播得多了，还是会让人相信并接受。即便是谣言听起来再荒诞，也架不住传的人多；听的次数多，听者也许始而不信，继而疑惑，终将相信。曾参杀人的故事就是谣言多传获信的真实佐证。

《战国策·秦策二》载："人告曾子母曰：'曾参杀人。'曾子之母曰：'吾子不杀人。'织自若。有顷焉，人又曰：'曾参杀人。'其母尚织自若也。顷之，一人又告之曰：'曾参杀人。'其母惧，投杼逾墙而走。夫以曾参之贤与母之信也，而三人疑之，则慈母不能信也。"曾参是孔子的弟子，以德行孝道闻名于世，广受大家尊重敬爱。一次，有个人火急火燎地跑来告诉曾母，说他儿子曾参杀了人，曾母一听觉得很是可笑，认为这是根本不可能的事，于是仍然神色自若地纺衣织布。不久，又有一人气喘吁吁地跑来传递同样的消息，这时曾母有些将信将疑。过了一会，又有一人跑来斩钉截铁地告诉曾母，曾参是真的杀了人。曾母听后完全相信了，赶紧抄小路逃跑了。后来事情才搞明白，原来是一个也叫曾参的人杀了人，彼曾参不是此曾参。知子莫如母，曾母对曾子的信任应该是人与人之间最靠谱的信任关系，但也经不住一而再、再而三的谣言影响，最终这种最牢靠的信任被彻底瓦解。

《战国策》还讲述了一个道理大致相似的故事：魏国大臣庞恭将要出使邯郸，怕人背后说他坏话，于是对魏王说："如果有人说一只老虎跑到街市上来了，您会相信吗？"魏王回答说:"我当然不信,老虎再大胆,也不敢跑到都市里来啊。"庞恭接着问:"如果有两个人说街市上出现了老虎呢?"魏王回答说:"那我就会开始怀疑了。"庞恭继续问:"如果三人都这么说呢?"魏王毫不犹豫地回答:"那我肯定就信了。"庞恭借题发挥道:"市面上不可能出现老虎,这是再明白不过的道理,但讲这话的人多了,您自然就相信了。如果我走后,讲我坏话的人定不会少于三人,还望大王能够明察。"魏王答应得很好。然人尚未走,谗言先至,魏王就像相信老虎过街一样痛快地接纳了谣言,庞恭后来果然未得重用。

有人说谣言止于智者,可一个时代能有多少真正的智者?大多数都是人云即信、人云亦云的盲从者、跟风者。智者必须具有无比的自信,坚定的判断,冷静的思维,任他人说得天花乱坠,千钧一发,我自坚信不疑、岿然不动。否则,必是众口铄金、谗言杀人的结局。谣言传多了固然可以成真,谎言说多了一样变得真实可信。一些居于要津者,身边总会围着一群阿谀奉承之徒,整日里听到的都是溢美赞颂之词,听得多了也就信以为真,觉得自己真的天赋异禀,能力超群,英明神武,叱咤风云,是个不世出的英雄豪杰或者风流才子。及其位失人散,跌落尘间,方知自己原本就是一个凡人。

所以任何时候,都要有自己的判断和主张,不为言所惑,不为事所迷,始终保持清醒,保持独立,如此才能练就一双慧眼、两只聪耳,把万里浮云看穿,把嘈杂之声辨清。

强死弱生

老子曾说："人之生也柔弱，其死也坚强。草木之生也柔脆，其死也枯槁。故曰坚强者死之徒，柔弱者生之徒。是以兵强则灭，木强则折。强大处下，柔弱处上。"我非常讶异于老子的透彻通达，敏锐深刻。只几句，便道破了人间至理，所有的长篇大论、皇皇巨著在这几句明白晓畅的话语面前都显得苍白无力。

如果是生活在当下这种复杂多变、人口密集的世界，曾经沧海历尽劫难，有此沧桑感悟，并不稀奇。可那是数千年前，一个人一生也遇不到几个人，经历不了几件事，却能如此深刻地悟透人性人生，而且这么平易清晰地表达出来。无疑，老子是个千年不出世的大思想家、大文章家。单凭这短短的一段文字，便足以确立他在思想文化界的地位，更不用说那本五千多字的伟大著作《道德经》。誉为经者，必是字字珠玑，句句真理，于人有重大的启示、意义。

草木欣欣向荣的时候当然是柔条芳姿、一派生机，而衰败死亡的时候必然是枯槁萎谢、一片荒芜。人也一样，生时充满活力，死时沉寂僵硬。老子看到草木由荣到枯，人由生到死这种客观自然现象，悟出坚强乃死之征兆，而柔弱为生之本色。并由此扩展开去，进一步揭示了强大容易断折损毁，柔弱容易生存壮大的道理，所以断然指出，柔弱居于上位，而坚强处于下流。

我们以历朝历代的史实来佐证老子所言，无不一一应验。

那些强项硬腰不肯屈膝者，多不得善终。而外表柔弱善于巧变者，反而青云直上，占据要位。逞强带来的是四面敌意，示弱则无声消除了各种祸端。逞强很容易，尽情展示自己所能，不顾周围的一切情绪，只管自我痛快。示弱则需要超强的隐忍能力，有时面对心中骂过无数次鄙视得无以复加的小人坏夫，还要卑躬屈膝，笑脸相迎，这对于刚强之士而言，比杀了他还要难受。他也许更愿披坚执锐，无畏冲锋，死于战场，也不愿摧眉折腰，苟活于蠢材坏蛋麾下。

老子强死弱生的哲学，显然是非常实用的尘世哲学，对人生具有非常重要的现实指导意义。有人说老子思想是逍遥世外、消极遁世，实在是对他误会至深。我以毕生的经历参悟他这段至理名言，得出的结论是，老子其人虽飘然出关，但思想却早已悄然入世。

固有及外铄

孟子说："恻隐之心，人皆有之；羞恶之心，人皆有之；恭敬之心，人皆有之；是非之心，人皆有之。恻隐之心，仁也；羞恶之心，义也；恭敬之心，礼也；是非之心，智也。仁义礼智，非由外铄我也，我固有之也。"孟子是"亚圣"，说的理当正确。儒家思想提倡仁义礼智，孟子对此做了全面系统的阐述，逻辑严密，说理透彻，从理论上看，令人难以置疑。但验之现实社会，我始终感到有些不解。孟子认为恻隐之心、羞恶之心、恭敬之心、是非之心，是人人天生固有的本性，而非外界塑造之结果，如此则人人天生皆为仁义礼智之士，也就是说每个人天生都是君子。而事实上，谦谦君子并不多，且都是后天教育培养出来的，没有文化的滋润，人很容易粗鄙下作。恻隐之心和羞恶之心，也许人天生就有，而恭敬之心和是非之心，则必须经过后天的培育。

看到别人悲惨不幸，我们心中会自然萌生一种同情之心，甚至由衷伸出援助之手，这种同情心、大爱观，似乎不用别人灌输，乃人性之固有，只是需要激发而已。羞耻心也一样，谁都先天崇尚荣耀而厌恶耻辱，喜爱赞美而不好损毁。恐怕没有人会天然排斥美好而性喜恶败。但恭敬之心就未必与生俱来，谁会对他人没来由地礼让呢？都是经过贤达的后天晓示，才明白要尊重长辈，敬仰大德。是非之心更是要经过学习修炼才能具备。人之初，混沌未知，对错不辨，圣人确定道德标准，方知循名责实，久后智慧渐渐生焉。

即便是先天生就，在俗世的红尘里打滚翻腾，仍有许多人钝化了恻隐之心，变得冷漠无情；丧失了羞耻之心，变得狠毒下流。虽然经过圣人训导，贤达垂范，有些人还是永远都培育不出恭敬之心，从来都是以自我为中心，不懂畏天敬人。至于是非之别，不是基于正义与否，而是基于个人利益。聪明或许有，智慧却全无。

自孟子提出"仁义礼智"四端之说，几千年过去了，历史与现实反复佐证了恻隐之心和羞耻之心的固有性，而恭敬之心和是非之心却具有外铄性。孟子的愿望无疑是美好的，甚至是理想主义的，作为孟子的崇拜者，我愿意相信孟子的一切言论，但有了不解，我还是想提出来商榷，以求教于方家。为消心中忐忑，我以亚里士多德的一句名言作解："吾爱吾师，吾更爱真理。"

精骑三千胜过赢卒数万

宋秦观曾选编《精骑集》，并为之作序。选集早已亡佚，而序文却得以保留。文章以事明理，平淡自然，情真意切。不失为佳作美篇，流传千年自有其道理。序中述及少时读书，凭借非凡记忆力，稍下功夫便广有收获。然而那时少年意气，好热闹、多应酬，对读书用力不勤。所以虽有极好的记忆力，却并未打好坚实的文化底子。意识到读书重要时，人已渐老，虽勤奋向上，然精力不济，往往拿起书还历历在目，放下书则忘得一干二净。少壮不努力，老大徒伤悲。秦观很是无奈。因读《齐书》，想起其中一段话，竟深受启发。

据《齐书》载，孙搴励志好学，与温子升齐名，深得齐高祖赏识。但其实他学识浅陋，品行不佳，邢邵曾劝他多读书，但孙搴很不以为意，还讥讽邢邵说："我精骑三千，足抵君赢卒数万。"意思是说，我读书没你多，但读的都是经典，不像你那样广博庞杂，不得要领。秦观对孙搴的这句话击节激赏，并从中获得了关于阅读的灵感。于是他精选经史子集中的精品佳作汇而成集，时常温习，强化记忆，增加底蕴，以抵御记忆衰退的沮丧。为表达对孙搴之言的深许，秦观甚至将选集之名定为"精骑集"。

确实，兵不在多而在精。军事作战，讲究的是战斗力，而不是依仗人多。历史上以少胜多的战争案例数不胜数，昆阳之战、赤壁之战、淝水之战皆为典范。精骑三千，莫说赢卒数万，就是十几万也可能抵挡不住。

读书也一样，不在于读得多，而在于读的是否为经典。世上书籍浩如烟海，倾人一生也读不完万一。所以必须有所选择，多花时间对那些经过历史淘漉、前贤钩沉的好书佳文反复阅研，得其旨要。

交朋友更是要同气相求、知心达意，少而精而非多而杂。得势时高朋满座，失势时门可罗雀，这种酒肉朋友要来何用？知己数人，得失不计，生死相许，胜过满城相识。

做事何尝不是如此？人之年寿有限，岁月无多。集中精力做好一两件大事，比眉毛胡子一把抓要有效得多。俗话说："样样通不如一样精""伤其十指不如断其一指"，意思都是要突出重点、抓住要点。面面俱到意味着处处不到，事事用力最后将一事无成。

孙搴的"精骑论"虽主观上有为自己储备不足而开脱之嫌，但客观上确系至理。读书写作，交友做事，其实都在精不在多。

潜心贯注

《论语》云："子在齐闻《韶》，三月不知肉味，曰：'不图为乐之至于斯也。'"又载，"叶公问孔子于子路，子路不对。子曰：'女奚不曰，其为人也，发愤忘食，乐以忘忧，不知老之将至，云尔。'"前段是说孔子听《韶》乐听入了迷，沉浸其中，几个月都忘记了肉的滋味，心中只有音乐的味道。正如朱熹所言："盖心一于是，而不及乎他也。"因为全神贯注，其他都顾不上了。后面那段话，主要是孔子的自我评价，说自己是个快乐积极的人，学着教着，乐在其中，不及其他，岁月飞逝，渐渐老去，竟然不知不觉。

听着音乐可以沉迷，读书育人可以忘时，孔子实在是个容易醉心的人。只有纯粹的人，才能忘情于所好。那些心浮气躁的人，永远不可能真正潜心于学问艺术。很多人也发奋努力，也废寝忘食，但他们为的是权和利。他们不是被吸引而流连忘返，而是为达目的而出于无奈。所以他们内心是焦灼的，而不是快乐的；是浅陋的，而不是充盈的。未几便白发满头，老之将至。

说实话，我还从未曾有过数月不知肉味的经历，甚至几天不知肉味都没有，除了生病失去味觉。置身于艺术的殿堂而不能自拔，或者徜徉于文化的海洋而不知归路，于我都是极为少有的。对于文艺和学问的热爱，似乎还不足以抵挡红烧肉的美味。可见纵是喜好，也是很有限的，远远达不到孔子欣赏音乐的境界。喜欢得茶饭不思，寝食难安，害相思病的人或有此经历；若言好读书而欣然忘食，爱艺术而通宵达旦，平时所见确实稀少。

陶渊明算是很不错了，也只能偶尔因读书入迷而忘记吃饭，孔子却可以忘身音乐世界而三月不知肉味。不仅欣赏艺术如此，平时读书做学问，他也一样钻进去就出不来了，时常忘记了吃，不记得睡，自我沉醉，快乐无忧，也许鬓发白了几许，也许皱纹多了几缕，但他一概没有感觉，天天乐在其中。这种状态，绝非常人所能达到。

我虽然也很想像孔子一样，迷恋学问艺术，乃至于不知肉味，不知老之将至。但这种境界是热爱酷好的结果，不是下决心、下苦功就能达到的，我可以坚持把时间都花费在学问艺术上，但能否把心思精力都倾注在其中从而忘却外界的一切色声香味，这个却是丝毫勉强不得的。

说　难

韩非子是战国末期著名的法家代表，融商鞅之"法"、申不害之"术"和慎到之"势"为一体，成为法家之集大成者。秦始皇对他的法家理论推崇备至，正是按照他的治国理论富国强兵、攻灭六国的。遗憾的是，韩非子的理论得以畅行天下，他本人却因为才高识广遭人嫉恨而被诬陷致死。他虽有不少文章传于后世，但其中不乏后人之伪作。一般认为，《说难》一篇乃其亲作，因为其思想之精深、说理之透彻、逻辑之严密、行文之流畅皆属上乘，造出这种高水准的伪文，非大师不能为。但若真是大师，又何须作伪！

《说难》一文，无处不闪耀着思想的光辉，展示着学识的渊博，令人叹为观止。我常讶异于韩非子不过一介书生，也并未游历天下，且出身王室，竟有如此通透之思维，高阔之境界。非天赋无以解释其异数。故我常一再温习其文，而每重读一遍，则必有新得。

昨再读《说难》，对其中一段话感慨尤甚："凡说之难：在知所说之心，可以吾说当之。所说出于为名高者也，而说之以厚利，则见下节而遇卑贱，必弃远矣。所说出于厚利者也，而说之以名高，则见无心而远事情，必不收矣。所说阴为厚利而显为名高者也，而说之以名高，则阳收其身而实疏之；说之以厚利，则阴用其言显弃其身矣。此不可不察也。"

意思大致是说，游说之难，并不在于游说本身，而在于把握被说者之心态。被说者若图名，你说之以利，他肯定不愿搭理你；被说者若图利，你说之以名，他会认为你很卑贱而弃你而去。这两种心态也就罢了，留心观察一段时间也就不难分清了。最怕的是那种心中极欲图利，外表却装作清高图名者，你若说之以名，他表面上很高兴完全采纳你的建议，心理上却对你很疏远，因为你不能给他带来他真正关心的实际利益。若你说之以利，他会暗中照单全收，但出于名声考虑，会明地里跟你保持距离，甚至给你颜色看看。

古之君王公侯，很少有明确以图名或者图利而示人者，要么明图利而阴图名，要么明图名而阴图利，以后者居多。庸常的游说者不能窥破被说者之心，往往悖逆其意而自招祸害。

读完《说难》，我回顾过去种种，以相对照，那种明图名而阴图利者还真是不在少数，多年后因了韩非子的详解才恍然大悟，只是当时已惘然。

修　道

唐代特别是初唐、盛唐时期，国运蒸蒸日上，国风气势磅礴，反映在思想文化方面，表现出汪洋恣肆、兼容并包的格局和气度。当时儒释道并行于世，互相渗透，互相融合，每个学派或宗教都有大量崇尚者。特别是文化人，同时喜好参详儒释道者大有人在。所以游历寺庙观宇，与高僧仙道深度交流，几乎是唐代诗人文章家不可或缺的阅历。王勃也不例外。

王勃虽然年轻，却家学渊源，才华横溢，不仅是个诗人文章家，更是个学问家，对于儒释道的研究自是深入细致。得空时，他也经常探访深山寺观，请益和尚道士。一次，他去一个道观中拜会道长，与之谈经论道，并遍游了观内外景致，忽有所悟，写下一首诗《观内怀仙》：

玉架残书隐，金坛旧迹迷。
牵花寻紫涧，步叶下清溪。
琼浆犹类乳，石髓尚如泥。
自能成羽翼，何必仰云梯。

意思大致是说，书架上放着记载仙踪的残本，金坛的遗迹谜一般存在。顺着花蔓寻获弥漫仙气的深涧，踩着落叶下探清澈见底的溪流。只见似乳的琼浆，还有如泥的石髓。自己若能生成羽翼，又何必仰仗云梯呢？

怀仙诗很多诗人都曾写过，向往仙佛是大多数文化人内心的追求，尤其是唐朝，仙佛对人们的影响至深至远。王勃在游历道观后，对观内外仙境做了一番描绘，最后对得道成仙提出了自己的观念，那就是修成正果最好是靠自己，不必仰仗他人点拨提携。但世上炼道修佛之人，有几人能靠自我力量实现了脱呢？芸芸众生，若想前往西天极乐世界，须得佛祖接引法度。若想得道成仙，须得仙人放下云梯方能攀爬升天。就算是在人间，要节节上升，官至要冲，一样需要有人大力援引。靠自己又如何能一跃而上呢？

但王勃是个才华卓绝的人，若论做官，他还是需要皇帝放下云梯，才能列朝入阁，身居要津。若论成名，那是任谁也阻遏不了他的才华展示的，这还是在唐朝，搁在今天，新媒体一助力，一准是个学术网红。可惜的是，那时的诗人学者，首重的都是为官，其次才是立言。以今日价值论断，王勃完全已是自生羽翼，无须云梯者。而且他的这一观念，在当今时代意义更加重大。

这是一个重视自生羽翼的时代，别人放下的云梯，也许能助你升天，但也可能会让你摔得更惨。还是靠自己勤奋修炼，习得法要，最后得道成仙比较靠谱。毕竟，仰仗和依赖终不能令人完全安心，最可信可倚之人，永远是自己。

公 平

生活有时是很不公平的。有人出身富贵之家,一出生就锦衣玉食;有人出身庶族寒门,自小家徒四壁,起跑从来就不在一条线上,要跑赢比赛,必须一路加速,一路超越。写作也一样是不公平的,有人勤勉了一辈子,文章依然只是小境界小格局,"不堪盈手赠"。有人没见怎么用力,稍一出手,便气象万千,让人叹为观止。

南唐后主李煜在国破前一直是个安于享乐的主,虽有一身的文艺才华,于治国理政却是个外行生手。被宋灭国后,李煜过上了耻辱的俘虏生活。虽然不是铁窗木枷,但囚禁于方寸小楼,失去自由的绝望是一样的。好在他擅词,无法纾解的情绪可以通过词意表达。国亡前,他的词多脂粉气,香艳而无聊。国亡后,他的词多悔恨泪,凄凉但深沉。

同是一人,其实艺术水准前后一样,只是因为国破家亡,情迁意变,感慨横生,词的境界顿时阔了,思想顿时深了,情感顿时真了。跟国灭前相较,简直判若两人,不可同日而语。很多词,他甚至根本没有像之前那么用力雕琢,只是将情景略做描述,将境遇略做比较,立即就别有一番滋味,总觉得有解不完的愁,消不完的忧。正如他自己所言,"恰似一江春水向东流",永远"绵绵无绝期"。试看他的《浪淘沙》:

往事只堪哀,对景难排。秋风庭院藓侵阶。一桁珠帘闲不卷,终日谁来。

> 金锁已沉埋，壮气蒿莱。晚凉天净月华开。想得玉楼瑶殿影，空照秦淮。

词的上半阕是当前现实之景，下半阕是想象中故国之景，只是简单描绘，就让人心生亡国之痛，去国之恨。

他的另一首词《浪淘沙》也一样：

> 帘外雨潺潺，春意阑珊。罗衾不耐五更寒。梦里不知身是客，一晌贪欢。
>
> 独自莫凭栏，无限江山，别时容易见时难。流水落花春去也，天上人间。

在春寒中悄然入梦，在梦中忘却了俘虏的身份，睡得很沉。醒来时方悟已为囚徒，想起自己的无限江山，恰如天上人间，如今却再也无法见到了。读后只觉不尽的愁意萦身，挥之不去。在这两首词中，李煜并没有什么奇思妙想，惊人之语，只是平淡的口吻，白描的手法，却寄寓着浓烈的情感，让人一读便深受感染。这一切并无秘诀奇巧，只是因为李煜的身份——曾为南唐国主，后为阶下囚。破国灭家本就充满悲剧性和惨烈性，即使是未经渲染，亦足以令人动容。如果只是如我等常人，从此区域搬到彼区域，从这城市迁到那城市，多大点事，不过是茶杯里的涟漪。难不成你说过去的城市或居所是无限江山，是天上人间？真如此形容，徒增笑料耳。但李煜写起来，却是真实自然的，满是感伤的。

这就是写作的不公平，帝王将相，对日常事件、情绪、变故稍做记录，便要经天纬地。一介凡夫，即使呼天抢地，也可能滑稽可笑、毫无营养。但是李煜之词妙在情切，乃以锦绣江山换来，以性命自由换来，几人曾有？几人能够？有时成就精神伟大，是需要牺牲物质所有的。

水 石

水石之性，迥然各异。石以坚硬著称，水以温柔名世。《道德经》云："坚强者死之徒，柔弱者生之徒。"以此而论，石终难长存，而水必将不朽。确实，石在大自然中经风吹雨打、日月浸泡，容易风化腐朽为齑粉，而水则吸纳百川，包容万物，最后奔腾倾泻，浩浩荡荡。所以在世俗生活中，做人须如水而不类石。柔可克刚，柔可通塞，以柔为主基调，人生自可一路高歌猛进，畅行无阻。

石通常是紧闭心扉的，任风吹不为所动，雨打不能渗透，始终不向外界敞开。水则不同，是完全张开胸怀的。风来波浪翻滚，石来掀起涟漪，所有来者必有响应。性似水或如石，所致结果截然相反。汉末之李康在《运命论》中云："张良受黄石之符，诵三略之说，以游于群雄，其言也，如以水投石，莫之受也；及其遭汉祖，其言也，如以石投水，莫之逆也。"同是张良，同样的说辞，陈胜也好，项羽也罢，都不放在眼里，听不进心里。结果错失了这个谋略奇才。刘邦就不一样，他对张良绝对信任，言听计从，坚决执行，所以能逐个剿灭群雄，最终战胜项羽而夺得天下。张良献计于陈胜、项羽，李康比作以水投石，根本就进入不了他们内心。而张良游说刘邦，李康喻为以石投水，一下就被接纳兼容。

我以为，欲成大事，一定要做虚怀若谷之水，化解万物，兼收并蓄，借天地四海之力，共建不朽奇功。若只成就自我，未尝不可做硬石一块，自沉一隅，阻风雨于表外，挡万物于身前，不与草木争长，不与云霞媲美，肯定难以扬名江湖，但必可自在躺平。

水柔而石坚，物之本性有别。是近水还是近石，其实跟选择无关，人之本性早为天定。硬者难以化柔，柔者难以变硬。这或许便是李康所谓的"运命"。有人说性格决定命运，要我说，是运命决定性格，性格决定人生。

暗黑时刻

我们这代人无疑是有史以来最幸运的一代，不仅享有高度发达的物质文明，在精神上也从未经历过痛苦扭曲的折磨。我有时想，自己真的遇到暗黑时刻，是否有那种耐力和韧性坚挺而过。现实中，每个人或许都会遭遇挫折失败，都会产生郁闷不快，但这些伤痛相对于那些历史上的黑暗时代，不过是些皮外伤，根本不值一提。时代带来的损伤，是深入骨髓、根植血脉的，不仅摧残人的生命，更毁灭人的精神。有时个人的努力就像蚂蚁撼石，根本无济于事。人在时代的狂沙中，恰如蓬草，只能随风飞舞，落地即是安身之处。

历史上的暗黑时刻很多。如果有人生活在公元前260年前的赵国，听闻秦国入侵上党，愤然入伍，参加了著名的长平之战。有四十五万同胞跟他一起并肩作战。可惜他的总指挥赵括是个只会纸上谈兵的军事理论家。结果五个月的艰难对垒，换来的是彻底的溃败。一部分人和赵括一样光荣战死，剩下约四十万人因断粮无援被俘虏。这时他混迹其中，一边思念着亲人，一边满怀绝望，像一只任人宰割的羔羊。他或许也想拼命挣扎，以死抗争，可毫无意义。最后在恐惧中走完至暗时刻——在秦将白起的一声令下后，被秦军残忍坑杀。

如果有一美丽女子，在北宋被宋徽宗或者宋钦宗看中而选入后宫，集宠爱于一身，过着锦衣玉食的生活，本族荣耀，同伴羡慕。然而有朝一日，金人突然南下，大宋灭亡，皇帝被俘。宫中府中，无论皇亲国戚，王侯将相，美人首饰，金银珠玉，一应成为金人的战利品。在大雪纷飞的日子，她和那些被抢劫的财物一样被掳到了苦寒之地，成了那些粗俗不堪的金人的玩物，整日以泪洗面，以遥遥无期的南归梦，安抚自己的暗黑时光。她的心中该有多么凄凉和绝望。

  遇到暗黑时刻，是时代不幸，是命途多舛。很多人在此时会感到乏力无助，绝望沉沦。但也有人会借机艰难砥砺，锻炼品性，等待着光明来临。"文革"十年，多少人被关进了铁窗。没有人能预知自己的未来，或者要把牢底坐穿也未可知。至于希望和前程，就像那狱中的空间，漆黑深沉。有人熬不住，含恨而逝；有人咬牙坚持，誓要见到那束自由之光。人生于他们，在此有了泾渭之别。

  我很庆幸自己没有遇见过暗黑时刻，人生所有的失意和不快不过都是微风细浪，甚至不值一叹，面对这些，我可以云淡风轻，游刃有余。我只是不能断定，当真正的暗黑时刻来临，我是否具有穿越的勇气和能力。

是有命焉

张九龄曾在《感遇》（其七）一诗中感叹："运命惟所遇，循环不可寻。"韩愈在《送李愿归盘谷序》一文中也有类似慨叹："是有命焉，不可幸而致也。"王勃更是悲愤地长叹："时运不齐，命途多舛。"运命这东西缥缈飘忽，似有若无，难以猜度。反正才华得不到施展，道法得不到推行，英雄不能纵横四海，智者不能经济天下，皆可归因于运命。

我原本不信运命，以为不过是人生不得志不达意之借口罢了。后读三国时李康的《运命论》，始信人生去就得失是真有命焉。尤其是说到圣人孔子之不得于时、不遇于君，令人难以辩驳。他说，像孔子这样才能杰出、德高望重的人，却连小小的鲁国、卫国都不十分待见。论口才，孔子可说是辩才无碍，但其言在鲁定公、鲁哀公那里却难以施行；论谦虚，孔子可以为人师表，却遭到了子西的妒忌；论仁爱，那是孔子的核心观点，桓魋却与他结下了不解仇恨；论智慧，孔子可谓无人能出其右，却在陈国、蔡国受到了困厄；论德行，孔子更是天下无双，却从叔孙武叔那里招来了谗毁。其思想足以救助天下，却未获得应有的尊贵；主张足以治理万世，却不被当时的国君信用；德行足以应合神明，却不能在俗世得到推广。

虽有七十多个国家表示要延请孔子，却没有一个君主真正赞同推行他的仁道。辗转于各国之间，奔走于公卿之门，孔子虽抱绝学，却终难施行。而他的孙子子思，继承家学勤学修道但未臻完美，却为自己培养高名，其声势令国君为之震动。他游历各国，没有哪一个诸侯不驾着四马大车登门拜访，因为高朋满座有些造访者还安排不上宴席，其受欢迎程度竟至于此。孔子的弟子子夏，学道虽已登堂却未入室。即便如此，当他隐退告老还乡时，魏文侯拜他为师，西河地区的人们，恭恭敬敬地归附其德，把他同夫子相提并论，无人敢对他妄加非议。

孔子是道德和智慧的化身，被后人誉为圣人，数千年来受人景仰，却并未得志于当世。相反，倒是时时处处遇到阻挠和困顿，如果不用时运不济、命途多舛来解释，实在不能令人释怀。就像现在一个要背景有背景、要能力有能力、要学识有学识的人，无论如何都身登不了要津，不是运命不好，还能找出什么其他原因呢？

同人不同命

西汉末年之王莽与北周末年之杨坚夺得大位的方式几乎如出一辙。他们都不是通过激烈的流血革命推翻旧政权、建立新秩序，而是在原有的国体下通过和平演变一跃成为新主。两人都是十分坚韧隐忍之人，功成前采用的都是唯谨唯慎、韬光养晦的策略，最终都如愿以偿，登基为帝。只是王莽功败垂成，骂名留于后世。而杨坚却创立了隋朝，建立了强盛的帝国，美名书于青史。可谓同人不同命。

王莽虽说出身声名赫赫的王氏家族，但王氏家族太过庞大，子弟众多。由于父亲、哥哥过早地去世，王莽只好依附于太后也就是他的姑母王政君一门。他谦恭好学、为人低调，在王氏年轻一代中脱颖而出，颇负盛名，渐渐为王政君所接纳欣赏乃至恣赞，将朝廷军政大权尽付于他。他的影响力与日俱增，朝野内外对他也寄予厚望。汉平帝死后，只有两岁的孺子婴被王莽扶立，不久便取而代之。

得国后，王莽没有设法稳固政权，消除矛盾，而是立即推行新政，大力实施改革，只争朝夕地要实现毕生宏愿。他的本意极好，希望通过新制惠民利民，但结果却适得其反，引发了大量经济问题和社会矛盾。结果天下骚动，绿林赤眉起义席卷天下，而王莽又没有作战用兵的经验，所用将帅还是以王氏子弟为主。那帮纨绔子弟都是帮倒忙的主，三下五除二就把家底输个精光。王莽新朝就在四面楚歌声中灰飞烟灭。王莽毕生筹谋经营的伟业就这么轰然倒塌，而且还留下了虚伪的恶名与篡夺的罪行。历史与人民对他的评价实在有失公允。天下姓刘还是姓王其实并不重要，关键是老百姓能不能安居乐业。

杨坚和王莽一样，出身贵族，数代为官。他自小为人深沉少言、不怒自威，虽然一直谦虚谨慎，却威名远扬。周武帝时就有人嫉恨他的才能，不断加害于他，但周武帝宇文护雄才大略，不以为意，加上有人暗中保护，杨坚得以转危为安。宣帝虽是他的女婿，对他却特别防范，屡次扬言灭他全族，杨坚更是谨慎小心、如履薄冰。宣帝死后，杨坚的外孙继位，是为静帝，其时年少，大权落于杨坚之手。不久杨坚就逼迫静帝禅让。

杨坚据国后，立即着令杨广等人击灭了陈国，平定了江南；同时和王莽一样全面推行政治经济改革，巩固中央集权，促进农业生产，稳定经济发展，减轻人民负担；并有效处理了民族矛盾，实现了民族大融合，为唐王朝的强盛打好了坚实的基础。他在位二十四年，可谓政绩卓著，国富民强。他自己也一直为后人所赞美宣扬。

王莽和杨坚都不是于马上取天下者，他们都是通过个人能力、魅力形成了影响力、凝聚力，让最后的夺得天下成为一件水到渠成的事。只是在治国理政特别是消融各种矛盾方面，杨坚显得技高一筹。王莽若能成功，后世美誉绝不在杨坚之下。

情诗相较

李清照是宋朝著名的词人,婉约派的杰出代表,有"千古第一才女"之誉,无论是好文者还是不好文者,只要读过几天书,基本没有不知道她的。李清照不唯词写得好,而且还颇能论词,她认为词"别是一家",与诗的写法当有区别。她的词讲究白描,崇尚典雅,情感浓烈,语言清丽,确然别是一家。而她写起诗来却截然不同,感时咏史,慷慨昂扬,与其词风相左,《夏日绝句》便是绝好例证。

她的词既被归为婉约派,当然抒情示爱的极多,而且都极上乘。像《如梦令》《醉花阴》《点绛唇》都是美丽情诗。尤其是《一剪梅》,更是她的完美之作:

红藕香残玉簟秋。轻解罗裳,独上兰舟。云中谁寄锦书来,雁字回时,月满西楼。

花自飘零水自流。一种相思,两处闲愁。此情无计可消除,才下眉头,却上心头。

把相思写尽,把闲愁写满,把爱意写绝。像这种直接写爱情而且写得很健康很人性又很现代很时尚的诗词,恐怕只有李清照才能写得出。李煜虽能写,可惜太艳。柳永也能写,可惜太伤。李商隐更能写,可惜太朦胧。皆未若李清照之清丽晓畅、婉转缠绵。

近偶读宋赵长卿词《一剪梅》,颇吃了一惊,感觉其情其心其思其想与李清照之《一剪梅》极为相似：

> 霁霭迷空晓未收。羁馆残灯，永夜悲秋。梧桐叶上三更雨，别是人间一段愁。
> 睡又不成梦又休。多愁多病，当甚风流。真情一点苦萦人，才下眉尖，恰上心头。

思念忧苦愁绝，情感真挚动人，特别是最后三句，意思句式如出一辙。只是赵长卿的词不如李清照的词那般流畅清丽。印象中以为赵长卿在化用李清照的词意，毕竟李清照更加名声出众。后查两人所生活之时代，几乎前后相差无几，所以未必互相见到过对方词作，如此则或是英雄所见略同。若真是各自表达，亦不稀奇。赵长卿这个人虽不似李清照那般闻名，却也是婉约派之优秀代表，远师南唐，近承晏殊、欧阳修，好学张先、柳永，尤擅情诗，所以他抒写出跟李清照一般的情意词句毫不奇怪。遗憾的是他的声名不著，而且未曾入仕，纵有杰出才华，也难大显于世。

世事往往如此，才华有时需要借助地位才得以显露，名声需要借助平台方能传扬。有些人名头很大，才华却只一般，有些人默默无闻，却才气纵横。当然李清照和赵长卿，无论是名声大者还是名声逊者，都有常人不可企及之才华，且有作品为证。

最难处得大成

历史上所有的农民起义中，秦末的陈胜吴广起义其实是最没有理由也没有条件获得成功的。其时，秦朝刚灭六国，安定天下，统一宇内，军事上战将如云，大军百万。与这样一支钢铁之军作战，无异于以卵击石。况且秦始皇因为担心各国人民反抗，将天下的兵器通通收缴，甚至连菜刀都不允许私藏，所有的金属都被投入熔炉，锻造成12个巨大的铜人，置于长安城中。人们要反抗，连一件像样的兵器都找不到，又如何与武装到牙齿的秦军作战呢？

再者，秦始皇统一天下后，不再实行分封制，而是采用郡县制。周之分封制造成了春秋战国诸侯们的互相攻伐，天下大乱。而郡县制背景下，各地政治军事实力大致均衡，不可能出现一郡独大的现象，以前诸侯之间的吞并攻取自然就消失了。这是消弭乱源的科学制度设计。更重要的是，经过诸侯国之间多年的战争烽火，老百姓早就心力交瘁，希望天下早早统一，并尽快恢复生产，过上太平日子。分久必合既是历史规律，也是人们的热切期盼。

这种社会情形，这种历史条件，这种大众心态，按说起义的可能性极少，可小概率事件偏偏发生了，不仅发生了，还一发不可收拾。几个戍卒的发难，瞬间得到天下的响应。人们再也顾不了什么生死了，因为在秦国的高压之下，早已经没有活路了。找不到趁手的兵刃，就斩木为兵，揭竿而起，要么投奔陈胜吴广这帮农民军，要么依附自己过去国家将领的后人。胆子大一点的,索性自己拉起一支队伍。总之,一定要让点起来的熊熊烈火四下蔓延开去。秦朝的大军虽然还在,兵势却突然衰弱了,再也不似以前灭六国时那般所向披靡了。面对这群乌合之众,秦军反而屡战屡败,最后失了函谷关,乃至丢了整个天下。郡县制确实不错。郡守县令也很尽职尽责,初期,几乎很少见到他们投降,可架不住四面八方拥来的义军,他们要么死守被杀,要么心怯逃走。秦国经过十几代的苦心经营,好不容易一统江山,建立庞大的帝国。然而只几年工夫,便摧枯拉朽般彻底坍塌。过去秦国在各国合纵进攻之下,都没有伤及根本,从未退却至函谷关以西,这回却把老底都输光了。

这场最不该发生的起义最终却发生了,这场最难成功的起义最终却成功了,而且是在秦国政治军事强盛之时,这让人匪夷所思。后世之起义者,恐怕多半会从此受到鼓舞。于最不可能处尚得大成功,那些有雄心异志者,自会在其中看出奥妙,得到启示。

谨待发迹朋友

最先向秦朝发难的陈胜，是个地地道道的农民。当初躬耕陇上时，曾与伙伴们相约："苟富贵，无相忘。"然而最先富贵的是陈胜，而背弃约定的也是陈胜。陈胜与吴广因为误了工期，按律当斩，于是斩木为兵，揭竿而起。振臂一呼，应者云集，秦王朝顿时土崩瓦解，陈胜做了起义军领袖，并自号楚王。发达之后，他想起了当年在田间地头劳作时的约定，于是派人找来那些依然做着农民的昔日小伙伴，向他们展示着自己的王宫大殿、鲜衣怒马，直把那些伙伴们惊得直咋舌，一路不断发出感叹，原来陈胜做了楚王，竟然这么奢侈！想当年也跟我们一样穿得衣不蔽体，饱一顿、饿一顿，贫贱劳苦，普通农民一个，没想到如今做起了帝王，过上了天堂般的生活。陈胜听了心里很不是滋味，本来叫这些人来，就是想炫耀一番，以示今非昔比。哪知道这些人居然当着自己手下的面，揭自己的老底，让自己威信全无。于是恶狠狠地吩咐手下，将这些老相识全部处死。如此一来，再也没人知道他过去那些不光彩的事了。可怜那几个小伙伴到死都搞不明白哪里得罪了陈胜，原以为陈胜会兑现从前的誓言，富贵以后照顾照顾老朋友，哪知道不仅没有跟着富贵，反而把命都丢了。

陈胜的小伙伴太不懂得人性，死得并不冤枉。人在发迹之后，其实最不愿见到的就是旧时相识，因为以前在常人中混迹，言行与常人无异，那些弱点、毛病、丑事尽为人知。像模像样后，总是希望在别人眼中保持高大伟岸、英明神武的形象，可是在亲朋故旧的印象中，可能还是那个长相平平、胆小脆弱、毫无主见的样子，自是难生敬畏尊重之心。正如刘邦当了皇帝，一直跟在身边的大将们还是把他视为过去的兄弟，喝了酒就大嚷大叫，拔剑击柱，丝毫没有生起恭敬神圣之心。后来幸得儒士们立下一套朝廷礼节规矩，让大臣们庄严跪拜，才把刘邦的形象树立起来，刘邦方体味到做皇帝那种高高在上的滋味。刘邦为何要大肆诛杀功臣，主要的原因还在于那些人很多都知道他的底细，没把他当作神来对待，容易生起轻慢之心，甚至激发造反之意。

所以对于闻达发迹的朋友，最好少见为妙，即使见面也要表现出恭敬之态，若是仍以旧时情态相待，是极易引起他们反感甚至忌恨的，轻则友谊断绝，重则要遭到加害。陈胜小伙伴们的下场就是前车之鉴。

关学之要

有宋一代，儒家学派林立，大师辈出。计有朱熹的闽学，张载的关学，周敦颐的濂学，程颐程颢的洛学，王安石的新学，一时人文荟萃，星光灿烂。士林学子分投心中景仰宗师之门下，求学证道，一时学风鼎盛，蔚为大观。诸多学者中，我对张载更感兴趣。他不仅学问深厚，关键能够深入浅出，直陈其要，将深刻思想凝于雅致语句中，经典而隽永。

张载年轻时，志气不群，勤学爱思，不仅学问底子打得好，尤好言兵。曾写就《边议九条》，向时任陕西经略安抚副使、主持西北防务的范仲淹上书，意在建功立业，博取功名。而范仲淹虽然盛赞他的爱国热情和军事才能，但以为"儒者自有名教，何事言兵"，鼓励他发挥优势，钻研学问，做个学术大师。张载听从了范仲淹的建议，转头闭门读书，遍览诸子百家，融会贯通儒、佛、道诸学，逐渐建立了自己的学术体系，终成一代儒学大师。后人以为其主要学术观点充分体现在他的四句名言当中："为天地立心，为生民立命，为往圣继绝学，为万世开太平。"现代哲学家冯友兰先生将其誉为"横渠四句"，推崇备至。

我则更好其《西铭》一文。特别是其中的"民，吾同胞，物，吾与也"，我尤为心许。人民百姓是我的同胞兄弟姊妹，自然万物皆与我为同类。这种万物平等的境界是何等的宏阔高远！而《西铭》最后一段提出的"富贵福泽，将厚吾之生也；贫贱忧戚，庸玉汝于成也。存，吾顺事；没，吾宁也"则完全体现了一个学问丰厚、思想精深、灵魂高贵者的超然态度。所有的富贵福泽，都用以丰满我的生活；所有的贫贱忧戚，都用以襄助我成就事业。在世之时，我顺从天地事理；离世之时，我走得心安理得。这已经通透得无以复加，从容得不着痕迹。

放眼世界，有几人能达到民胞物与的境界？不以邻为壑、奴役万物就已经很不错了。在大部分人的认知里，他人不过是用来成就自己的垫脚石罢了，万物不过是用来满足欲望的消遣品罢了。正是因为极少人有民胞物与的大度与崇高，所以"为天地立心，为生民立命，为往圣继绝学，为万世开太平"的不朽功业，只能等着五百年一出的圣人王者去完成了。

尽美且长游

1300多年前的一天，诗人崔兴宗辞官欲往终南山隐居，好友裴迪特来相送，在马上吟诗与别。诗云："归山深浅去，须尽丘壑美，莫学武陵人，暂游桃源里。"意思是说既去深山，就要尽得其美，不要像陶渊明《桃花源记》中那个渔夫一样，只是到世外桃源中转了一趟，走马观花，未得其旨，又回到了尘世。当时隐居终南山是一种引人注目的时尚行为，被誉为"终南捷径"。裴迪希望崔兴宗既然要隐居就真隐，从此以后不再出山为官，不要像那些身在江湖、心系庙堂的沽名钓誉之徒，只是将隐居作为谋取仕宦的手段。

唐朝另外一个著名的诗人刘长卿也曾写过一首类似的送别诗《送方外上人》，只是送别的是一位要前往深山修行的僧人："孤云将野鹤，岂向人间住。莫买沃洲山，时人已知处。"意思是说，像你这样的闲云野鹤，哪能在烟尘滚滚的人间居住。要修行就去远离人迹的深山老林，不要跻身热闹喧哗的宝刹古庙，那样习练不到真经。显然，刘长卿也是希望朋友既去就去无人可及处，真正静下心来修炼自己，尽得道法之要，而不是蜻蜓点水，身去彼心还在此。

这两首诗有异曲同工之妙，都是劝友坚定去意，穷尽所好之妙，而不是浅尝辄止，只图虚名。可见送者与别者之间情谊深厚，否则话语不会如此直截了当。再者，说明送者与别者其实具有同等心思，否则不会让人既去就一门深入，不再回头。

当今之世，也有不少人志在深山，或者志在书斋。只是去深山后时有归来，在书斋中常思闹市，并不能去后不稍返，宅入不偶出。非得到烟火人间过上一趟，惹得浑身的烟尘火气；在繁花之中走上一遭，沾得一身的树叶花瓣。我身边这样的朋友就不少，常下决心要隐退民间，可总是忍不住在平台媒体发声、晒晒照。或者发毒誓要好好阅读，但看了几本书后，就忍不住寂寞，非得出去广交朋友、畅谈心得。

我有时也想劝劝他们"莫买沃洲山，时人已知处"，或者"莫学武陵人，暂游桃源里"。可一来彼此交情并未深到无话不谈，再者，他们也不是真正不向人间住和"须尽丘壑美"的人。更有甚者，自己都达不到既隐就深隐，既游就尽游的境界，却要求别人做到，这就有"严于律人，宽以待己"之嫌了。我还是自己尽量先做到远离"沃洲山"，长居"桃源里"，有了切身体会，再尝试现身说法吧。

音乐之本

音乐是人们生活中不可或缺的艺术形式,设若没有音乐,世界该是多么枯燥嘈杂,缺乏趣味。音乐的功能有很多,有娱乐功能、治愈功能、抒情功能、激励功能,不一而足。但在周朝时,音乐主要的功能却是教化,通过音乐来平和人心,移风易俗。孔子曾用心研究过音乐,并修订了《乐经》,孔子的再传弟子公孙尼子专门为之作《乐记》。《乐经》被列为六经之一,可惜在秦焚书坑儒时被毁而不传。《乐记》也一时亡佚,直到汉朝刘向校书时才找到了《乐记》,保留在《别录》中,关于乐的文献才算是流传后世。

我一直对于儒家将《乐经》作为儒学六大经典之一感到诧异,音乐不就是一门艺术吗?消遣消遣时间,娱乐娱乐心情,功止此耳,听得多了,还会沉迷淫逸,消磨志向。以家国天下为怀的儒家大师们将《乐经》跟《诗》《书》《礼》《易》《春秋》相提并论,奉之为圭臬,令我颇为不解。近读周敦颐《通书》,其中有数章对乐之功能意义予以详解,顿时让我胸中释然。《通书》云:

古者,圣王制礼法,修教化。三纲正,九畴叙,百姓大和,万物咸若。乃作乐以宣八风之气,以平天下之情。故乐声淡而不伤,和而不淫。入其耳,感其心,莫不淡且和焉。淡则欲心平,和则躁心释。优柔平中,德之盛也;天下化中,治之至也。是谓道配天地,古之极也。

圣王作乐，目的是要宣八风之气，平天下之情，所以音乐以淡然柔和为主调，以使人听后去躁除急，心平气和。如此则有助于修德养性，更好地治国理政。音乐在治理者来说，是修养德性的好方法；于社会而言，是移风易俗的好工具。所以其功能主要在于教化。只是后来的统治者失去了圣王之道，音乐在他们眼中便成了宣泄的工具，淫乐的方式，完全背离了圣王制定音乐的初衷。

而经过数千年的发展，音乐的意义作用早就发生了巨大的变化，再也没人会思及当初的教化功能。和平时期，音乐的功能或许以娱乐为主。战争时期，音乐的激励功能则会凸显。而在心理出现疾病的时候，有时音乐会起到极大的治愈作用。当然，情绪的抒发是音乐最起码最日常的功能。而且音乐的表现风格不再只有先秦的淡和，还有激烈、昂扬、忧伤、温暖等，满足不同人或者人的不同需求。

音乐功能的扩展当然值得倡导，但教化功能的弱化甚至消亡当引起我们的深思。音乐和诗歌一样，都不应该忘本。

说　文

　　说到写文章，我最为敬服的还是苏轼。虽然历朝历代文章大家如云，庄子、贾谊、司马迁、陶渊明、王勃、韩愈等人的文思皆是我所深羡者，其文章皆是我所深好者，但苏轼的文章我尤其热爱。其情思文采、豁达人生，似乎更易令人引为知己同类，乃至于成为亿兆人心中敬慕之星。纵观苏轼的人生，起伏浮沉，得志失意，是宦海蹉跎的一生；但其诗词歌赋日臻完美，天下倾服，又是创作不辍的一生。因为从未停止过思考和写作，所有的经历都成为他的素材，天地万物都被他措之笔端，故而对于他而言，没什么东西不能用文字表达。很多人写作要苦思冥想，搜肠刮肚，而他下笔即成，篇篇精美，根本不需要做什么特别准备或详细构思。他有一篇关于写作的文章《文说》说道：

　　　　吾文如万斛泉源，不择地而出，在平地滔滔汩汩，虽一日千里无难。及其与山石曲折、随物赋形而不可知也。所可知者，常行于所当行，常止于不可不止，如是而已矣，其他虽吾亦不能知也。

　　他写文章就像写书法，洋洋洒洒，了无滞碍，时或一泻千里，时或曲折起伏，情思盛时便任意畅行，情思了时便戛然而止，一切都顺其自然，不可阻遏。说明他胸中藏有天地，心里装着乾坤，什么都不在话下，根本无须寻求，只要一运动思绪，所有的典藏都会立即被调动起来，源源不断，用之不竭。到了这种境界，情思文采自然喷薄而出，好诗好文也将接连问世。

反观自身，往往情思锈蚀，笔下晦涩，创作起来甚觉劳累。长思之后，偶尔通畅，但得佳作一二篇，便欣喜异常。寻思同为宦游人，虽未经过苏轼那番生死考量，亦未至如他那般高位，但他去过的地方我亦曾经足抵，论所见世间万物也不见得就比他少，而读书更比他有条件，可写起文章来，为何相差如此之巨？细思之下，深感读书定不如他细致入微，识见定不如他广阔宏远，体悟定不如他深刻通透，所以为文自不如他流畅摇曳，自然华美。

虽然跟神级人物苏轼相比乃不自量力之举，但既以其为表率，就得找到差距和原因，知耻后勇，奋力前行，不图有朝一日与他比肩，但求终我一生能够尽量缩小差距。按照取法乎上得乎中的理论，以苏轼为比照，没准及得上桐城派诸子。届时即便是不能做到"如万斛泉源，不择地而出"，如涓涓细流，缓缓而出，也是一种莫大的成功。

等级观念

古典武侠小说《三侠五义》中，作者为突显包拯的刚毅果敢和铁面无私，特意为他设计了一套独特的执法刑具，那就是龙、虎、狗三口铡刀。铡刀为宋仁宗皇帝所钦赐，铡刀在彼即如万岁亲临，可先斩后奏。其中龙头铡可铡皇亲国戚、凤子龙孙；虎头铡可铡贪官污吏、祸国奸臣；狗头铡可铡土豪劣绅、恶霸无赖。众所周知的"铡美案"中，陈世美因为抛子杀妻，被糟糠之妻秦香莲状告于开封府，包拯审定案情后，毅然处决陈世美，用的刑具正是龙头铡。因为陈世美其时的身份已然是当朝驸马，属于皇亲国戚。

每当看到违法如陈世美者受到应有的惩处，人们无不拍手称快，深赞包拯的耿直忠义、执法不阿。王子犯法与庶民同罪，一直是黎民百姓的热切期盼。可数千年来，法律的天平几曾不偏不倚过？只有到了新中国，我们才真正实现了法律面前人人平等。所以历朝历代，人们都只能将公平正义寄托在少数清正廉洁、公正不阿的清官们身上，比如狄仁杰、包拯、海瑞、纪昀等。而包拯是其中的杰出代表。历史上的包拯确系廉洁公正，不附权贵，铁面无私之人，曾屡次弹劾权贵，敢于替百姓申冤，故京师有"关节不到，有阎罗包老"之语，民间有"包青天"之誉。后世更是演绎了许多包拯不畏强权、维护正义的精彩故事，"铡美案"就是个虚构的典型案例。

而龙、虎、狗三把铡刀也是后人想象出来的神器。只是铡刀可以创造，非要分为龙、虎、狗三类，实在是让人觉得有些不合逻辑。也许作者是要说明，纵使你是皇亲国戚、皇子皇孙，杀人放火犯了王法，也一样有适合你的那款铡刀让你断头，更何况普通的官员百姓。但是同样是处决，为何皇亲国戚非要用龙头铡，贪官污吏非要用虎头铡，而普通百姓只能用狗头铡？显然，龙比虎要高级，虎比狗要高级，难道杀起来还要在刑具上分个高下贵贱吗？皇亲国戚死了也是一条龙，达官显贵死了也是一只虎，而平民百姓死了却像一条狗。这分明是一种歧视，带着明显的等级观念。按照作者设置铡刀的本来逻辑，恰恰应该是皇亲国戚、贪官污吏犯了死罪，应该以狗头铡处决，这样才大快人心。要不就一视同仁，以同样的铡刀杀头，体现公平。就像现代社会一样，犯了死罪都是枪毙，不管是高官豪富还是普通百姓，生时平等，死法也毫无差别。

从龙、虎、狗铡刀的设置便可想见，等级观念其实一直存在于人们的潜意识之中，即便是在追求平等正义的虚幻梦想里，也还是不自觉地顽固生长着。所幸我们生活在新时代。

盛世时代

经济繁荣、人民富足、国力强盛的当今无疑是盛世时代。这让人想起一千多年前的盛唐。当是时，府库充盈，百姓富庶，国家繁盛。杜甫有诗《忆昔》曾形象地描绘了那时的情景："忆昔开元全盛日，小邑犹藏万家室。稻米流脂粟米白，公私仓廪俱丰实。九州道路无豺虎，远行不劳吉日出。齐纨鲁缟车班班，男耕女桑不相失。宫中圣人奏云门，天下朋友皆胶漆。百余年间未灾变，叔孙礼乐萧何律。"当真是一派繁荣太平之景象。盛世之时，人们一方面好谈王霸大略，一方面喜欢吟诗作赋。就像一个武功高强的大侠，左手端杯，右手执剑，口中吟诗，出剑饮酒，诗赋不断，十分从容潇洒。

唐朝虽盛，却并非风平浪静，毫无狼烟，恰恰相反，在西北、正北、东北的边境，都有戎狄外患，像突厥、吐谷浑、吐蕃、回纥、大食、契丹、高句丽等，事实上整个唐朝可能是外患最多的朝代。即使在盛唐时期，战争也从不曾断过，只是唐朝的军力足够强大，往往能战而胜之，甚至直接将其灭亡。所以无论是文人还是武夫，都愿到边关戍守或者到战场拼杀，以求博个功名。很多诗人能文能武，不但在军营立下赫赫战功，其诗文比起那些通过科举考试步入官场的士子也丝毫不差，甚至基础更加扎实，令人更加敬畏。

泱泱大国的风范，不仅表现在文人武夫都可上战场，还表现在贩夫走卒都能写诗吟句。诗既是人们言志的方式，又是人们交友的桥梁。那时候，什么人都会来上几句诗，而且往往浑然天成，自然流露出天国风采、盛世气象。不要说李白、杜甫、高适、岑参、王维、孟浩然这样的大家，就是和尚、妓女、村夫、渔夫，都屡有佳作问世。人们相聚离别，羁旅戍边，贬谪迁徙，娱情遣兴，都少不了诗。有时我想，酒肆歌楼，路途田野，到处都是吟诵诗歌的声音，人们沉浸在诗的氛围之中，那该是一种什么样的境界？诗意王朝与浪漫时代，让人不由得神往。令人诧异的是，这些吟诗作赋的人，刚才还沉浸在诗境之中，一拿起刀枪，又能纵横驰骋，慷慨杀敌。一会浪漫，一会豪迈，这就是盛唐时人。

我们现在也是盛世时代，可与盛唐人相比，人们少了点豪气，少了点诗意。上了战场敢于杀伐，放下刀枪长于诗文，具有这种能力的人固然是有，但不及唐时普遍。人们更多地喜欢娱乐、喜欢旅行，而不是更加高雅的文化。谈论中当然也涉及国际形势地缘政治，但还没达到人人好谈王霸大略的地步。现如今我们的国力和民用早已远超盛唐，人们的智慧当然也今非昔比。如果盛唐人战斗的豪情、作诗的浪漫，我们也能继承和弘扬，那就不仅是复兴而是鼎盛了。

打下的江山

中国历史上各个新朝代的建立，少数是通过机谋从旧的体系内部承继而来的，更多的是通过战争收拾了破碎的旧山河重建起来的。晋朝得天下是司马炎逼着曹氏禅让的；隋朝是杨坚从他的外孙手上豪夺的；宋朝则是赵匡胤演了一出黄袍加身的好戏从周氏孤儿寡母手里巧取的。虽然司马炎继位后也收取了江南，杨坚建隋后也平过叛，赵匡胤代周后也出兵收服了各个割据势力，但比起那些白手起家的开国皇帝不知要省却多少功夫。

商代夏，周代商，都曾进行过决战。而秦扫六合，建立天下一统的秦王朝的过程中，与六国之间的生死决斗自然也在所难免。秦末天下大乱，各国残存的贵族势力乘势恢复了故国。而起于草莽的刘邦最后却奄有天下。那时虽有各国军事力量，但主要决战双方还是楚汉两国，所以项羽败亡后，刘邦也就轻松地统一了宇内。东汉的刘秀也是在群雄逐鹿的混战中，最后脱颖而出，恢复了老祖宗的基业。元朝是最能作战的朝代，一直打到了欧洲，但只善打不善治，建立的几大汗国，未几便先后易手。朱元璋和刘邦一样，都是贫民出身，而且并非能征善战的悍将，更非决胜千里之外的谋士，但却有着超乎常人的运气和气魄，所以朱元璋能力克群雄，把蒙古人赶到了长城之外，从而建立了大明帝国。清兵虽然前期靠着自身的勇武屡次战胜了明军，但建立起全国性政权实在有赖于崇祯皇帝的自毁长城和明朝降将们的拱手相送。

唐朝建立于隋末烟尘四起之时，是靠着一路作战笑到最后的。唐朝的强盛绝不是历史的巧合或上天的眷顾，是李渊父子一刀一枪拼出来的。隋末的农民起义军有一百多支，人数百万之众。力量强大的称王称帝，力量弱一点的自封总管录事。基本上每个州郡都有人揭竿而起，割据一方。李渊起事之时，也不过几万人。一方面要应对隋朝官军的征剿，一方面还要预防起义军之间的吞并。所以从公元617年李渊起事到公元628年全面统一天下的这十一年间，唐军基本在与隋军和各方起义军作战。公元618年，唐军击溃薛举和薛仁杲集团，占据了陇右。次年又生擒盘踞武威的李轨，尽有河西之地。越明年，击败勾结突厥入侵河东的刘武周、宋金刚，恢复了对代北的统治。至此，唐帝国巩固了关中根据地，转头开始集中力量经营中原和江南。

公元621年，唐军击败郑夏联军，俘虏了窦建德，击降了王世充。随着割据鲁南的徐圆朗和占据冀北的高开道相继败亡，唐帝国统一了河南河北和山东地区。在唐军消灭了江陵的萧铣，降伏了岭南冯盎，击败了虔州的林士弘，威伏了杜伏威，俘杀了反叛的辅公祐之后，江南也全部平定。公元628年，唐军消灭了依托突厥的朔方军阀梁师都，彻底实现了统一。

可以说，唐朝的建立是通过一个一个堡垒攻克，一根一根骨头硬啃才成就的。虽然来之不易，战争频仍，但却训练出了一支勇敢善战、攻无不取的帝国铁军。正是因为有着坚定的决胜信心、无畏的杀身勇气和丰富的作战经验，唐军在后来的对外战争中所向披靡、捷报频传。取江山，唐朝最是气壮，后人看着也最是畅快。

贵知我者少

《庄子·达生》中有则小故事，说的是有个叫孙休的学人，远道登门拜会扁子以问道，扁子悉心为之解惑释疑，讲了一大通高深的道理。孙休听完，满腹狐疑而去。孙休走后，扁子越想越不对劲，感觉不但没有帮助孙休解决认识问题，可能还会给他带来更多的困惑，不由得长吁短叹。他的学生安慰他说："您说的道理很正确啊！就算孙休没有很好地领会，应该也不至于增加疑惑吧。"扁子说："不然。以前曾有一只异鸟停在鲁国的郊区，鲁国的国君很开心，鸣钟奏乐，以非常庄重肃穆的仪式给那只鸟送上美食，结果搞得那只鸟不知所措，忧虑重重，根本不敢进食。鲁国国君这是以养己的方式养鸟。如果以养鸟的方式养鸟，就应该栖之深林，浮之江湖，食之以委蛇，鸟才会觉得平安快乐。现在这个孙休，来自偏远之地，孤陋寡闻，我却跟他讲了一大堆至人之道。这就像让小小的山鼠乘坐高大的马车，让林中的山雀听闻钟鼓之声，它们哪能不惊疑困惑呢？"

确实，将高深的道理讲给肤浅的人听，他们肯定是听不懂的。所以老子说"知我者希，则我者贵"。能懂的人本就很少，师法的人就更稀有了。新奇的思想、高超的学问往往如此，知音并不多，通常只是一个高端而小众的群体。懂得的人多了，自然也就不是什么高妙的东西，或许能流行一时，但一定难成大器。每个时代都有每个时代流行的理念和事物，但通过历史的大浪淘沙，留下来的始终还是那些思想精深、艺术精湛的。东汉扬雄曾著有哲学专集《太玄》，因为内容晦涩艰深，时人不好。扬雄并不注释说明，反而认为："辞之衍者，不可齐于庸人之听。"言下之意，水平高的自然看得懂弄得通，水平次的他也懒得解释；对于庸才常人，他何必多费口舌。

　　道德文章都是自我修养的事情，并不以是否通行于世作为成败高低之衡量标准，他人能否理解附和实在是无关宏旨。像扁子那样解释多了，不仅别人疑惑，自己也不心安。越是高深的思想、妙绝的体悟，越是只能在小范围得到回响。一定要广而告之，让小老鼠坐大车，小雀儿听钟鼓，必然会惊了别人，还累了自己。

轻信史不如无史

对历史研究得越是透彻的人,越是不轻信历史。恶意造假作伪者杜撰出来的历史固然不可置信,可即便是秉性耿直方正的史家,也因为各种主客观原因而常常歪曲或虚构历史。就连一直主张以"直"治史的孔圣人,在修订《诗》《书》《礼》《乐》《易》《春秋》"六经"时,也有失之偏颇之嫌。历代史家心中或有微词,但顾及圣人之尊,或碍于师门之训,不加责难。

唐史学大家刘知几精研史籍,见识渊深,且耿介拔俗,敢于直言。他就曾指出孔子所修"六经"中有许多可疑之处。最令人起疑的恐怕就是《诗经》中的《国风》诗篇,表达了各国人民对统治者的怨愤讽刺之情,却独独少了鲁国人民的心声。众所周知,孔子是鲁国人,他一直自豪于鲁国礼乐传承的正统性和完整性,在这种先进礼乐教化下的人民当然不应该像其他国家的人民那般满怀怨恨,出言讽刺。这或许是圣人的一点私心,抑或是保留一种期待?但刘知几却认为,圣人在以他的智慧愚弄后人。显然,孔子在修编这些经典时,植入了很多主观的好恶。刘知几甚至专门针对《书》提出了十大疑点,而且言之有据,让人看了颇以为然。在孔子的心目中,最好的时代恐怕是尧舜禹汤、文武周公执政时期,在他的论述中,对这几个先王从来不吝赞美。特别是对尧舜的禅让给予了至高无上的评价。

我一直觉得很纳闷,尧舜禹时的"公天下"变成了夏以后的"家天下",难道人的贪婪私欲是在禹之后才开始有的吗?之前实行禅让制,天下都可以拱手让人,这得有多大的胸怀和气度?魏文帝受禅于汉献帝时曾感叹:"尧舜之事,吾知之矣。"汉景帝也说过:"言学者无言汤、武受命,不为愚也。"事实上,魏文帝和汉景帝都心知肚明,尧舜的禅让也许是圣人杜撰出来的历史,但兹事体大,与他们及其子孙的江山永固休戚相关,他们即使心中明了,也不会详加阐述。

质疑圣人确实有些不恭,但以此可知史籍之不可全信。当然读史不必纠缠细枝末节。就算尧舜禅让之事为虚设,孔子为心中的理想社会、理想帝王画上一张完美的画像似乎也无可厚非,这也是为后世立下一个难以企及、但似乎又可以企及的典范形象。但也大可不必以为,人性变坏的分水岭就是夏朝。

历史观的坍塌

一直以来,受儒家思想影响,特别是在孔孟观点的导引之下,我们对于上古时期的几个圣王贤君心存敬畏,高山仰止,以为中国有史以来最美好的时代就是尧舜禹汤、文武周公当政之时。唐尧禅让帝位于虞舜,虞舜禅让帝位于夏禹,商汤灭残暴之夏桀,周武王灭荒淫之商纣,周公平息武庚、管叔、蔡叔叛乱,还政于成王。这些都是我们现在所知正史的内容,也是为后世一直赞誉颂扬的美德和武功。史书记载,前后相续,大抵如此,是以关于那些时代的概貌,人们总是心存美好,乃至于像孔子这样的大家都无限向往,恨不生活于其时。

但如果历史情形是另外一番景象,也许会全面颠覆我们的三观。被盛赞"克明俊德"的唐尧,并不是那么英明神武。舜之帝位并非由尧禅让,而是自尧手中夺得。舜先是放逐尧于平阳,立其子丹朱为帝,继而废而自立。禹得帝位也不是由舜禅让,而是如法炮制,黜放舜于苍梧,立其子商均为帝,继而夺位自立。夏桀、商纣可能并不是那么荒淫残暴,而是被有意地放大其恶,甚至是加以编造诬陷,成为千载暴君之典范。让他们一味地凶恶,才能充分体现商汤伐桀、武王伐纣的正义性,也巧妙地令其躲过弑父害君的恶名。纣王之子武庚身负家国沦陷、父死母亡的血海深仇,立志复国,联系了管叔、蔡叔,与周朝决战,败于周公之手,却被冠以叛逆之名。周公与召公共同辅佐成王,因其权势过大,引起了亲族中许多人的不满,召公也很是不满,管叔、蔡叔甚至投入了武庚的阵营。在此情势下，周公也只能还政于成王。后人因此高度赞誉周公的美德，把他视为无私辅政的榜样。

如果这才是历史的真相，我们将做何感想？圣人贤君的高大形象将瞬间坍塌，长期形成的历史观念将完全崩颓。而这，并不是某个人的凭空想象，更不是历史虚无主义的作祟。而是唐朝史学大家刘知几对历史的大胆质疑，他在每个质疑观点下都提供了实证资料，言之凿凿，难以驳斥。

就算刘知几还原的历史面貌真实不虚，我也宁愿相信正史所载。没有了德厚品高的尧舜禹，没有了伐灭无道的商汤文武王，没有了堪当重托的周公，历史的长河中就没有天下为公，没有圣明清化的完美典范，人们对于未来的国家走向和民族变迁自然也就没什么理想寄托。故历史可以质疑，但该修饰的地方还是要修饰，该相信的地方还是要相信，为后世计。

第五章 各有所好

各有所好

说来也怪,在我最是年轻力壮身体健康之时,竟然会晕车,而且晕得不可救药。那时只要一坐上车,就开始头晕目眩,不知身在何处,胃里更是翻江倒海,必定吐个一塌糊涂。晕车厉害之际,是顾不上车之好坏贵贱的,故我宁愿远途跋涉,亦不欲图乘车之便。后来找工作时,在一个城市连续坐了一个月的公交车,每天都晕得分不清东西南北,那滋味实在是不足为外人道,一词以概之"苦不堪言"。但由于集中在一个月之内尽尝大苦,竟然彻底地将晕车之病治好了。

因为曾经经历,并尽知其苦楚,所以每当见到晕车者,我都会尽力予以同情关照,以减轻其痛苦。对于晕车厉害者而言,可是沾车即晕的。所谓的乘豪车于其绝非享受,而是一种折磨。甚至车越豪华越是难受——因为其封闭性能好,晕车者更是不适。如果坐着敞篷车,或者拖拉机,晕车者或能少受点罪。所以事物并非越侈丽,越受人欢迎。要看什么受众。晕车的人见到车不是喜欢而是害怕,唯恐避之不及,焉能有喜爱之心?

一次与一个雅好时尚的朋友参加一个社会活动,座中多是精英,他们穿着时髦,容光焕发,个个谈吐不俗,我只觉得他们很是精神挺拔且富有文化。而我的朋友则悄然告诉我,他们身上穿着各种大牌的西服裙子或鞋帽围巾,件件昂贵异常,让我委实大吃一惊。我对服饰一道向来未曾关注,对个中窍门一无所知,只是觉得他们穿着得体而已,经朋友一阐释,才略知其中之妙。在服饰装扮方面，我虽然不像晕车者厌车一般，但确系门外汉，也没兴趣多做了解。

所以我想，他人之所好，或为我之所恶，或于我无感。我之所好，于他人又何尝不是如此。似乎只有钱财这东西，是大家共同的爱好，只是有些人爱得入迷，有些人爱意淡薄些。连孔老夫子都坦承"君子爱财"，不同的是"取之有道"而已。至于文化与权势，雅好者自有之，但并非如钱财那般人人皆好。所以强迫别人当官有时也会遭到严词拒绝，比如嵇康就曾对推荐他当官的山涛很不客气，甚至写了一篇书信《与山巨源绝交书》，以示正式与他的这个朋友绝交。而强迫别人学文化，遭人嫌弃和交恶的风险就更高。孔子云"己所不欲，勿施于人"。我以为，己之所欲，亦勿施于人。

生活的滋味

　　生活一定要讲究滋味。就像吃东西一样，如果狼吞虎咽，不知食物之味，那是只图果腹，为生存而吃。享受食物之美，在于细嚼慢咽，逐一品味，咂摸出各种味道。美食家更是要讲究色香味形，方方面面都要尽享其美。生活本当如此，如果只是为生活而生活，就处于一种低级状态，乏善可陈了。特别是生逢盛世，物产丰盈，科技发达，吃用固然不愁，住行更加便利，生活就该有所讲究。讲究不等于奢侈铺张，肆意浪费，而是要辅之以情调，增之以细节，让生活变得形态多样，内涵丰富。而非简单粗暴，吃饱穿暖就好。

　　虽然我们的生活水平已经大幅度提高，很多人的生活品质也实现了提升，但生活的味道并没有充分品尝。很多人早出晚归，吃得随便，睡得粗糙，不是不够富裕，不是没有时间，而是没有生活的品位，没有浪漫的情调，更无享受的心情。匆匆忙忙工作，匆匆忙忙挣钱，匆匆忙忙吃睡，匆匆忙忙退休，匆匆忙忙离世。从来不曾慢下脚步过，一直低头奔跑，一山接着一山越，一水接着一水涉。生活是什么滋味，他们从来没有细细地品尝过，都是些单一的感受，简略的经历，一晃就是一生。

　　生活中有许多的滋味，必须静下心来，慢下步来，凝神静气，仔细分辨，才能慢慢感受到，捕捉到，品味到，享受到。所以首先得有深入生活之心，然后去锻炼品味生活之能。当你感受到生活远不止一种味道时，你事实上已开始了真正的生活，而不止是图生存。

很长一段时间，我的生活也是没滋没味的，昨天已飞逝，今天又匆忙，没时间品，更没心情享，但只盼着赶紧把惦念的事情办完，把艰难的时间打发，不知不觉便人到中年，还没来得及好好赏一次月，静静观一次海，甚至闲闲饮一杯茶，懒懒睡一次觉。生活得太过于囫囵吞枣，结果只留下了辛苦的回忆，这当然不是我要的生活。于是我放慢脚步，解开思绪，催生闲心，燃起欲望，发掘情调，调动受想行识，投入对生活的品味之中。不管生活是顺是逆，我都要按照自己练就的方法，找出隐藏于平常日子里的各种滋味来，再也不似从前那般只有单纯的一种味道。

也许从世俗的意义上说，我现在的生活算不上成功，但我的生活一定是有滋有味的。

愁

愁这种情绪一定不是与生俱来的，而是在人们逐渐成长的过程中渐次生出来的，而且一旦生成，便终生附丽于人身。幼儿时，我们只有两种情绪，快或不快。合意时便笑得满脸灿烂，不合意时就哭得梨花带雨。风一拂则颜开，云一来则眉结，两种简单的情绪全写在脸上。显然后期的阴晦、郁闷、苦涩、伤感、哀痛、忧愁，此时都尚未萌发，所以幼儿时的情绪是最本真最明亮的状态，可惜人总是要长大的。

少年时一样没有忧愁，这点辛弃疾早就断言："少年不识愁滋味"，只是"爱上层楼"，"为赋新词强说愁！"这强说之愁显然不是真正的愁，充其量只是烦恼而已。如少年维特之烦恼，这烦恼在今后的人生中回忆起来，都会化为甜蜜的味道。当然少年时偶尔也会有迷茫，和因此而伴生的淡淡惆怅，如烟如雾，缥缈仿佛，似"草色遥看近却无"，但离忧愁还是相去甚远。

忧愁大概生于青年，长于壮年，盛于老年。青春勃发之际，欲望也生机盎然，一片旺盛。韶华浇灌着芳香的花园，那里天朗气清，花草繁茂；也开发了荫翳的丛林，那里忧愁横生，苦痛繁殖。年轻时尚有郁勃的生气，有凌厉的锐气。要么消解了愁，要么冲淡了愁，愁情愁意随生随灭，倒不至于郁结于心。但随着岁月老去，旧愁未去，新愁又起，诉不完，解不开，眼见得越积越厚，便永昼是愁，永夜也是愁了。

那时节，见风会愁——"西风愁起绿波间"，见云亦愁——"愁云惨淡万里凝"。清早会愁——"晓镜但愁云鬓改",入夜也愁——"江枫渔火对愁眠"。春天是愁——"一片春愁,渐吹渐起,恰似春云",秋天也是愁——"何处合成愁,离人心上秋"。登高固然是愁——"明月楼高休独倚,酒入愁肠,化作相思泪",离别更是愁"离愁渐行渐无穷,迢迢不断如春水"。这愁"剪不断,理还乱",举杯强消消不去,孤灯夜夜写不完,双溪蚱蜢舟也载不动。"欲上高楼去避愁,愁还随我上高楼!"

愁之一绪,似乎与时代无关,与地域无关,只与岁月有关:儿时不懂,少时不识,壮时频至,老时满怀。所以在生活中一定要找到一种疏通引导的办法,不要让它沉淀在心中。或者准备好大段大段的快乐。要么中和之,要么化解之。

分　裂

　　理想主义者最易产生性格分裂。现实和想象毕竟还是差别太大，一味地沉浸在想象之中，一回到现实的场景，定会觉得四处壁垒，寸步难行。避免分裂的最好办法是多到生活中去体验，不管日子是苦是甜，只要真实，就不至于让思想跑偏。足不出户、闭门造车最危险，虽然生活简单明了，舒适安逸，但没有大智慧、大定力，重出江湖时很容易被伤得体无完肤。隐居或躲避绝不是洞穿世界的最佳途径。在现实的风雨中穿行，在缥渺的云雾中惊惧，摔摔打打，磕磕碰碰，才会更加皮实肉钝，普通的痛痒根本无法伤及其身。

　　反之，餐风饮露，仙气飘飘，一点污秽都沾不得，半点脏话都听不进，如何立足尘世？这世界可是难找一平方米的宁静，一平方米的净土。想来治理怕鬼心理就要不停地观看鬼片，医治社交恐惧心理就要与三教九流的人多交朋友，克服厌世的心理就要在浊世摸爬滚打。如此久了，就习惯了，就自然了，就表里如一了，内外合一了。否则，心中时常会出现两个"我"，一旦打起架来，人就会精神分裂。

　　受传统教育的影响，一直以来，我都生活在一种美好的想象之中，并在心中精心构筑了一个纯净的桃花源，那里"土地平旷，屋舍俨然，有良田美池桑竹之属"，一旦流连其中，便久久不能自拔。虽然物我两忘，心静神凝，感觉身心舒泰，但每当脱身走神，来到现实世界，便觉反差实在太大，心中立刻会出现态度对立的两个自我：一个理性一个感性，一个平静一个浮躁,一个傲然一个卑微,一个高洁一个庸俗,双方激烈争论,难分轩轾。有时甚至是一件微不足道的事情,别人处理起来轻松自如,在我这里却成了两个自我的争论所、决斗场。

后来我不再启动想象的程序,但只本真地生活,立足现实的土壤,以当下的思想决定行止,不做反思和展望,快即时之乐,痛即时之苦。慢慢地,两个自我便复合为一,整体如初了。世事于是纷纷迎刃而解,如庖丁解牛。

激 活

步入新世纪以来，有些感觉似乎都遗留在了上个世纪，在物产丰饶精神富足的今日，怎么也找不到它们的踪迹，只能靠回味再一次咂摸品鉴。我时常觉得，当我们回首往事时，并不是往事本身有多么值得留恋，而是那种逝去的美好感觉让我们为之神迷。每当我跟新一代的年轻人交流时，就会自然而然地想起自己年轻时候的光景，穿越时空，重温当初的心境。

二十世纪后期，我们也曾被誉为八十年代的新一辈。那时只愿向往而不愿回忆，因为向往的空间很大，而回忆的容量太小。2000年，我们当时才十七八岁，而如今新世纪已过去二十年。我忽然想到李商隐的一句诗："刘郎已恨蓬山远，更隔蓬山一万重。"地理上的远隔让思念变得绝望，时光上的飞跃让精神有时崩颓。兴奋地挽着时光前行与无奈地被时光拖着前行，实在是不可同日而语。青春，憧憬，梦想，好像都没能跨过世纪。世纪就像一道坎，滞留了不少值得我们这一代人携带的宝贵财富。

就连一些生活的味道，也被世纪过滤掉了，从此再也不曾尝到。一次与几个朋友一起吃饭闲聊，其中一个朋友来自山城，他很是想念过去那些简单的幸福，比如三伏天走在阳光暴烈的大街，一身大汗淋漓，在路旁的树荫下找个摊档坐下，吃上一碗凉粉，或者喝上一瓶冰镇汽水，立即感到有一股清凉之气从上贯通到下，那滋味真是爽极了，赛似神仙。现在的生活很富足，夏天日夜空调，外出全程豪车，喝的皆是高档饮品，可就是找不到昔日的满足感、幸福感。

另一个来自南昌的朋友则对他老家的炒米粉情有独钟。他说读大学那会，对自己最好的奖赏，就是在深夜找个路边摊档，要上一碗炒米粉，还有一瓶南昌啤酒，就着辣椒酱尽情享受，一边涕泪横流，一边汗流浃背，那滋味就是山珍海味也不换。如今坐在豪华的房间，食不厌精，脍不厌细，却没有了那种食欲和快感。

我虽然也有许多关于吃的美好回忆，但我更容易记起仲夏之夜，躺在竹床之上，摇着蒲扇，看漫天星斗，这时有"荷风送香气，竹露滴清响"，慢慢地身上就有了风过，心中就有了凉意。"双抢"一天的劳累一点点一丝丝化解在万籁俱寂之中，身体松软了，思绪朦胧了，世界模糊了。那是一种道界仙境，现在怎么也浮现不了。

我知道回不去往日时光，燃不起旧时温情，我只想努力把一些沉寂的美好再重新激活，伴我继续缓缓前行。

放　任

最近参加几次活动，要求正装出席。衣裤一穿上，便觉腰间吃紧，方悟对形体疏于管理久矣，以至于体重增加，模样走形。本来还在美丑之间取了个中庸之道，好歹没入人群看不见，不至于惊到旁人。现在这种平衡渐被打破，即将滑入丑人行列，届时不是要问"吾与城北徐公谁美"，而是要问"吾与浣纱江边之东施谁丑"了。

之所以身宽体胖，心懒意庸，主要还是因为对自己放任自流，毫无约束。吃喝之事，似乎生来心好；玩乐之事，似乎天赋使然。也没见谁去学吃学喝、学玩学乐，却都一看就会，一弄就懂。说数学题难解、作文题难写，那可能是真的；说不会吃、不懂喝、不好玩、不喜乐，一定是矫情或掩饰。很多人会打心底里畏惧艰苦奋斗，却没有人由衷地排斥吃喝玩乐，所以人人都具有成为吃喝玩乐专家的禀赋，就看你去不去挖掘这种潜力。所谓的挖掘并不是指费大量心神和精力，而是只要不把控就行。长期自我放任，自会成为吃喝能手、玩乐专家，世上恐怕除此之外再没有类似的便宜事。

如果学习也能如此就好了。一放任，几年下来就变成了学霸，十几年下来就变成了学问家。就像我现在一样，一放任腰围就粗了一圈，皮带就松了一截。但实际情况恰恰相反，我此刻不是在轻松地放任学习，而是在咬牙坚持学习，哪怕读完一页书，弄懂一个要点，只要前进半尺一寸都自认为是一种胜利。吃喝一放任仅是松皮带，学习一放任就要锈大脑。要是放任自己玩乐，却能如愿成为一个学者那该有多好。

　　学习终究是件苦差事，再热爱学习的人也难做到学习易如吃喝。放任自己吃喝简单，放任自己学习，谁有气度和格局如此宣称？我想努力成为一个文化人，尚且时常遭人怀疑、哂笑，若言放任自己成为一个学问家，恐怕在地球上再没有立锥之地了；但是壮言放任自己成为一个读书人，想来还是能够为众人所接受，因为除了做个读书人，我确实做不了别的，也实在不想做别的，是以心下便对自己一意放任起来。希望放任的结果就像放任身材的管束一样，多少会让我感到有些惊讶和意外。至于是好是坏，暂且不论，将来也无须论。

锦上添花还是雪中送炭

老家有句俗话叫"狗屎肥长草",虽然土,却很生动准确,富含哲理。长得越茂盛的草丛获得的肥料有时更充足,而长得稀疏短小的草丛反而得不到滋养。好资源流向了优秀人才、发达地方,好的好上加好,差的雪上加霜。分化便越来越大了。名校毕业、名企工作、名城生活,家底殷实、青春靓丽、聪明豁达,上等条件叠加在一起,优良基因组合在一块,不稳居上流都难。具备最基础的核心价值,附加值将不断增加,就像有了湿地,花草树木就会横生,飞禽走兽自然常见。故古人云:"时来天地皆同力,运去英雄不自由。"走上坡路的时候,一切好的元素都会从四面八方融汇;走下坡路的时候,则一切不好的东西会不约而同地聚集。

有人说银行很势利,很寡情,专贷款给经营得好的企业,富有前景的企业。对于贫穷落后、濒临破产的企业没有一点同情心,甚至一分钱都很吝惜。这是典型的"狗屎肥长草":贷款支持优质企业,让他们越做越大,是双赢多赢的局面。而贷款去救援那些行将就木的企业,不仅救不活对方,还要把自己拖下水,无疑是两败俱伤的结局。换了是谁,都愿做锦上添花的事,而不愿去雪中送炭、悲惨陪葬。商场有时还真来不得人道主义。唯利是图,实际上是商业行为、经济活动的正解。古人不让商人染指官场,还是有一定的道理的。前者以谋取私利为目标,后者以天下为公作宗旨,自是水火不容。

经济方面只做锦上添花的事,这并不令人不可思议,甚至是种常理。但近些年来，文化方面也开始厌弃雪中送炭就有些令人费解了。一段时间以来，全国各大城市特别是经济富庶的一些城市，为了增加城市的文化厚度，开始广泛地搜罗引进文化名流，给房给钱给政策。不能落户的，就采取建立工作室，聘请文化顾问，挂名荣誉馆长等方式。凡是签下合作协议者，便是我市中人。很快，一座城中汇集了各界文化精英，他们创作的成果也被强行当成了这座城市的精神产品，成为城市引以为豪的文化政绩。仿佛这些文化人真的生于斯长于斯，本来就是此中人似的。其实他们一年也就来个一两次，因为他们还要应付其他地方的盛情延请。至于作品，反正都在创作，版权在自己手上，名誉上算作谁的无关宏旨。一年去旅游个一两趟，拿钱走人，天下恐怕再没有比这更爽的事了。看到这些人如此开心惬意，很多人便积极效仿，一门心思地要闯出名来，即使造假也要先把业界的影响力做出来，至于是否有真才实学，完全不必考虑。因为各地签约只重名声，多半不看质量。

经济上"狗屎肥长草"有时是必须的，但文化上如此则大可不必。还是要多做雪中送炭的事，因为冒着风雪困于道路而又才气纵横的文化人哪里都大有人在，真不必舍近求远去寻求签约那些已经分属若干个城市的文化名人，况且他们也未必就名副其实。

精神馈赠

朋友过访，见我手中捧着一本书，不由感叹："你若将你读书的这番工夫下在仕途之上，绝不至于如此落寞。再不济，去商海中遨游，凭你的勤奋也能拾得些金银碎屑。"我微笑回答道："鲁迅将别人喝咖啡的时间都用来学习，你却让我把学习的时间用来干别的，这与贤哲教我的恰恰相反啊。"我当然知道，百无一用是书生，然而一来除了做个书生实在做不来别的，二来做惯了书生再做别的还真不习惯。再说，即便是做书生，自己也还是十分不称职。作为名副其实的书生，至少古今中外的一些经典得读完，否则把自己归为书生一类，未免太高看自己了，最多也就算个读书人。倾心于此，未必就精通此道。

朋友很有些惊讶，这世上还真有甘于寂寞、窘困如我者。他自己从来都是抱着一种"宁为百夫长，胜作一书生"的坚定信念，决不走上"一箪食，一瓢饮，在陋巷"的悲惨读书道路。他是个实用主义者，认为读书再多，如果不能把自己的生活经营得富丽堂皇，那也是白搭。人是要活得让口腹都舒畅，而不仅仅是让口舌痛快。他虽然有些庸俗，却也庸俗得直白坦荡，不像那些精神难民，还要装扮成精神贵族的样子，既然想发财、想奢靡，就直截了当，不要遮遮掩掩。这个老兄最大的好处就是诚恳磊落，这也是我愿意一直与他来往的原因。再说有时通过他这个管锥，窥知鱼龙混杂的世界，倒也省却不少躬亲经历的时间和精力。

他或许也是因为到了我这里可以获得片刻的宁静，让他躁动不安的灵魂有了个定点栖息地，所以时不时会光顾一下寒舍，发几句牢骚，叹几声息，转身便要到茫茫大海中去打鱼捞虾。有时候他会进入冥想状态，说要是我是个手握权杖的大人物，他就不用这么辛苦到处跑了，我就能给他一栋房或者一块地甚至一条街。我说那些不切实际的物质梦就别做了。"事实上，每次来，我要么给了你半个盛唐，要么给了你一个北宋，要么给了你整个南北朝，比起你要的什么土地工程贵重千万倍，只是你不珍惜而已。精神财富在物质财富面前难道就那么脆弱无感吗？虽然我对文化的研究不及那些专业大家，但毕竟我也是照单把书本上的知识毫无保留地细说给你了，甚至还要加上我一些不算成熟但肯定独有的思考。这些也是不小的财富啊，够你受用一阵子的了。"我半开玩笑半认真地对他说。他一阵默然，然后坦承这些年受了我不少的精神馈赠，也确实解了他不少心结。转身走向物质世界时，他显得很冷静从容。

我突然想到了《赤壁赋》，苏轼与客人之间有段精彩的对话。落魄黄州的苏轼精神上并未落魄，而是更加充盈，他以文化的力量让满腹狐疑的客人变得沉静安然，最后自己也获得了升华。我心向往之。

生活在大城市

在一个千万人口的大城市生活,个人就像在汪洋中漂泊的小船,很多时候会显得孤单落寞。不像在只有几十万人口的小城市居住,进进出出都是邻居街坊、同学朋友,几个熟面孔低头不见抬头见,上街吃个早餐都得一路点头致意。工作上接触、生活中办事更是处处熟人、路路畅通。特别是那些读书时成绩差点的人,留级多、转学多、同学多,走到哪里都熟络得很。很多人闭着眼睛都知道哪条路上有几根电线杆,不假思索就知道哪个人住在哪个街区。所以多数人不愿离开自己的城市去陌生的地方闯荡,因为这里的景物人事实在是太熟悉了,只要没有野心,没有比这更惬意的生活方式。

然而依然有不少人愿意到外面的世界去游历,在他们看来,人生不过就是一场旅行,重要的是行走而不是停留,途中的各种感受才是他们所追求的目标,并非要寻找舒适区安营扎寨。而一眼不能见底的大城市是多数人游历的首选。城市地理上的辽阔和人际关系上的疏旷,最是让人容易遁形。在这种大城市,可以在熙熙攘攘的人群中旁若无人地进出,在声音嘈杂的烟火中安安静静地漫步,没有熟人的问候打扰,没有街坊的议论指点。心里或许是孤独的,但也是放松的。

在充实而空荡的特大城市,每个人似乎都会接触到不少陌生人,并在一段时间内成为朋友,甚至是来往密切的朋友。但因为大家都在奔忙,各自在自己的领域内向前疾冲,有时还会掉头反转或者交叉穿越,身边的朋友丢失淡忘就成了常事。事实上，尽管细数起来我们认识不少的人，但常相走动的人似乎是有限的，今天是这一批，明天又换了另一批。有时还真不是故意要疏远，只是走着走着就渐行渐远了。连我们自己都不知道何时分离的。

偶尔，我们会在多年后突然邂逅一个以前的好友，既陌生又亲切，似乎远在天边而又近在咫尺。其实我们就一直生活在同一个城市，一度有过交集，然后循着各自的轨迹远离了。或许彼此物理距离只有七八公里，可一别就是数年或数十年，就是难以遇见。

我在我的城市已经生活了二十多年，前后换了许多个单位，也换了许多个住处。同学、邻居、同事朋友还真是不少，但还在联系的人一直都不多。认识了些新人，一些故人就淡出了生活圈。如此几经变换，当初来到这座城市结识的人竟然极少还有交往的，虽然知道他们一直就在那里，也不缺少拜会相聚的时间，但似乎已无相见之由，互相就这么一直陌生化着，一别就是多年。再相见时，双方都会诧异于同在一座城，甚或同在一个街区，竟然都未生起相见之意。

在大城市生活有好、有不好：孤寂起来走在人群中就像走在无人的瀚海，但若想展开一段友谊也随时随地都可以结识新朋友。且因为大城市有着难以穷尽的深广和不可估量的可能，故而魅力无限，能不断吐故纳新，引无数俊杰高士潜行其中，并乐此不疲。

乐书以消忧

很多人忧愁时喜欢借酒消愁或以乐忘忧,确实,把自己喝醉放倒,麻木情绪,消泯记忆,忧愁自然就无影无踪了。可是清醒之后,忧愁又会如影随形。欣赏音乐也不失为一种忘忧的好办法,沉醉于美妙的旋律中,情感起伏于音乐主题的引领,忽而"银瓶乍破水浆迸",忽而"上林繁花照眼新",完全达到一种忘我之境,烦恼也就被抛到九霄云外了。可音乐一停,回到现实世界,立即就会随世事沉浮,被俗世烦扰,无边的愁意如秋风袅袅而起,最后潇潇飒飒,不可阻遏。

我不好喝酒,也不懂音乐。强喝不仅解不了愁,反而会更加苦。音乐赏析不了,乱听是种亵渎,审美愉悦都没有,也就谈不上什么教化。可以说,因为缺少相应的天赋,这两种解忧办法对我都不起丝毫作用。可人人都有忧愁,我也是个凡人,当然也有不快、有隐忧、有深愁,特别是当听到梧桐细雨,见到飞絮蒙蒙,察觉乌云暗渡的时候,更会忧从中来,不可断绝。连曹操那样的英雄,也会"慨当以慷,忧思难忘",何况我等常人。曹操的解忧法是什么呢?"何以解忧?唯有杜康。"只有饮酒一途。

虽然于我而言,楚歌非取乐之方,鲁酒无忘忧之用,但我有适合我自己的消愁办法,那就是读书。刚开始读书,也像喝酒一样,但觉难以下咽,怎么也进不了状态。双眼干涩,内心烦躁,不知所云。强行逼迫自己捧着书本不放,目不转睛,心不旁骛,哪怕一句话也没有映入脑海,至少独处安坐一两个小时，做足形式功课。慢慢地，眼能视字，脑能容物，心能入静，万物逐渐退却，千音逐渐稀声，世界逐渐模糊。以前品不出滋味的文章日益有了滋味，以前读不出境界的诗词境界全出，此意味变得浓烈后，忧愁的味道就疏了、淡了、远了，直至完全为书味所中和、稀释乃至全面覆盖。

　　自能沉心书斋后，只要一有忧愁之端倪萌生，我便手执古籍一卷，随意一躺，顿然忘乎所以，事与人与愁即杳然远去，恰如春梦了无痕。而且读书消愁，与借酒浇愁和以乐忘忧不同的是，后两者始终会有清醒和自拔的时候，而读书可以建立起忧愁的防火墙、解析剂。读到深处，甚至自生欢乐源，足以抵御各种忧愁。就像面对修罗阴煞功，无须破解，自有九阳神功护体。

知　足

疫情起时，人们常以静默抗之，屡有奇效。或有人不习惯停下匆匆脚步，不习惯人车不络绎的都市，不习惯没有喧闹的生活。我倒是安于这远近皆静的状态，虽然我心中怀有几丝隐忧——忧自然法则不能修复，忧人心人性动荡变化，忧未来日子不可预测。但此时，我还是身心沉浸在寂然之中，静气敛神，安享自然之美好。我甚至能听见蜂飞蝶舞的声音，微风轻语的声音，远处树摇的声音，竹露慢滴的声音。胸中于是旷然，心中于是怡然。

安于此节，突然想起辛弃疾的那首《满江红·山居即事》：

几个轻鸥，来点破、一泓澄绿。更何处、一双鸂鶒，故来争浴。细读《离骚》还痛饮，饱看修竹何妨肉。有飞泉、日日供明珠，三千斛。

春雨满，秧新谷。闲日永，眠黄犊。看云连麦垄，雪堆蚕簇，若要足时今足矣，以为未足何时足。被野老、相扶入东园，枇杷熟。

此时心境竟与辛弃疾颇有几分相似。自隐居以后，辛弃疾便安心地做起闲人来，看白鸥破绿，鸂鶒争浴；痛饮酒，细读《离骚》，赏竹吃肉。飞泉四碎在他眼中非水滴，而是一颗颗珍珠，不下三千斛。春雨新禾，日永犊眠，云连麦垄，雪堆蚕簇，一派宁静的乡村景象。闲时被人邀至果园，枇杷恰熟。这种生活该知足了,再不知足,何时是个头?

  当然,我似乎也在这满足的乡村隐逸生活中领会出了辛弃疾的隐忧和惆怅,忧的是朝廷无收复中原之计,怅的是此后恐永与山水为伴。只是辛弃疾的笔下功夫太过强大,平常的乡景村情写得跌宕起伏、美不胜收。读来首先就醉于其境其意,乃至忘情忘我,几乎无法思及其他。

  而此时,我也在阳光树色中,闲卧觉日永。细读孔孟,吟咏苏辛,思念着竹与酒。我能想见有人在负重前行,有人在焦急等待。而我只能以静默表示礼敬。辛弃疾的闲适,是以前半生横枪跃马、驰骋疆场换来的,他理应获得山水的馈赠,虽然他偶尔心有不甘。以他的文韬武略,确不该是"心在天山,身老沧州"。所以我一边甘之如饴于他笔下的美丽乡村,一边悠然心会于他的绵邈深情。在声停迹绝的白昼,在万籁俱寂的夜晚,一遍遍地询问自己:"今知足否?"答曰:"若要足时今足矣,以为未足何时足。"

兴　致

兴致这东西，兴起得快，消逝得也快。一念起便兴致盎然，一念灭便兴致索然。旋起旋灭之间，并非儿戏，其中应有深刻而不可道明者。尤其是人到中年，更有疫情背景。两者都是逼近生命本源思考的因素。人到中年，该经历的都经历了，该见识的都见识了，似乎没有什么可以足令情激而性移，关注生命本身、考究生命意义，成为余生最重要的主题。

而疫情重建了人情秩序，碎裂了固有观念，让装饰华丽的社会人回归到朴素赤裸的自然人，有些物欲情感变得不重要，甚至根本不值一提，只有一项永恒的指标需要维系，那就是健康。因为健康的终点联系着生命。生命才是任何时候我们都要关怀的唯一标的，然而在垂垂老去之前，在疫情肆虐之前，我们都被名利蒙蔽了心灵，而忽略了生命的本质。

这时代保有兴致是件值得高兴的事。在新春旧腊相催逼之下，在疫情反复之下，还能生发兴致，实在是不容易，不滋生厌倦情绪、不放任怠惰行为，就已经不是凡人了。当年孟浩然站在万山之巅告诉朋友张五："愁因薄暮起，兴是清秋发。"清秋薄暮就能让他感慨万分，现在恐怕很难激起世人的半点涟漪。王子猷雪夜访戴而不见戴，也因为一时兴起，一时又兴灭。像王子猷这种要才华有才华、要官职有官职、要财富有财富的人，或许只有兴致是他最为看重的东西吧！看起来他是任性，可除了任性使气，还有什么能让他觉得有趣呢？难道是挥金如土，或是位列朝纲？这些俗人眼中的艳羡事，在他心里何曾新鲜过。

现代的人对自然已经钝化，不会"偏惊物候新"。古时，秋风一起，张季鹰想到老家苏州鲈鱼的美味，转身就弃官而归。任性起来比之王子猷访戴不见有过之而无不及。然而这种任性都是文化史上的雅兴，当代哪得几回闻？

因为时代变迁、岁华瞬逝，以前许多的勃勃兴致都慢慢地泯灭了。本来这世上也没什么值得真正留恋的，年轻时不过是情感和欲望过于饱满罢了。如果对物欲仍有十分兴致，我想我依然会任性一把，"譬如平地，虽覆一篑，进，吾往也"。可惜我提不起兴致——有未尝不好，无亦未尝不可。在对万事索然之下，好在我还保留了读书的兴致，忙碌时偷闲读书，闲暇时悠然读书。读书不为炫耀，更不为治愈，只为兴致还在。而且因为没有了其他兴致，这一兴致我相信会保持相当长的一段时间，也许至生命的最终。

隐 者

惊闻终南山又现大量隐居者,缘由不得而知。上一次隐居热潮应该远在唐朝。许多著名的诗人都曾于此隐居,要么以此为名,直指当朝,比如李白;要么尝尽官场滋味,退而寻求自由,比如王维。而在当今,显然没有什么终南捷径可走,不要说中央政府,就是县乡政府也不会对隐居者问津,只要他们不破坏生态,滋生事端,影响观瞻。而这些隐居者,当然更不可能是因为当官当腻了,要到这里享享清福。现在的官员绝大多数都不愿退休,退了休也要找个社会职务挂一下,绝不肯轻易就变成素人,哪有那个闲心去终南山隐居,过那清苦的日子?

想来那些隐居者不是生意上输个精光、无脸见江东父老的商贩,就是流浪江湖、四海为家的漂泊者,要么就是害怕与人打交道、有心理障碍的精神病人。现在这社会,任是深山更深处,也应无计避喧闹。真要隐居,城市乡村处处可隐,不必非得去终南山。一部分人之所以选择终南山,潜意识中还是想借助终南山之名,希望得到广大民众的关注。说不定其中就有人扮作隐居者,等着被挖掘成为网红。只是可惜了终南山,这座接纳过许多名士的名山,如今却要收容这些与风雅沾不上半点边的盲流。

说到隐居,想起唐太上隐者诗《答人》,不禁思绪万千,想象唐时终南山之美妙,隐者之萧闲惬意:

偶来松树下,高枕石头眠。

山中无历日，寒尽不知年。

相传唐时于终南山中，有一仙风道骨者，常于松下石上高卧，眠足即去。叩其姓名，亦不回答，留下这首绝句飘然而去。时人誉为"太上隐者"。真正的隐者当是如此，在长松之下，枕石而眠，不知日期，不觉时变。正如陶渊明《桃花源诗》中所言，"虽无纪历志，四时自成岁"，忘记时间，忘记朝代，万事不关心，寂寞自逍遥。这种境界，又岂是现今终南山某些乌合之众可以想象？

隐者，藏也。不仅掩容貌，藏行迹，甚至绝言论，断思虑，远离世俗人事，融于山水自然，自有其神，自得其道，无须拘泥于历日、年代。在这个躁动不安的时代，三山五岳之中，城市乡村之间，不知是否真的还有"不知有汉，无论魏晋"的隐者。

新常态

世界不太平,时局不稳定,未来不可测,时代传输的压力几乎每个人都能感同身受。曾经连成一片的地球,在疫情和战争的摧毁下,又块块断裂;好不容易变平的世界,回到了沟壑纵横的状态。目前的情形是,国国有本难念的经,家家有本难念的经,人人有本难念的经。撑住,是国与家与人都在咬牙坚持的首要大事。谁能笑到最后,要看谁的耐力最好,而不是看谁当前的实力最强。房地产业首先倒下的正是规模最大、扩张最快的,零售行业关门最早的正是门店开得最多的,教培行业甚至无论大小都没扛住。

现在的日子,谁能说一帆风顺?最强横的美国不也一样鸡飞狗跳,乱成一团了吗?昔日强盛的国家地区如今都遭遇了困顿,过去本就贫乏的国家地区更是雪上加霜,特别是有些地方战火还未熄灭,有些地方狼烟又起。人们的日子只能用"熬"字来形容。

活着不容易——这句过去听起来像是自嘲的玩笑话,现在听起来却很是真切。疫情背景下,卡无余钱,家无余粮,不少人还真就到了这种境地。那些资金快速循环的领域,一旦断了资金链,很快就有人要断炊。好在经过这么多年的经济高速发展,人们手中还有些存款实物,还不至于到挨饿受冻的地步,但困厄是很多人已经亲身遭遇了的。而且经此一"疫",人们对未来不敢再做长久规划,放不开手脚,注定是短期行为多于长远打算。求得当前之安,而不做未来之计。

最为糟糕的是，人们心态变得焦躁不安和不知所措。没有目标和期许，信心便不足，决心便难下。苟且者多了起来，追求精深者开始锐减。没有锲而不舍、精益求精的气概，大抵没什么东西可以做成经典或精品。一切不过是求得完成，正如活着就好，不求品质。大家竞相"苟住"，不求有功但求无过，不求发展但求生存。世界有些凝滞，人们则有些阴郁。这情形，颇有些类似江南的梅雨季节，在阴冷潮湿的气候中，人们苦等日出云霏开的日子。

当此之时，还是应该去急除躁，开张胸怀，在新常态中找到新平衡，在新变化中把握新机遇，不沉湎于过往，不忧惧于将来，以新的思维方式、新的生活方式、新的发展方式和新的释怀方式，应对百年未有之大变局。

于世独立

以前在地质队工作，觉得世界真是简单美好。虽然一年中有大半时间在野外作业，跋山涉水，但那时年轻，体力充沛，不怕劳累，而且踏遍山河，看尽美景，觉得浪漫开阔，丝毫没有落寞的感觉。地质队是个相对独立的单位，内部关系非常单纯。地质队不仅有自己的一套组织人事系统，而且连宣传工会，安全保卫，后勤保障这些都是非常独立的。医院学校，工厂公司，甚至舞厅影院，也应有尽有，因此子弟们从出生到高中毕业，基本都可以不跟外界打交道，而干部职工只需用心搞好地质业务，其他都是单位安排处置。所以人们生活在这里，就像生活在一个世外桃源，一切社会的黑暗和肮脏似乎都与此无关。

娱乐方面，人们从事的项目也非常健康——跳舞打球，观影演讲，乐在其中。正如我们有着自己的发电抽水系统，完全不担心所在城市停水停电。我们系统内部就像个小宇宙，能给自己不断生发能量，形成一个良性的微循环，无须担心被社会负面因素所影响。那种日子无忧无虑，心中无比轻松。所有年轻人的目标和理想都集中在如何提高业务水平，成为岩石学、构造学或者地层学的后起之秀。然而，这方净土，后来还是被全民经商的商业价值观渗透，氛围渐渐地有了铜钱物质的气息。人们的心态变得敏感复杂起来，很多人下海去了，翱翔去了，摒弃了这方纯净的桃花源，实现了与外部世界的全面接轨。所幸还有一部分人坚守在山水之间，研究着旷古的褶皱和断裂、岩石和矿产，孜孜不倦。也许是强大的精神力量让他们战胜了各种诱惑，保持了内心的宁静。这莫非正是过去地质单位独立的运营系统，单纯的人事关系，轻松的生活氛围培育的一种绵绵不绝的内生能量！

  我虽然很喜欢地质队那方净土，但因为求学我还是与其渐行渐远，不得不在社会的大熔炉中熔化而后重铸，但强大的自我独立基因依然还在，感情上始终还是向往过去那种简单纯粹，而且内心仍然具有生发能量的潜力，在大千世界中留有一方自我天地，那里芳草鲜美、落英缤纷。在隔断一切纠缠和纷扰后，我仿佛又回到从前毫无世虑、精神自由的状态。我是真的很怀念那段与地层和构造有关的地质生活，同时也深深感怀地质队注入我血脉之中那种自我运行、自我圆融的精神力量。

无事为妙

反腐高压之下,官场一片肃然;严打政策之下,江湖一片默然。这些年,无论哪个领域,都少了嚣张之人,少了嚣瑟之人。人与人之间相处平和得多,平等得多。不像原来,有权的高高在上,有势的凶狠强横,有财的趾高气昂。多少人横冲直撞,多少人招摇过市。普通人只能仰望着有权人,躲避着有势人,羡慕着有钱人,活得谨小慎微,局促不安。高贵者高耸入云,卑微者低落尘埃,彼此生活在不同的世界。

而现在,所有的人都还原为人,生活在同一平面,没有谁比谁更高级更优越。你在嗤笑别人的时候,没准祸殃正从天而降。正如官员可能身陷囹圄,黑恶人员可能被绳之以法,商人可能一夜成为穷光蛋——把持不好,再富再贵,也可能一下跌入底层。李斯被杀时感叹不能再到上蔡遛狗,陆机走上刑场时遗憾再也听不到华亭鹤鸣。身处绝境,当然再也做不回一切都平平淡淡的常人。所以活在当下,各有各的好,各有各的难,谁也不用羡慕谁,谁也不要看轻谁,做自己就好。真的与他人移形换位,不见得有原来舒服自如。

我很感恩时代赐予,在清明安定的天空下,可以不用担惊受怕地活着。生活是稳定的,社会是安全的,未来是可期的。我完全不欣羡任何人,而且对自己的状态很满意。不像以前,希望自己要么像有权人那么威着,要么像有势人那么横着,要么像有钱人那么豪着。现在我不羡鸳鸯不羡仙,只愿做着平凡的自己,过着波澜不惊的生活。喜欢的事情就多做一点,不喜欢的事情就不触不碰；谈得来的人就多谈几句，谈不来的人就一笑而过。至于日子是宽裕还是一般其实并不打紧，精神饱满丰富就好。

我想，这算不上缺乏理想。因时而快乐，随地而欢欣，这应该也是一种抱负。特别是像我这种对很多东西都无所谓的人，没有理想或许正是一种理想状态。

寂寞如甘

一个人如果将来略有小成，一定是因为耐得住寂寞；如果将来一事无成，也很大程度上是因为耐不住寂寞。寂寞就像一道横在思想上的关隘，必须畅通，然后才能有所施为。在普通人心里，寂寞无法攻破，永远像山一样屹立。所以人们千方百计地寻找各种办法抵御或消弭寂寞。比如有人饮酒忘却寂寞，可是只能暂时奏效，觉得极其轻松舒畅，但三五个小时后，寂寞又如影随形。有人聚众共抵寂寞。这种抱团取暖的方式，可以聚集一定的能量，可聚是一团火，散便成了一点灰，独自面对寂寞时依旧乏力。有人吸睛消解寂寞。拍视频、发微信，使出浑身解数，只要能让他人关注，寂寞的寒冷度就会下降几分。被关注得多了，自有温暖生心头。可长期被人关注绝对是个技术活，必须经常呈现新花样，否则三两天就凉了，寂寞又会死灰复燃。

无论如何，寂寞是赶不走，也消不掉的，阳光明媚的时候确实会少点，心情愉快的时候确实会淡化，但淫雨霏霏之朝，凄风冷月之夜，寂寞又悄悄来了，而且愈来愈浓重。很多人受不了寂寞的无声折磨，到处去寻找热闹，即使一个人也要狠狠地弄出些动静来。特别是现在通信发达，娱乐方式繁多，这些人不是玩游戏，就是刷抖音，再不然就是和朋友们线上聊天，以虚拟世界的繁华装饰现实世界的清冷。

我一直与寂寞为友，所以寂寞也一直不增不减，不浓不淡，伴随左右。我以为寂寞是种享受，特别是深夜独处，更觉天地宽胸怀广，宇宙万物皆入我心。寂然中手执长卷，那是我最为满足的时刻，最为怡然的状态。热闹对我来说，恰恰就像寂寞对多数人而言，是不能承受之境。在躁动不安、喧闹叫嚣中度过，是对青春的极大浪费，是对生命的极其不尊重。寂寞是用来享受的，不应该是用来抵御的。学会与寂寞友好共存，是实现一切梦想的必经之路，是让人生发光的真正密钥。

当然，有些人一辈子也学不会与寂寞打交道，即使全力以赴，也耐不住寂寞。有些人则以超强的毅力战胜寂寞的侵袭，保持内心的温暖如春。而我，从来没想过与寂寞相敌相抗，而是顺手搂住寂寞的肩头，一起从容迈步在岁月的花径。

凡是过往皆为序章

莎士比亚在戏剧《暴风雨》中说过："凡是过往，皆为序章。"这当然是极富诗意的语言，莎翁显然是意在让人们忘却过去的不如意不快乐，面向具有无限可能和潜力的未来，这无疑是一种恢宏气度和广阔胸怀。但既有序章，当然接下来就有正文。过去是序章，未来是正文，序章和正文联系有多紧密，过去和未来就有多么难以割舍。在对过去和未来关系的艺术处理中水平有多高，不仅决定着一个人的格局，更决定着一个人的结局。

序章和正文本就有着内在的逻辑关系，大多数人正是顺着这种逻辑关系展开自己的人生。也就是说，他们的未来与过去难以割裂，过去的一切无论好坏都泥沙俱下，流入未来；未来一样良莠不齐，和过去毫无二致。这与莎翁的本意相背离。为什么那么多人对莎翁这句话产生共鸣，正是因为他们做不到截然区划过去和未来，内心却向往"凡是过往，皆为序章"。

能够忘却过去的诸多不好，深情展望未来的人，才是真正的强者。他们善良而大度，坚韧而高远。在他们的人生态度中，原宥、悲悯、乐观是主色调，他们坚信一切的困厄和逆境终将翻篇，就像为正文书写的序言。未来可期，那里有丰富而美好的内容等着自己去阅读。所以苦难再多，也不会成为他们滔滔东去的堤坝。他们不仅长于将过去的不利情境化解、消弭，而且善于将过去的可取之处带入未来，成为新篇章中的内在逻辑内容。

事实上，更超凡入圣者，并不界定生活的成败得失，过去的无论是好是坏，都自然地汇入未来。这不过是时间上的一种物理流动，在他心中不会引起任何涟漪。过去已去，不可得；未来未来，亦不可得。好的不足令其心喜，坏的亦无法令其心悲。过去好的坏的都忘却了，未来也不做任何期待。序章和正文本就是一篇完整的文章，过去和未来本就是一个完整的人生，顺着展开下去就是。"但去莫复问，白云无尽时。"不必把什么都说清楚，然后预作打算，反复自慰，悠然心会就好，万事都在不言中。

有着如此境界的人，恐怕莎翁亦无法企及。那须得是孔孟圣人，老庄神人，我佛释迦这等超人。

道　化

一个男人的一生，如果不加修炼，大抵会在不同的阶段显现不同的特质：天真、清爽、蓬勃、沉稳、油腻、昏聩。

童年时，化自天地，本性纯粹，与万物相生相融，合意时大笑，不满时痛哭，了无滞碍，活泼可爱，天真无邪。少年时，登于书山，游于自然，去懵懂，开鸿蒙，如一缕阳光照于丛林，似一缕春风掠过花蕊，但觉清气满身，声如银铃，悦人耳目，爽人心神。

青年时，学已成，业初立，脑中千万个思绪，心中千万个梦想，浑身力量，无穷精神，只待寻得合适时机，便要散发挥洒，直让人觉得向上向远的气势排山倒海。壮年时，诸事底定，家业已成，各方趋于稳定；性格圆转，心态成熟，不轻易决定，更不轻易改变；像山一般稳重，像树一般坚定。这时节，该是人生最完美的阶段。然而此处亦是人生的分水岭，过了最为英明神武、心神饱满的高峰，从此便一路向下，再无特别可取之处。

油腻生于后中年时期，目标尽失，理想不存，一切期待冀望都变得虚无，生活没有目标，道德丧失底线，贪财恋色，好逸恶劳。身材方面的肥胖，人事方面的圆滑，生活方面的庸俗，思想方面的匮乏，共同构成了整体形象的油腻。如果说后中年时期的油腻，还能说明具有追求俗世物欲、美色的心境和能力。到了老年，基本就要心智混沌，无力于物事，乏思于人事，生活上无序，思维上混乱。脑子再也无法清醒起来，就像身子再也雄强不起来一样。人生至此，虽在生理上仍未死亡，但在精神上已经寂灭。

每个人都有童年的天真，少年的清爽，青年的蓬勃，壮年的沉稳，如果顺其自然，必有后中年时期的油腻以及老年的昏聩。明智者，在壮年甚至青年时期就开始了防范化解。他们勤奋修炼，强身健体，读书思考，求学问道，慢慢为自己身体注入活力，让精神变得高贵。他们以道充为贵，身安为富，故常泰无不足。渐渐地，清气满身，真气四溢，油腻之味自然不生，昏聩之象一丝也无。学识愈深，道行愈高，天真之态、清爽之气、蓬勃之姿、沉稳之神都将陆续再现，而油腻与昏聩，直到生命结束，或无缘再来光顾。

朦胧美

对人的敬意和对事的肃然,是因为人有可敬仰之外在展示,而事有令人觉其神圣之处。但当走近可敬之人,发现和其他人一样皆有龌龊之想法、下流之言行,不免就要失望悲愤,心中之高大形象就要轰然坍塌。而了解事情的内幕后,明白其中阴谋算计之始末,更会有上当受骗之感,原本神圣之意也将瞬间消失。

人要短暂受人尊重其实很容易,有个不低的职位,或者有点出众的才华,就会让人刮目相看。但时间久了,彼此接近了,甚至让人看到了难看的吃相、怪异的习惯,未经修饰的容颜、随意骂人的粗鲁,人们的敬仰之意就会慢慢淡却。最后,一个在外人眼中不得了的人物,在身边人的眼中却变成了常人甚至是讨厌的人。所以要长久地受人尊重是件极难的事情,除非始终保持一种陌生感,与人疏离,使别人看不到其小处、浅处、陋处,总觉得眼中有雾、有纱,难以清晰分明,自然就不好评价,心中也决不会产生轻慢、侮辱之意。

当初刘邦取得天下,身边多是一帮子沛县的屠夫衙役,曾经跟着他在路旁端碗吃饭。他们动辄跟人吵架骂娘,甚至一起随地小便。刘邦突然做了皇帝,穿得华丽、住得堂皇,那些小伙伴当然很不习惯,免不得仍像早年时那样叫嚷吵骂,不拘小节。好在有一群儒生想出了个好办法,就是制定一套繁文缛节,约束那些粗豪武夫,让他们三跪九拜、叩头行礼,而且让刘邦深居简出,神龙见首不见尾。一下子,刘邦就变得神秘起来，继而神圣起来。小伙伴们跪在地上，仰视于人，肯定在心理上就矮了一大截，谦恭之意陡生，敬仰之心立起。儒生们从此在刘邦那里找到了存在感，以前刘邦可是看不上这些穷酸的儒生的，甚至把他们的帽子拿来当便器。让刘邦享受到了做皇帝的感觉，当然儒生们也就获得了应有的重视和地位。

事情往往也是如此，不去了解详细的情节，有时看表面，听故事，还认为庄严肃穆，神奇动人。特别是有些事情被人操办得仪式感极强，过程极为烦琐，场面极其宏大，人物极其多，参加者在这个雄壮的场子里，会油然生起渺小之感、无力之感，即使对事情本身并不了解，也会为其威势所震惊。记得几年前去参加一个浩大的影视颁奖典礼，场面极为壮阔，也来了许多知名的导演、演员，坐在其中，真有神圣庄严之感，生出自惭形秽之心。后来陆陆续续曝光出部分获奖者的糜烂生活、违法行为，和奖项被操控的内幕，顿时神圣感灰飞烟灭，尊敬心荡然无存。

这世界如果不去深究就是个童话世界，如果深入其中就是个残酷世界。如果想始终保留一份神圣感、庄严心，就不要靠人太近，知情太多。恰如雾中看花、水中望月，自有一份朦胧美。

阅读之乐

定居之城，不唯工商发达之地，亦乃文明兴盛之所。一年一度的"读书月"活动声势浩大，大街小巷皆萦绕着书香之气。无论懵懂少年还是耄耋老者，不管繁忙官员还是经济商人，此时都会望峰息心，顿步回头，在书店暂作徘徊，在书院偶听讲座。十几年阅读推广之功，渐开繁花、结硕果，城市文明之风浩荡吹拂。

有几个文友向我发出邀请，希望我也去谈谈读书之道，讲讲所学所思。我虽然答应得爽快，但心下其实是颇为犹豫的。读书对我而言，不过是件赏心乐事，自我陶醉陶醉是可以的，若说到启迪教化，我却是缺乏那种能力和水准的。在我看来，读书有求功名者，有谋实利者，有好空谈者，有为心怡者。而我读书漫无目的，只图一快，以此说人，必难令人诚服。此犹豫者一也。因为要论及读书，预先将自己多年来所读稍作梳理，竟然无言可告，无悟可道。恰如那竹篮置之水中，确是满满一篮水，提上来时，却盛不住一滴。自己一滴皆无，拿什么润泽他人。此犹豫者二也。"读书月"中，但凡在文化圈有些声名者，都以学者之身份，走俏于文化市场，在此时多被各种书院文馆拉去充场子。他们倒是泰然自若，因自以为学者作家久矣，再无心虚胆怯之患。而我始终觉得所读不足，所积不厚，生怕在大庭广众之下露出自己的浅陋来。此犹豫者三也。

当然，对于阅读，我一直持之以恒，且乐此不疲。说到其中的快乐我还是可以分享一二的。这种不涉技术学术层面的心得感悟，谈起来亦可如那些名家们一样张嘴不能自休。但阅读本身，我一直固执地认为还是少些功利为好。纯粹获取快乐并沉浸其中，应该是阅读的最高境界。

明朝著名学者张岱有云："世间极闲适事，如临泛游览，饮酒弈棋。皆须觅伴寻对。惟读书一事，止须一人；可以竟日，可以穷年；环堵之中而观览四海，千载之下而觌面古人。天下之乐，无过于此。"他以阅读为天下最可乐之事，孜孜不倦。相传他未及弱冠，即已读完三万册书籍，可谓广览博收者。而令人惊奇的是，他读了那么多的书，最擅长的却是写短文。一篇《湖心亭看雪》仅仅一百余字，却曲折往复，意味深长，其叙事抒情、写景造境，极尽高妙。我尤好张岱《自为墓志铭》一篇，在文中他给自己的自画像是："少为纨绔子弟，极爱繁华，好精舍，好美婢，好娈童，好鲜衣，好美食，好骏马，好华灯，好烟火，好梨园，好鼓吹，好古董，好花鸟，兼以茶淫橘虐，书蠹诗魔，劳碌半生，皆成梦幻……学书不成，学剑不成，学节义不成，学文章不成，学仙、学佛、学农、学圃俱不成。"这个自称纨绔子弟、学什么皆不成的老兄，到底成为一代学者和千古文章大家。其读书虽云取乐，其功用却富润终身。

我以为读书就该像张岱那样，不计功名，只图自娱，久之，却心态淡然，诗文蔚然，此得阅读之真谛。这或许是我可为大众一说者。

准备不足

每次应邀做讲座，心中既是兴奋又是忐忑。兴奋的是有机会逼着自己围绕主题将相关知识梳理一遍，同时提炼出自己的观点思想，免不了要下上一番功夫，如此必有所得。忐忑的是，任何时候，哪怕已经准备了很久，总觉得储备不足，学识浅陋，生怕现场翻车，自己尴尬不说，还贻误了听众。故而自受邀之日起，我一直都会心里紧张，同时定然全力以赴收集各种文章史料，然后夜以继日地学习体悟，吞吐之后将知识转化为自己的洞见，然后系统地输出。做讲座之前，无论如何努力，都感觉仍有许多未能掌握甚至未曾涉猎的领域，心里由是不踏实起来。待到讲座时间到了，结果倒还差强人意。毕竟，一通高强度的恶补，加上平时多少还有些底子，差是差不到哪里去的。

记得以前读书时，每当面临大考，我都要进行全面复习。那时只觉这也不熟，那也陌生，好不容易学到的一点可怜知识"跑冒漏滴"之后，似乎所剩无几，所以心下十分着急，于是通宵达旦，狠背狠读、狠写狠做，但不管怎么奋发准备，心中始终都是发虚的。等到上了考场，反倒变得笃定，里外不过考砸，再焦虑已经没有什么意义了，等到分数出来，常有几分喜出望外。想起李商隐的那句"此情可待成追忆，只是当时已惘然"，很有些类似于这种境况。其实我心里知道，虽然复习不能面面俱到，晓畅所有的知识点，但认真准备了，总还是会有个不错的结局的。一场大考下来，我的成绩从来都是名列前茅的。但在考前，无论如何也做不到闲庭信步毫无牵挂。

如今还是如此，做讲座、做节目，哪怕倾尽全力了，总还是有不曾抵达的地方，或者似是而非的理解，于是翻东找西，不舍昼夜，弄得自己手忙脚乱，精疲力尽。即便如此，上场之前，仍是没有十足的把握。"书到用时方恨少"这话我真是感触太深了。好在听众听后，都认为很是不赖。没有误人子弟，我心中自是少些愧疚。倒是通过一番神操作，我在知识积累上、思考系统上、理论概括上都有着不小的进步。时间一长，或许还真能脱胎换骨。

虚并坚持住，痛并快乐着，这便是我最近的生存状态。虽然身体有些疲惫不堪，但内心却生机勃勃。

世上本无事

　　世间事其实细究起来，真没多少有着什么了不得的意义。或许在一定的情景下，显得急迫险要，但过后思量，不过是些平常故事。人之一生，几十年春秋，谁还不要经历些事情呢？只要不是战争和灾害，些小社会生活事件，哪里值得反复担忧和说道？可事实往往是，世上本无事，庸人自扰之。

　　本来没什么大不了，但经过不断地自我加码，人为增重，一点芝麻大的事变成了西瓜般重的事，不仅自己惴惴不安，别人也跟着受累。这种人如果只是个社会闲人，影响的也就只是他自己的心境，顶多把亲朋好友拉下水。但如果是个公司的经理或者单位的领导，就会连累很多人受苦。他们不仅不能删繁就简、举重若轻，还要举轻若重、化简为繁，一点小事就会如临大敌，不断地放大其意义和难度，搞得手下无所适从，不仅很辛苦，还没有什么效果。如果自身能力不行，把事情搞得很复杂，把手下搞得很累，还只是让人厌烦，倒也不至于让人憎恨。有些人不光能力差，没有解决问题的办法，还喜欢作秀加戏，让本来普通的事情变得无比神圣，本来简单的事情变得无比繁复。如此一来，手下必定是一边痛苦着一边痛骂着。

　　《新唐书》中载，陆象先曾云："天下本无事，庸人扰之为烦耳。第澄其源，何忧不简邪？"意思是说，本来天下没什么大事，那些庸人们会添油加醋，生发出许多事端来。无论多么复杂的事情，只要正本清源，何愁不简化了然。陆象先曾为剑南按察使，为政尚仁恕。有人建议他严刑峻法以树立威信，否则民众将慢而无畏。但陆象先不予理睬，依然推行仁政，而蜀地得以教化善治。后来他转任河东按察使。有个小吏犯罪，有人建议要对其杖责，以示威严。但陆象先只是予以训诫遣还，并未拷打惩罚。当地的民众很是感怀，其威信反而与日俱增。大抵陆象先的观念中，很多事情都是平地起风云，是人们自己无端引发出来的。

我想所谓的内卷恐怕就是应了陆象先那句话："天下本无事，庸人扰之为烦耳。"哪有那么多重大事、神圣事，都是人为强调和不断加码，轻如鸿毛的事才有千斤之重的。耗了许多时，费了许多力，好不容易搞定的事，回头一看，其实没有任何效益，甚至还起了反作用。所以还得向陆象先多学习，逢事不是顺流而行，而要逆流溯源。顺流则越来越宏大浩繁，溯源则越来越轻细简洁。大事化小，小事化了，是谓云淡风轻。哪里都需要这种干才。

困

一个人拘于方寸之内不能动弹，固然是被困住了。但拘于方圆百里之间，一样会产生被困的感觉。身陷囹圄是身心都失去了自由，而心为物系，即使身体是可以任意活动的，也算不上完全自由。真正的自由必须是身心自在，不受拘牵。

传统意义上的失去自由，是坐监蹲狱，被人看管，不能随时见到阳光，吹到新风；眼之所及不过墙壁，足之所至不过数米；呼吸的是陈旧的空气，听到的是重复的声音；日子单调，动作单调，思维单调。在这种地方永远都没有匆忙感，却有无限的焦虑感。没有岁月易失感，只有时间漫长感。坐牢服役，并不是多数人会经历的生活，所以被彻底困住的体验，也注定只能是少数人才会不幸拥有。但前几年突如其来的疫情，让大多数民众都意外地尝到了个中滋味。

哪个城市哪个片区实行居家隔离，这完全不由其经济好坏、人员贫富所决定，而是根据疫情的轻重做出判断。三五天或者一两个月被困在斗室之内，虽不至于像困于监狱之中，吃住不好，受人管教，但不允下楼、不许出院，也是让人够心烦意乱的。即便是整个城市都可走动，但不能跨市跨省出行，也让人始终觉得受到了限制。从生理上说，或许不受任何影响，但从心理上说，总有一种被关住的感觉。人一旦有了框架感、束缚感，就是吃着山珍海味，住着高楼别墅，终究像是笼中鸟、圈中虎，失去了生气和天性。何况季节的变化，情景的变迁，总会让人生起远行的冲动。

有时候我们离开自己的城市和居处，去到一个陌生的城市或乡村，并不是非得去享受吃喝与风情，而是要打破长久以来渐渐形成的枷锁。身体无疑是需要自由地运动，心灵更加需要自在地翱翔。在一个地方待得久了，日日见到的都是那几副面孔，经办的都是那几件小事，情感渐渐老化，思维渐渐僵化，最后必将被自己固有的观念、他人固有的方式困住，成为时光牢狱的囚徒。所以必须时不时地来一场破冰之旅、拆锁之旅、扯绳之旅，以解放身心，解放本性，还心以自由——人须没有任何滞碍感，才终得逍遥。

　　三年疫情的阻隔，我只能梦想着远方的天地，以思念中的锦绣山河解开缠绕心灵的蚕茧。在脚步止于城际之时，更加注重精神上的纾困突围，努力不让自己困在岁月深处。

无事不登三宝殿

俗话说，无事不登三宝殿。换句话说，有事才登三宝殿。无事相求相拜，谁去三宝殿呢？世人到寺庙，多半是为了拜谒僧佛，求福避祸，没有多少人是真正去参悟佛法，交流妙悟。同样，在凡尘俗世，彼此登门造访，也多是有所希冀，并不是为了一叙情谊。特别是在当今时代，时间就是金钱，效率就是生命，谁会为无谓之谊、廉价之情浪费宝贵的时间精力呢？动必有益，行必有效，漫无目的的造访和会见，没什么人会有那个闲情逸致。所以，门前络绎不绝者，不是因为你有多大的人格魅力，让人们蜂拥争睹。一定是因为你手中握有某种定人生死或者决人成败的权力。而门可罗雀者，也不必慨叹自身的才弱品低。居非要位，给人带来不了任何好处，当然没人愿耗费心神烧炷冷香。

但凡热闹的地方，我从来都不是很愿趋近。唐朝钱起有诗云"曲终人不见，江上数峰青"，那种热闹后凄清的意象，素来给我冷寂的感觉。我宁愿一直不冷不热，也不愿忽冷忽热。所以我打心底里不愿跻身于公卿之门，奔走于形势之途，而我自己的门前也任何时候都不至于人喊马嘶，偶尔一两个烧错香的人来了，我也很快会让他知道这里不是他要寻找的"三宝殿"。自己闭门把经念好，就功德无量了，实在是没有那个能力助人渡劫超脱。慢慢地，人皆知我无心杂务、无力成事，便不来我这清净之所了，我也安心地在自营的"三宝殿"修炼悟道了。

偶尔也有三两知己专程前来问候，确系无事而登门。于是饮淡茶，焚清香，高谈阔论，笑遏行云。或有闲人告我以江湖传闻，叹息数声，遗憾一时，旋即浊水转清，云淡风轻，一切又是平时模样。没了那些有事才登三宝殿的人来烦扰搅动，耳根自然清净下来，心便不起一丝涟漪，渐渐地，竟能品出生活的况味，人生的至味。苏轼说"人间有味是清欢"，当然不仅是指"雪沫乳花浮午盏，蓼茸蒿笋试春盘"，更多的是指一种淡然心境。在我看来，没人扰我清修，没人乱我素心，便是人间好季节。

人去如叶落

办公室有棵绿植，花工善于也勤于打理，因而长年葱茏茂盛，绿色盈室，枝叶几达楼板，一派郁勃景象。每次走进办公室，见到一汪绿的生机，总能隐隐生起希望和力量。朋友们来访，常常对之赞不绝口。刘禹锡在《陋室铭》中自美说："斯是陋室，惟吾德馨。"我的陋室，朋友们说有两样值得称道的东西，一是书卷气，二是生命力。而生命力便是源自这棵绿植了。我不仅能从它的绿意中获得原动力，更能从它的吞吐中获得新鲜气，获益可谓良多。

只是树叶总有飘零之时，即便是能工巧匠，护花使者，也只能说始终保持整棵树的蓊郁状态，至于具体到某片树叶，那是决计不可能永远让它长青在树枝之上的。一片树叶在生发时一定是嫩黄而充满沽力的，及至成熟，颜色日渐变深。乃至苍翠欲滴。最后慢慢变得枯黄，直至失去生命力，而后飘落树根，化作泥土，催发出新的枝叶。这便是一片树叶的生命轨迹。至于它是何时生长，又是何时飘零的，恐怕也只有我才能清楚地看到全过程，连那些维护花树的花工都不知就里。他们每天都会来施肥洒水，摘去枯叶，精心护理，以保树木之繁盛。当他们将枯萎的树叶折下的时候，可曾有一丝怜惜之心？林黛玉葬花哭花，是因为联想到自己的身世，不免自悲于飘零寄居，情不能已。而这株绿植，其叶之荣枯除了我，恐怕再无第二人会予以关注了。我关怀着绿叶的去留，当然不是像林黛玉那般伤春悲秋，但也不无生命之思。

其实人与树叶何尝有异？都是经过生命的起源、舒展、蓬勃、衰败、消亡。我们幸运地在世间走过一趟，夹杂在比我们年轻者和年老者之中，与他们一起前行。那些老于我们的率先离去，那些年轻于我们的在我们离去之后也终将离去。而这个世界永远都是缤纷络绎、连绵不绝，并不会因为某些人的陨落就迟滞脚步。正如我室内之绿植，一些陈枝老叶先行枯萎，那些正值嫩绿者也将在某个早晨因为已经枯败而被花工无情折下，或者自行飘落于树根。

前几日，一个共事多年的老同事猝然离世，我心中很是悲伤。熟悉他的人都为其惋惜哀悼。但除了有限的一些亲朋故旧以外，其他人对一个陌生者的离去并没有什么特别感觉，这个世界、这个城市也不会因为那位老同事的离去有所变化。他的辞世正如树林之中落下一片树叶，只是一个生命的枯萎而已。我的那盆绿植每天都有落叶飘零，意味着每天都有生命的结束。这些都是发生在我身边的事情——叶落我会觉得痛惜，友逝我会觉得哀伤。还有更多的树叶落于深秋，更多的生命逝于远方，我只是没见到，或者见到了没有那么深刻的触动而已。生命其实时刻都在诞生，也时刻都在消亡，世界说白了就是个生死场。

人的生命和一片树叶的生命在本质上没什么区别，都有勃发的那一天，也都有枯萎的那一天。只是落叶可以化作春泥更护花，而我们是不是也能留下些什么润泽后人呢？

人在江湖身由己

俗云：人在江湖身不由己。江湖，在很多人的观念中，就是高手如云、派别众多的武林，那里凶险残酷、血雨腥风、弱肉强食。人一旦步入，就很难退出，必须按照江湖的规矩行事，完全由不得自己。有人却认为，只要有人的地方就有江湖，远不止是武林黑道。有人就会有纷争斗殴，有尔虞我诈，有恩怨情仇。这岂不就是活脱脱的江湖？武林人士也许会直接以刀剑说话，分个高低输赢；社会人士则可能杀人不见血，其实更加残忍。

江湖就像一个巨大的漩涡，人卷入其中后，便无力摆脱那种巨大的旋转之力，只能跟着转圈，既无法停息，也无法自拔，直到精疲力尽，甚至身衰人亡。江湖可以是在官场，可以是在商场，也可以是在学界，甚至是在菜市场，在街巷中，在乡村里。无处不江湖，无人能置身江湖外。

人一进江湖就真的身不由己吗？所有的武打小说基本在告诉读者，这是个不争的事实。武功再高，最后也难逃死伤于刀剑下的命运；势力再大，也终将被更强的新兴组织取代。既然是江湖，总有新人代旧人，新派灭旧派。一旦惹上了恩仇，就再无宁日，不拼个你死我活是决计不会罢休的。金盆洗手，隐居山林，只要恩怨未了，一样会被千里追命，算清旧账。正应了那句话："出来混，总是要还的。"

但人在江湖也能做到身由自己。诀窍在于什么都不惦记，什么都不起意：见了倚天剑屠龙刀毫不动心，见了《九阴真经》《葵花宝典》视若无物；对于武林至尊、天下第一不以为意；对于少林派、武当派从不羡慕。只是在江湖上做个独行侠，满怀兴致地看着各色人等，津津有味地听着逸闻趣事。江湖就是本引人入胜的书，可以随心所欲地翻着，但不能做任何停留。一旦陷进宝典宝刀之夺，掌门盟主之争，就完全卷入了是非恩怨，且越陷越深，再也难以拔身。

不夺秘籍，不图第一，待在江湖中自然就熄灭了刀光剑影，所见都是旖旎风光，可以尽情领略山野中的景致、武林中的趣味，或许还能交到不少武林朋友。自己也进退自如，想什么时候隐退就什么时候隐退。只是人在江湖却什么都不稀罕的人实在是太少了，大部分人都想像《倚天屠龙记》里的张无忌那样，拥有至高无上的武功，做了天下第一大教明教的教主，还有几个美丽聪慧、武艺高强的美女追随者。如果有了这些想法，纷争和竞夺就难以避免，身不由己也就实属必然。

好在我素来对名利不以为意，虽身在江湖，倒也自在无碍。以前也曾奋发争夺过秘籍宝刀，希望跻身武林名宿之列。后来发现，心念越重，越是身不由己。于是索性彻底放弃了占有之欲，再好的刀剑，再隆的声名，我一概不去觊觎。如此渐渐身心放松，乃至行坐进退一切皆由自己。

分　野

小区旁有一篮球场，隐在绿树间。每当清晨鸟鸣渐稀之时，便有人陆续披着晨光前来打球。初日照高林，曲径通幽处，那些矫健的身影，来回奔突弹跃，留下一张张美的剪影。平素里，前来练球的人多些，投篮运球，只练练基本功，很少分组进行比赛。一般一到八点多钟，大家都会分头散去，各忙各的工作。场地又留给了鸟儿和阳光，并复归宁静。

一到周末，一大早球场就开始热闹起来。因为场地环境清雅，竹树繁茂，人们似乎很喜欢来此集聚。很多人慕名驾车而来，三三两两，很快便能临时组成两支球队，展开激烈争夺。人多时，就实行淘汰制，轮流上阵，煞是热烈。比赛多是打半场，毕竟，全场奔跑是对体力极大的考验，没几个人能经受高强度的来回奔袭。如此，另半场便空了出来，往往被一群少年所占据。

有意思的是，北边的球场是成年人的战场，而南边的球场则是少年人的练习场。看得出来，那些驱车前来打球的要么是政府公职人员，要么是企业管理人员，想是功成名就、生活富足了，虽然看起来身体壮实，但多已有了些富态。打球既满足了个人兴趣，又可以锻炼身体、控制体形，是一举两得的好事。所以他们也就不辞劳苦驾车而来。能够在球场上跑跳冲撞，说明他们青春未老、身体尚好，但岁月在他们的脸上、身上也还是留下了明显的印记，要么发际线渐高，要么肚腩微凸，要么脚步略重。一转身，一起跳，都能看到岁月的掣肘。

而在另一边，则是一群追风少年，他们身材高挑，弹性十足，满身朝气，一脸阳光。举手投足间，尽显青春活力和无限美好。他们也许技术还不是很圆熟，协作还不是很默契，但他们每个人都闪烁着光亮，蕴含着清澈，怎么打怎么练，动作都让人赏心悦目。那不仅是篮球的魅力，更是运动的魅力，青春的魅力。每当人们路过球场，都要驻足而侧目，为他们轻盈洒脱的身姿而赞叹，为他们活力四射的生命而惊喜。

每个周末，我都要来到篮球场，一边锻炼，一边欣赏。我欣赏北边成年球员们经过生活打磨的成熟稳重，也欣赏他们通力协作后的心有灵犀。我更喜欢南边少年球员们无所畏惧的勇敢冲锋，喜欢他们不可阻挡的朝气蓬勃。一片普通的球场，展现了青春和岁月的分野。我见到了界碑，也见证了时光。

花中第一流

对这个世界，我们的了解其实并不深入。也许对人类本身，我们会更加关注，至于与我们共存于地球的飞禽走兽、花草树木，专家们可能会深度涉猎，而普通人恐怕只知皮毛。很多动植物，我们知道它们存在，甚至从书本上了解了它们的生存状况，却从未谋面，或者见过却辨认不了。

以前生活在农村，接触过许多动物。后来偶尔看看央视栏目《动物世界》，对动物有了更进一步的了解，哪怕没见过，至少在形象上可以辨别。而于植物，却知之甚少。其实出身山野，与植物打交道更多，但因乡村缺乏在行人士，所以多是辨而不识，能叫上名字的花草树木少之又少。上学后，对植物有所知晓，但往往只知其名，对不上号。除了高杨垂柳，青松翠竹，其他树木鲜有熟悉者。花的科目更是繁多，好在家家户户都好种植，而且人人都会谈论几句，因此多少知道些花的名称习性。

似乎文人都好花，有些更是十足的花痴。陶渊明爱菊，在院前篱下种了不少菊花，那句"采菊东篱下，悠然见南山"让很多人向往。周敦颐爱莲花，因为其"出淤泥而不染，濯清涟而不妖，中通外直，不蔓不枝，香远益清，亭亭净植"。刘禹锡显然偏爱牡丹，他认为"庭前芍药妖无格，池上芙蕖净少情。唯有牡丹真国色，花开时节动京城"。

林逋绝对是个花痴，而且是梅花痴。一生梅妻鹤子，乐此不疲。他的《山园小梅》写得一往情深、旁若无人：

> 众芳摇落独暄妍，占尽风情向小园。
> 疏影横斜水清浅，暗香浮动月黄昏。
> 霜禽欲下先偷眼，粉蝶如知合断魂。
> 幸有微吟可相狎，不须檀板共金樽。

李清照则对桂花情有独钟，认为它虽然外表平常，却香气远播，当属花中第一流。她还对屈原名花谱竟未收入桂花深感遗憾：

> 暗淡轻黄体性柔，情疏迹远只香留。何须浅碧深红色，自是花中第一流。
> 梅定妒，菊应羞，画阑开处冠中秋。骚人可煞无情思，何事当年不见收。

对于花的喜爱，我与李清照同。桂花其貌不扬却香飘十里，与外表平常而气质非凡的君子相类。桂花多植于庭院小径，并不显得贵气富丽，容易被人忽略。但仲秋之季，月明之夜，清风微拂，则香气四溢，随风远扬，沁人心脾。

我家小区外转角处，不知何时有人在路旁种了一排桂花树，秋来常发幽香。每次经临，我都要停留许久，手把花蕊嗅，然后花香满身而去。我想，李清照在数百年前，一定也曾在桂花下沉醉，然后写下那首《鹧鸪天·桂花》，今日读来，依然满是桂花香气。

后 悔

后悔往往产生于选择。如果上天给你指定了一条明确的道路,并未给你犹豫取舍的机会,无论结局好坏,你只能认命,那就谈不上什么后悔。但如果中途你多次获得选择的机会,结局不好,你固然会后悔不迭;结局不错你也会设想,当初如果做了别的选择结局会不会更好,即便不后悔也会有所遗憾。任何一次人生选择,其实都很难定义对错,因为你既然选择了某一路线,就根本没有试错的机会,后悔于事丝毫无补。除非真的神赐月光宝盒,让时光倒流,你可以从优选择。

在皇皇的历史典籍中,我们经常可以重复阅读到这么一句话:悔不该当初不听君之良言。长平之战中,赵王如果听取了赵括母亲的劝告,也不至于大败亏输、精锐尽失。楚汉之争中,如果项羽听取了范增的劝告,在鸿门宴中斩杀了刘邦,也就没有后面的垓下之战、乌江之刎。苻坚不听王猛的临终劝告,所以有了淝水之战中的风声鹤唳、草木皆兵,乃至整个庞大的大秦帝国分崩离析。关羽如果采取了诸葛亮"北拒曹操,东和孙权"的战略方针,也不至于有荆州之失、性命之伤。事到后悔之时,一切皆已晚了,当初如果没人提醒,自己也未曾想到,没有在正确与错误之间徘徊过,败了也就败了,死了也就死了,没什么可怨天尤人的。可当初明明有一条正确的道路呈现在眼前,只是因为自己错误的选择而导致失败、伤及性命,回想起来,当然是连肠子都要悔青。

选择多了虽然意味着机会多,主动权大,但选择多了也一定少不了后悔。那些身陷囹圄的政治人物、商业精英，就是因为选择的机会太多而出现失误，也许10次选择9次都选对了，只选错了一次，但这一次就足以毁灭整个人生。铁窗之中，他们一定无数次在深夜里深深后悔。

自少及长，我觉得自己都很幸运，上苍给我做好了全面安排，没有让我费心进行选择。读书、上大学、工作，按部就班正常递进，几乎没有任何选择权——出身农村，大学普通，工作正常，循序晋升，一切水到渠成。因为没有选择的机会，所以连后悔的机会也没有，这当然对那些不能名留青史就要遗臭万年的人而言是一种折磨，但对我这种安于现状、志在平静的人而言是再好不过。如果生活动荡起伏、波澜壮阔，虽然酣畅淋漓、变化繁复，但一定少不了深深的后悔。我宁愿沿着一条毫无岔路的山道缓缓而行，一走到底。不平坦甚至坎坷些也没关系，至少我不会因为选择分心耗神，而且一个不小心便要走上歧途，接踵而至的便是无休止的后悔。

所以直到现在我也未曾后悔过，正是因为我遵循上天给我做好的规划行事，即使上天偶尔会给我一些选择的权利，我也依然会还给上天，继续让他替我做主，如此既轻松省心，又消弭了一切后悔之源。实践证明，不做选择，后悔将大幅度减少，甚至几近于零。

此一时彼一时

改革开放的推行,打破的绝不只是政治经济领域内的观念束缚,于社会观念和生活观念上也影响深远,许多方面甚至产生了颠覆性的变化。七八十年代,农村和城市差距极大,农村人对城市生活十分向往,对城里人很是艳羡。即便同为城里人,普通车间工人和小商小贩家庭对那些政府官员、老师医生、工程技术人员家庭也是礼敬三分、高看一眼的。虽云人人平等,但在实际生活中,人还是分个三六九等的。

改革开放后,这种等级观念逐步被消解殆尽。那时流行一句话,不管白猫黑猫,抓到老鼠就是好猫。也就意味着,不管你出身农村城市、官宦商贩或科班行伍,有没有正式工作,是优秀职工还是浪荡子弟,挣到了钱就算是真英雄、好本事,否则一切都是假的、空的。一时鱼龙混杂、泥沙俱下,大家纷纷各显神通,要么南下淘金,要么就地经商。

我所在的单位是个科研机构,院校毕业生较多,一直都是论资排辈,年轻人难有机会迅速施展。有些思维活跃的人接受不了经年累月重复单调的生活,于是纷纷南下广深,在市场的浪涛中逐流。有些人抓住机会一跃而成为老板高管,偶一回来总是引得人心沸腾。以前人们形成的研究大课题,竞评高职称,过上好生活的理念开始瓦解冰消。那些业务水平并不怎么样的年轻人,仅两三年光景,就摇身一变为万元户、总经理,这让那些奋斗了大半生的业务骨干情何以堪。业务骨干们以前还对那帮初来乍到的小年轻表示同情,继而对他们放弃正道去追名逐利表示不屑，最后不得不对他们敢闯敢干表示敬佩。看到他们过上丰赡的物质生活，也会由衷表示羡慕。观念就这样在市场经济下发生了彻底的扭转。

我出身农村，小时候家里一贫如洗，后来在亲戚的帮助下转学到一个小城市读书，备受城里孩子的嘲笑。好在成绩不错，也得到部分同学和家长的高看和厚爱。其时那个亲戚在城里的一个工厂当车间主任，社会地位和生活都不错。他们一家都待我不薄，看到我吃穿简朴，生活清苦，还时不时地接济我一下，我一直很是感激。后来我上大学念研究生，不仅一跃成为城里人，而且来到改革开放的最前沿深圳工作。有一次我回到那座小城，去亲戚家探望并表示感谢。他们却没有了昔日的那份热情和坦然。多年过去，得益于时代机遇，我过上了小康生活。而亲戚一家的生活却改变不大，兴许是因为那时改革的春风还没有吹遍那座小城。看得出，亲戚对我这样一个过去靠他们接济的农村人，突然西装革履、仪表一新地出现在他们面前，一时很不适应，在心理上完全无法接受。然而，去的次数多了，改革春风吹得更加透彻了，亲戚们逐渐也就习惯了，最后认为是理所当然了。

乍见之欢与久处之厌

苏轼曾说："凡物皆有可观，苟有可观，皆有可乐。"确实，任何事物，初次见识，总能给人很多新鲜和惊喜之处，时间一长，便失去了那种陌生感，熟悉后就开始腻烦，甚至会生起厌恶之感。从乍见之欢到久处之厌，是一种必然的情绪变迁规律，没有什么好惊奇的。包括人也是一样，喜新厌旧其实是每个人的自然心理，不必自我愧疚或者互相指责。所以人们对于情感，常有保鲜之说。即便是好东西，见得多了也索然无味，所谓的熟悉处无风景也是这个道理。

一处绝妙的风景，比如庐山烟雨浙江潮，或者自富阳至桐庐的奇山异水，初次见面之下，一定是震撼人心，令人流连忘返的。但日居月留，把山水岩穴树木花草遍游之后，好奇之心渐渐平息，就不愿继续驻足遐观了。必须得有新的风物出现，才能激发游者之兴趣。比如烟雨风雪，比如四季变换，将带来景物的大不同，可观者更为丰富。毕竟溪水潺潺与溪水激流的气象不同，回风飘雪与杨柳依依的景致各异。只有不断出现新奇的景观，才能维系游人的新鲜感，让他们生发继续停留的欲望。待到自然景物观遍，可以深入人文风情。及至一切皆已了如指掌，陌生变得熟络，便再也没有了当初的激情，向之所欣渐为陈迹，肯定就要毅然离去，寻找并沉浸于新的风景。

人之相与亦类于此。初见一面目姣好者，都会心生喜爱之情，毕竟人都是向往和欣赏美的事物。看得多了，英俊漂亮的外貌就慢慢失去了吸引力，变得普通平常。如果此时又能发现彼之性格才艺优于常人，便不唯外貌更生光辉，整个形象都将丰满美好。至少在情感的陌生感消退之前，彼此之间一定是密切且富有好感的。但一切都架不住岁月的消磨，时光不仅暴露人的弱点与不足，也损耗人的优势强项，而且是长处越来越短，短处越来越显，最后或至于一无是处。于是彼此淡漠疏远，甚至一拍两散。

久处而不生厌的唯一办法是"苟日新，日日新，又日新"，而容貌上不可能时常翻新，就算整容也无法做到定期变脸。性格和才艺纵然有变也是有限的。最有更新空间的是思想，只要努力学习和思考，思想可以时刻精进，日新月异。今日一见，此容貌，此性格，此才艺，此思想，是一有趣味、有素质之人；明日再见，仍是此容貌，此性格，此才艺，思想却精深了一层。似昨而非昨，吸引力更添几分。学习不停顿，思想常更新，便永远无久处生厌之虞。

划得来

与朋友住在同一区域，不同的是他住在别墅区，我住在普通楼。这地方虽离中心区不是很远，但配套跟不上。没有旅馆酒肆，没有乐厅影院，没有学校商场。富人们倒无所谓，他们请了司机保姆，出入接送，清洁购物，一切都有人安排停当。至于娱乐，他们自己家中就有K厅影院，酒吧游戏室，不必外出花钱。居家之时，我与他生活各自有别，但走出住所，我们可是拥有同样的环境——山为共有，水为共闻，气为同吸，风为同吹，云为同赏。他老是强调说，还是你划得来，花远少于我们的钱，却与我们享有同样的外部环境。言语中颇有不平之意，仿佛他吃了老大的亏。我不禁哑然失笑，谁不想拥有足够的实力，住上数层带院别墅，但我得有那个实力啊！如今住得普普通通，倒要引得别墅主人的嫉恨。他这种行为或许也算是一种为富不仁吧，至少算有为富不仁之心。不久前，听说一个别墅开发者欲将公园据为私有之后花园，后因一重要人物看不过眼，出面干预而作罢。这个老板不仅有为富不仁之心，更有为富不仁之行。这世界为富不仁者众，恶劣程度不同而已。

闲来细思之下，觉得朋友说的也不是全无道理。虽然居家时我们享有的资源不可同日而语，可一旦来到户外，我们就是平等且无差别了。林中树下，听到的鸟鸣并无二致，都是自然交响。在山旁湖边漫步，微风轻拂，花香满身，同样都是心情愉悦的。打一场篮球或来一段长跑，他得到的快意也似乎并不比我多。苏轼说："惟江上之清风，与山间之明月，耳得之而为声，目遇之而成色，取之无禁，用之不竭。是造物者之无尽藏也，而吾与子之所共适。"确实，一切无须用钱买或者用钱也买不到的天地万物，我跟他皆可共享，难怪他要怏怏不乐。

而且因为家中狭小，我比他流连在晨光月影中的时间更多，享受的自然万物更充分。松下煎茶，溪中拾花，竹前吟咏，这些远非他所能想象。即便是在家中，他在宽阔的空间享受繁华豪奢，也未必就比我在长卷环绕的方寸之地静读默思更加肆志惬意。

"物吾与也。"在天地自然中，我倍感亲切畅意。书吾好也。在书山学海中，我登游行止由心。朋友若知我在外与他共享自然万物，居家更得超然物外之趣，不知做何感想。是否更觉我"划得来"？

人生底线

生活在这个世界，每个人都会给自己确立一条人生的底线。最好是能乘着风云便，遂了平生愿，尽展襟抱，快意人生，站在万人中央，享受无限荣光。这是普通人的理想，是一种抱负，也是最高追求。只有那些天生出类拔萃、叱咤风云的人，才会把这种完全释放的状态当成人生的底线。

退而求其次者，会追逐金钱和财富，图取享乐和畅快，即便不能得到别人的追随和呼拥，得到掌控物质的主动、体验挥金如土的快感，也是人生的上上之选。此类人虽不能与手握权柄的贵重者一较高下，亦足以羡煞众人。如果实在不能取得傲人成就，不足以震骇人心、惊动世听，那就做个富足闲人，无须忧愁风雨，不必担心刀锯，人不侧目于我，我亦不惊羡于人，在平常生活中保持淡然心态。这种生活境况看起来毫不出奇，却并不易得。当然很多人都不以为珍贵。确实，从世俗意义上说，这并不能算作一种巨大的成功。当今社会，抛却心境，很多人从物质保障上来说，都已达到这一层级，所以这也是大多数人的人生底线。

再不济者，只求有个好身体。且不说满足精神需求，实现宏大目标成为空谈梦想，就是起码的生活也捉襟见肘、窘迫不堪，什么都没法与人相提并论的时候，如果能亮出硬朗的身体，倒也并非一无是处。毕竟居要位、有大富贵者未必一定有个差强人意的身体。这是穷困却健康者唯一欣慰之处。

要不然，只要活着就好。这是人生最后的底线。越过这条底线，要么是活得好好的突然上天就不让活了，要么是活得实在艰难终究没能活下去。活着，不与任何人比高低，不对任何事寄希望，但只纯粹地活着。这该是一个人人生战略纵深的最深处，一个人抵抗命运的最后一道防线。只要探底这一处，任何的高处都是一种成功。可谁能直抵到生命的最低点，然后逆风飞扬？

　　我倒是很想在生活中一沉到底，从"只要活着"开始。如果能健康地活着当然就实现了某种飞跃。若是富足地活着，那将是一种非常美好的人生。而豪华地活着，我会认为是种意外的成功，从而十分珍惜这来之不易的人生奇迹。当然，如果一不小心实现了惬意地活着，那一定是上天对我前世今生所有善良勤奋的最高奖赏和馈赠。

不可替代

过得好不好，人们更多地不是根据自身的生存状态来做判断，而是在跟别人的生活做比较后去下结论。而每个人的生活肯定都有极好的一面，自己无法企及，至少尚未企及。如此一来，自己便处处不是，处处不顺了。以己之短较人之长，或者以己之长较所有人之长，肯定都是处于下风的，哪里还能产生一丝一毫的欢心呢？于是整天唉声叹气，怏怏不乐。即便心大一点的人，也只是拿着"比上不足比下有余"的老话来劝解自己，获得一丝慰藉。

聪明的人跟自己比，不跟他人较。昨天比前天好，今天比昨天好，现在比过去好，未来比现在好，哪怕巅峰生活还不及人家的平常生活，但只要芝麻开花节节高，形势总在向好，生活总在改善，就足以让自己开心愉快，希望永在。当然活到最高境界者就是不比较，既不与他人比，也不与过去比，而是在乎当下是否满意。满意了就是正解，就照着这种方式继续下去；不满意就调整，直到舒适为止。这两种人都有自己的生活原则，衡量标准，不会轻易为外界所动，为他人所惑。别人的生活可以了解，可以欣赏，但绝不会照搬和效仿。他们有足够的人生规划能力和道路自控能力，对自己的生活方式和维度能够完全把握，所以他们长期处于一种满足和快乐状态，不管事实上过的是富裕生活还是平淡日子，展现的都是由内而外透出的喜悦。这种喜悦由衷，稳定，动人。

我是个凡人，没有自比者的聪明，更没有不比者的智慧。

自然难以免俗，经常会在心里跟他人做比较，不及则偶有懊恼，过之则偶会窃喜。但不至于大喜大悲，自怨自艾，并据此改变生活，乱了阵脚。我有一个自制土方，用以判断自己当下境况的好坏优劣。就是当看到有人显示出生活优裕、人生得意之态时，我设想用我的生活与他的生活进行置换，如果我是他，过着他的生活，处在他的境地，我是否会开心快乐。让我自己都感到吃惊的是，尽管别人有千般好百般强，高位多财，从者塞途，春风得意，青云直上，可让我成为他，我还是有诸多的不愿。也许我当下的生活很平常，未来的前景很模糊，但不可替代，这就是最好的了。如果内心不充盈，精神不自在，再志得意满，再诸事顺遂，于我而言，也只是徒得生活表象，而不能深悟生活真谛。如此生活，我要它何用？

　　有时偶有不快，我便祭出自己的法宝，一番意中置换后，发现仍是如自己这般的好，于是气顺火消，依然故我，继续过我并不抢眼却安适清淡的生活。

完整人生

人的一生一定要有过几种经历，才算得上完整：曾大闹一场，曾长醉一夜，曾痛哭一回，曾快意一番，曾寂寞一路。

要相信人间是最好的天堂，而不是寄望于天上有完美的人间。所以要在烟火人间游历嬉闹，尽情享受，不要错过大好河山、世故人情、生活滋味。找到机会，就要走上舞台一展风采，在万人中央来个白鹤亮翅，孔雀开屏，不必期期艾艾，欲言又止，遮遮掩掩，满腹狐疑。如果一生之中只能在台下鼓掌而未能上台亮相，在暗中磨刀而未能冲锋沙场，活得一点都不痛快淋漓，那才叫枉来人间走一遭。不管有没有人关注，有没有人叫好，且先大闹一场，然后转身离去。

醉不曾醉，无关乎是否善饮。但一定要醉上一夜，深尝醉后滋味。可以是得志之后欢庆而醉，也可以是失意之后颓然而醉。醉了便学会了忘却。过去种种，无论荣辱得失，无论喜怒哀乐，可以瞬间删除，也能让时间停摆，让空间清零。一辈子糊涂固不可取，一辈子清醒更索然无味。俗曰难得糊涂，醉酒后唾手可得。不得醉后糊涂之三昧，焉知之前所持乃真清醒？

人之一生，即使时代再鼎盛，也难保个人没有经历跌宕，没有情感忧伤。情到难以自持时，不妨放声痛哭。悲咽抽泣，虽示伤感，但难泄其情。痛痛快快地哭上一场，将心中伤悲化作滔滔泪水，一泻而尽，从此不再回忆，不再萦怀。否则，今日迎风流泪，明日触景生悲，心中伤痛丝丝缕缕，如泉流不断，岁月的天空总带着阴霾，岂不是残缺人生！

痛快理当成为我们人生最大的追求，毋庸讳言，更不用躲躲闪闪。很多人大谈特谈人生的意义、人生的价值，不管如何堂而皇之，都显得大而无当。其实，归根到底，人生图一快而已，其他都是手段，唯此为终极目标。所以该痛快的时候一定要尽情痛快，不要有所保留，像被岩石阻隔的小溪，一会流畅，一会凝滞。让短暂的一生多点痛快，让痛快毫无滞碍，这才是人生意义的正解。

寂寞本是人生常态，可人们对于寂寞总有一份畏惧之心，喜欢扎堆成群，互相取暖。其实真正的难关都要自己独自面对，光靠热闹喧哗是挡不住寂寞的穿透力的。不能尽知寂寞之味者，不能尽悟人生之真谛。所以无论如何都要勇于去体验寂寞，最好能享受寂寞。

为人须放胆、放眼、放意、放达，曾闹、曾醉、曾哭、曾快意、曾寂寞，方不虚此行。

第六章 学道双修

学道双修

我一直深以为奇的是，过去一些得道高僧所写诗偈高妙绝伦，体悟精深，极具开示作用。其实他们中的大多数人出家前都家境清贫，读书不多，并无很深的文化素养，然而在寺庙之中多年清修以后，竟然在思想和精神层面达到惊人的地步，远超一般文人士子。六祖慧能甚至字都不认识几个，却写出了著名的《菩提偈》（其一）：

菩提本无树，明镜亦非台。
本来无一物，何处惹尘埃。

这首简单的四句偈，却给尘世多少读书人以人生启迪，让他们认清了自性本心，找到了修炼的方向和路径。元朝了庵禅师也曾写过一首《禅诗》：

闲居无事可评论，一炷清香自得闻。
睡起有茶饥有饭，行看流水坐看云。

诗中体现的悠然自在，在烟火人间备受煎熬的人又岂能轻易悟得？而查了庵禅师其人，也是少小家贫，读书不多，文化底子不厚。后经长期诵经思悟，终通佛道。可见得道成佛者，未必就是知识渊博者或者富贵英豪者。有文化有涵养，确实会让一个人淡然从容，开阔高远，几近于道。但体悟的能力，也就是格物致知的能力才是通达佛道不可或缺的条件。

唐朝的著名诗人王维之所以被誉为"诗佛",就是因为他的诗中寓寄着许多禅意,读后让人释然、淡然。他的《终南别业》一诗禅意尤著:

中岁颇好道,晚家南山陲。
兴来每独往,胜事空自知。
行到水穷处,坐看云起时。
偶然值林叟,谈笑无还期。

其中,"行到水穷处,坐看云起时"与了庵禅师的"行看流水坐看云"有异曲同工之妙,都有一种自在松弛、了然尘俗之感。虽然王维是个文化修养深厚的大诗人,而了庵禅师文化水准并不高,但二人在悟道体佛方面竟在伯仲之间。或许了庵禅师读过王维的《终南别业》,但他的诗偈化用其意,自然流畅而毫无滞碍,读来浅易明白而又意味无穷。

读书无疑是悟道的极佳途径,但若缺乏悟性,最多也就只是一个通晓天文地理的学者,知识可能很丰富,但成不了有道之士。如果格物能力强的话,哪怕读书不是很多,亦可成为得道高士。当然若是既勤学又善悟者,便能渊博通透、佛道兼修,正如"诗佛"王维。

事至无悔而止

《荀子·议兵》载:"孝成王、临武君曰:'善!请问为将?'孙卿子曰:'知莫大乎弃疑,行莫大乎无过,事莫大乎无悔。事至无悔而止矣,成不可必也。'"荀子对于用兵有着一整套理论,且很具见地。赵孝成王、临武君问及如何为将。荀子回答说,为将者,智慧无疑虑,行动无过错,事过不后悔。事做到无怨无悔,成不成功其实已经无所谓了。

行动不出差错是极难的,人非圣贤,孰能无过?在蹉跌中不断总结教训,修正错误,自会日渐成熟。智慧不是天生就有,要在后天的经历体悟中获得。一开始,都会对人事或未来抱有疑虑之心。修炼得久了,智慧生焉,一切都将游刃有余。然而做到不疑惑、无差错其实还不是荀子所言之重点,最重要的在于"事莫大乎无悔"。事到无悔便是极致,成功与否不必深究。记得《钢铁是怎样炼成的》中的保尔·柯察金说过:"人最宝贵的是生命;生命对于每个人只有一次。人的一生应当这样度过:当他回首往事时,不因虚度年华而悔恨,也不因碌碌无为而羞愧。这样,在他临终的时候,他就能够说:我已经把我的整个生命和全部精力,都献给了这个世界上最壮丽的事业——为了人类的解放而斗争。"显然,保尔·柯察金符合荀子所提之标准,不管过去是虚度年华也好,是碌碌无为也好,都不后悔羞愧。至于所从事事业能否实现,什么时候实现,已经无关紧要了。

人很容易顾此失彼,患得患失。一不如意,便要后悔不迭，自责甚至责人。其实再怎么后悔自责，过去既已刻下痕迹，便抹不掉了，任谁也不可能回到岁月深处，将生活重新展开一次。"往者不可谏，来者犹可追。"不管以前做过多少荒唐事，耽误多少好青春，都不必再理会，一心且向前行，没有后悔，没有懊恼，未来即使事有不谐，亦心安理得。停留在过去，除了浪费时间，搅乱心神，并无半点好处。

当人们老去，回忆往事之时，往往对自己做出的人生选择很不满意，总认为当时如果走的是另外一条路，应该会有更好的结局。我一直很满意自己的生存状态，如果再给我一次机会，我依然还是愿意选择当下的生活道路，而且决不后悔。

文化富人

对银行，我素来是陌生的，因为无财可理，也就极少造访。况且银行办事手续烦琐，等候时间长，从心理上说我也不愿前往。所以一年难得去上一二回。记得有一次偶去造访，因时隔太久，银行的服务业务已有极大的调整，我更觉陌生，心中顿生怯意。好在旁边有个导引小姐，微笑着问我要办什么业务。我告之所需，她很热情地助我办理妥当。我致以真诚谢意，并请她帮我销去一张从未用过的银联卡，这是当年银行工作的朋友为了完成开卡任务，硬给我开的账户。开出之际，即是寂灭之时，因为我从未在里面存取过钱。前几天在抽屉的角落中发现了它，于是顺便带在身上，拟乘到银行办事之便，让它来自何处便归于何处，省得辱没于我这样的穷人之手，误了它本该轰轰烈烈的一生。导引小姐见我要注销此卡，脸上现出惋惜的神情，委婉地劝我予以保留，并安慰我说，现在用不上，或许过不了多久，就能发挥大作用。那意思好似我很快就会一夜暴富，成为银行的常客，那卡自然也就可以频繁地被使用了。感于她的热情和好意，不忍看到她失望的样子，我打消了销卡的念头，示谢而去。但我知道，此卡的命运仍将是寂寞地躺在我的抽屉里，恐怕永无辉煌夸世之时。

银行去得极为稀疏，历史的宝库我倒是常常光顾。记得宋代严蕊曾在词中写道："不是爱风尘，似被前缘误。花开花落终有时，总赖东君主。"套用她的话，我不是不爱钱，似被前缘误。只要生存没有受到威胁，相对钱而言，我还是更爱文化一些。做个穷人,我虽不引以为豪,但心中尚是坦然的。但若身为文盲,无论如何,我都深以为耻。所以但凡有空,我都要到历史的典籍中去淘宝,就像有人喜欢跑银行一样。我希望将自己打造成一个储蓄所,里面储存的不是金银珠宝,而是诗词文章。张嘴一吐,没有熏人的铜臭,而是醉人的书香。

为了这储蓄所的典藏,我一直在寻宝的路上。只要经过历朝的书库,我都愿漫步徜徉,求取哪怕一二枚知识的银钱,然后熔化为智慧的金屑。我希望日积月累,通过零存整取,最后成为一个文化大亨、精神富翁。

诚为根本

三人市虎和曾子杀人两个故事基本是一个意思，讲的人多了，再不可能的事也会成为事实，再信任的人也会心生怀疑。人如潮涌的集市无疑不可能出现虎踪，老虎再凶猛也怕人多。可是如果接二连三地有人告诉你，集市上确是来了只"吊睛白额大虫"，可能你就从不信变得疑惑，最后开始相信了。曾子的母亲对自己的儿子十分了解，一开始有人说曾子杀人，他的母亲肯定会觉得极为可笑；可三个五个人都这么说，就会动摇其母之信心；最后，三五十个人都这么说，他母亲就是再坚定，那份固有的信任也会被彻底瓦解。

坏话讲百遍，自有毁灭性作用。讲的人多固然容易摧垮信任，而一个人锲而不舍地讲，同样会如滴水穿石一般，效果惊人。为什么人们对领导和老总身边的人投鼠忌器，不敢轻易得罪？因为他们成天在领导眼前出现，一日进一次谗言，一年下来，三百多次，再好的人都变得十恶不赦了。就算是一个月说一次坏话，累计下来，也远甚于三人市虎或者曾子杀人了。司机秘书倒还罢了，枕边人吹风更可怕，因为前者只是服务，主导权尚在被服务者，而后者则是陪伴，主导权或在陪伴者。得罪这些人，会落得什么下场，读读三人市虎或者曾子杀人就知道了。试问，你与领导或老总之间的信任度有超过曾子的母亲和曾子之间的信任度吗？如果开罪了领导和老总身边的人，遭到疏远冷落乃至调离贬谪，也就毫不稀奇了。其结局之惨烈甚至会远超忤逆领导或老总本人。

不久前，与一落魄而好文之友谈起历史掌故，讲到三人市虎与曾子杀人，他长叹一声，似有所悟。他说自己以前年少，常推赤心于人腹中，以为诚出者必诚返，于是刚直不阿，耿介拔俗，"长飙风中自来往"，难免引起不少人的明妒暗恨，估计进谗言的不在少数，其中应有一个两个司机、秘书、红颜之属，频率恐怕也很是不低。但那时友人颇得领导信任，以为领导必有明鉴，也就不做解释维护。后来却莫名其妙地遭到长时间的冷遇，蹉跎至今毫无进步。如今想起来，这三人市虎的力量确实足以毁尽任何互信，何况领导对自己的那点信任远远不及曾子母亲对曾子的信任。

我听后悚然而惊，推人及己，自觉耿直畅言、无所顾忌方面比朋友有过之而无不及，或因运气更佳，未遇不淑之人，所以至今仍然为领导、朋友们所信任，又或因以诚待人，始终如一，故终能化解误会怨恨，使人信任如初。

修德实业

古人求学无遗力，今人求名无遗力。所以古人往往是学问根底打牢，思想体系建成后，才慢慢显出名声。不像现在，许多人知道点皮毛，懂得些常识，便汲汲于名利，不是去谋个大奖，就是紧盯着市场，要么急于求利，要么求名后换利。至于作品质量如何，根本不予深究。遭人哂笑诟病，心中也满不在乎，反正你笑任你笑，你批任你批，好处我自得。有了名利，要颜面做甚。

求真经，成实学，这是古代求学者之根本旨归。学而未成，名过其实，这在他们看来是大忌讳，甚至是件耻辱之事。而现在人则以学未成而名远扬为荣，常以作品获奖大卖而沾沾自喜，无人愿做沉浸式阅读写作，即使偶尔发奋，也是冲着奖励、职称等好处去的，而不是为了精纯自身学问识见。所以自二十世纪初以来，特别是工商发达之新时期，学问一度为西学所左右，瞠乎其后，不仅内容上与传统决裂，学问态度也早已与旧时大相径庭。且不说宋明时期的思想创新，就是有清一代的考据精神，也完全见不到分毫，安求其能沉心学问而不问俗利？所以他们的作品或邯郸学步于西方，或摧眉折腰于市场。堂堂正正的学术文章他们是决计写不出来的。名声再大的奖，销售再多的量，都无法掩盖其虚弱、浅陋。

宋周敦颐在《通书》中有段话，道出了学问家关于学问声名的真正态度："实胜，善也；名胜，耻也。故君子进德修业，孳孳不息，务实胜也；德业有未著，则恐恐然畏人知，远耻也。小人则伪而已。故君子日休，小人日忧。"君子进德修业，追求的是道德的真正修成，学业的实在精进，而不是崇尚虚名。德业未著，是极畏人知的。名胜于实不是什么荣耀，而是一种耻辱。所以那些追逐名利的人整日里忧心忡忡，而志在德业的人则心中坦然。

　　生活在这样一个重名重利的时代，我也未能免俗，好在并不十分着意和着力，而且一直致力于德业的修炼，进步虽慢，却能日有所得。我很赞同周敦颐的观点，宁可寂寂无名，也绝不能德不配位、名不副实。名声或可一夜暴得，学业必须一点点积攒。学业的长进能带来真正的快乐，而名声的传播只是满足一时的虚荣。明于此，方能做到"君子日休"。孔老夫子云："不患人之不己知，患不知人也。"谨承其意曰："不患人之不己知，患业不实也。"

盛开清风至

一个颇有些名气的影星在谈到自己的成长经历时曾说，当自己还在奋力拼搏但寂寂无闻之时，但觉一切都与自己相克相悖，事情固然不顺，所遇之人不是使坏就是冷漠。及其名声大振、天下皆知，但觉轻舟已过万重山，不唯事事易成，就是身边的人顿时也好了起来，坏人全不见了，即便是陌生人也热情无比。他由是感慨万端。这个演员还算是善于感悟者，体会到了人情冷暖，懂得荣辱取决于成败。

其实任何事情都是如此。人世本就是个名利场、势利所。成则万事皆谐，败则一无是处。所谓"时来天地皆同力，运去英雄不自由"。不管你德行、品性如何，只要成功，一定众人仰慕、好评如潮。但凡失败，即使是孔子、颜回，也一样遇事窒碍难行，甚至可能遭人羞辱。正如一个发展蒸蒸日上的企业，有政府支持，银行贷款，同行投资，员工协力，一切一帆风顺。而企业一旦资金链断裂，运营艰难，就可能招致政府防范，银行追债，同行撤资，员工离心，处处寸步难行。

现代人都喜欢用一句话来鼓励自己，那就是"你若盛开，清风徐来"。若盛开了，清风还真的会徐徐吹来。因为发芽生长或者含苞待放的时候，遭遇的可能是狂风暴雨，甚至血雨腥风，那时风雨一定是无情而凶猛的，抵挡不住，可能就未开先残，坚持住了，必有一波灿烂的绽放。这时节，即使有急风横扫，到了身边也会放慢节奏，变得迂徐和缓、温柔可人。盛开的鲜花，沐浴的是明媚春光，清风柔情，游人赞叹。而对于凋残的花苞，经历的是无情的风雨，路人的踩踏，还有零落的寂寞。正如那个影星，出道了，亲友和谐，事业顺畅。要是还在苦苦挣扎，仍将困厄不断，恶语常来，敌意四起。所以若要环境发生根本改变，首先要努力改变自身。

鉴于此，我一直不对他人他物的变化做任何的寄望，因为我知道那是徒劳无功的。我也不在乎他人的褒贬誉毁，因为那些不能从根本上定义我或者我之所为。我只一心一意、旁若无人地提升自己，比如积淀学识，优化情绪，淡定心态。在这个过程中，会有许多看似莫名其妙的嫉恨阻挠，甚至讽刺打击，其实这些都是名利场、势利所的应有之义，正如鲜花盛开前遭遇的疾风暴雨，或是那个演员成名前遭遇的坏人烂事。等到自我发生了根本的变化，事情就会越来越顺利，人们就会越来越可爱，世界就会彻底变得美妙起来。你且盛开，清风随后就到。

不求回报

宋李之仪有词《卜算子》云:

我住长江头,君住长江尾。日日思君不见君,共饮长江水。

此水几时休,此恨何时已。只愿君心似我心,定不负相思意。

这无疑是描摹一个女孩口吻,寄语心上人,希望他像自己一样彼此日夜相思,一往情深。其实,爱就爱了,非得对方也像自己一样爱得像长江之水,永无休期,难免要失望伤心。虽然人们有"爱出者爱返"之期望,但其实爱注定是不对等的。彼此爱得一样深,爱得一样久,那多半是神话,或者索性就是谎言。爱是一种情绪,自然流露就好,行于当行,止于欲止。不要把它太过神圣化,非得比作是种崇高的精神追求。抒发了,坦露了,得到回应,或被漠视,都是正常的情感交流结果。像投资一样,如果付出就要指望一定会有回报,那是将爱情商业化,并不高明圣洁,反而显得雕琢庸俗、滞重笨拙。

李之仪笔下的那个女孩自己陷入爱河,饱尝相思之苦,也要求对方和自己一样朝思暮想、寝食不安,大概率是要失望的。刘禹锡曾感叹:"长恨人心不如水,等闲平地起波澜。"纳兰性德也曾感叹:"等闲变却故人心,却道故人心易变。"可见人心是很容易变的,要求他人永不变心,是美好天真的想法。就算是自己,恐怕岁月、情形变了,心绪也会平地起波澜。永恒的东西本就不存在,苛求有什么意义呢?

  人之相与,友谊亦类于此。诚待他人,助人危困,过后就不要再思量了。总指着曾经帮过的人会在自己困厄的时候,也像当初自己一样慷慨相助,这份心思重了,一定会受伤不轻。人们大概都是善忘的,伤疤好了都会忘了痛,何况受到区区的一点恩惠。救命之恩或许会印象深刻些,平常的一些帮助,决计难以长期拨动一个人的良知。所以古人要反复强调教化:受人点滴之恩,当涌泉相报。生活当中的事实是,别说点滴之恩,哪怕是斗米之恩,常常都被忽略不计。

  因为各种机缘,一路走来,也曾帮助过一些人,要么雪中送炭,要么锦上添花,总之是对他人付出诚意善意,助人脱困或者助人放光。而在转眼之间,这些帮助有的遭人遗忘,有的遭人怨恨。遗忘于他们而言,是觉得帮助不值一提,怨恨是没有一直帮助下去。好在我并未以之为意,帮过则忘,从不企盼对方还本还利。若无其事,心中便轻如鸿毛,不着痕迹。否则一准患得患失,怅恨满怀,岂不自寻烦恼?

  所以人之相交,无论情谊恩惠,付出之后,都不要讲求爱出爱返,恩施恩回,任其自然,方得心无挂碍。

同频同道

莫与深者说浅语,莫与浅者说深语。于前者显得轻浮粗鄙,于后者无异于对牛弹琴。俗话说,逢人说人话,逢鬼说鬼话,虽有贬义,但事实上却非常有效。跟鬼说人话,鬼肯定是不懂的;跟人说鬼话,人也会莫名其妙。找到对方的交流舒适度,非敏锐者不能。所谓的讲话得体,就是能分清场合,搞清对象,有的放矢。莽莽撞撞,不分时地,胡说八道,定会被人视为冒失鬼。可惜的是,得体的人不多,冒失的人倒是不少。即便是知识渊博、善谈能讲的人,也经常会犯低级错误。面对智力低幼的人群,这些人一旦打开话匣子,就自顾自地滔滔不绝,结果费了一身劲却效果全无。

在许多社交场合,总能看到一些浅薄者夸夸其谈,无所畏惧。他们不知现场常隐有思想精深者,也不知自己被人在心里哂笑了无数遍。但既然是思想精深者,涵养当然是很高的,自不至于当面予以戳破讥讽。无人表示异议,那些人更敢于放胆畅言。所以在公众场合,大概率是听不到真知灼见的,听到的大多是虚言废话,当不得真。

有时偶或听取一两堂讲座,总觉得讲述者浮于表面,表达倒是流畅,声音亦极悦耳,就是沉不下去,内容平平,观点泛泛,所以无论如何也进不了我的内心。读书也一样,别人认为如何如何好的一些书籍文章,我有时读上几页几行,便觉索然无味。不在同频同道,再摩擦也起不了电。所以一直以来,书籍文章好坏我只固执地相信自己的判断,别人的推荐都算不得数，因为每个人的深浅高低不一，必须找到同一等高线或水平线，才能实现平等相视或对话。尽管有人会觉得我的取舍非主流，但我没法将就思维。物质层面可以随意，精神层面降维不了。向下兼容是件很痛苦的事。

有一次去讲座，发现准备的内容跟听众的取向十分不吻合，与思薄识浅者谈道，正如与渔樵谈政，谈者或可尽兴，听者却丝毫无所摄入，这无疑是场无效的演讲。但我依然按照原定的计划进行，并未降格以求。我估计听者昏昏，收获甚微，但至少自己得到了锻炼，获得了升华。虽有些自私，但总比讲者胡言乱语、听者不知所云好，单方的无效比双方的无效还是要略微有效的。

不必深究

"难得糊涂"为清郑板桥所题写,后人多好在办公室或书房挂上这几个字,以使自己尽量糊涂一些,结果却适得其反,处处都显着聪明。关于聪明和糊涂,郑板桥还有一段更为详尽的论述:"聪明难,糊涂尤难,由聪明而转入糊涂更难。放一着,退一步,当下安心,非图后来报也。"世上聪明人本就少,让自己糊涂着的人更少,而由聪明转为糊涂的人基本就是凤毛麟角了。让自己选择性地糊涂下去,最好的办法,莫过于不做深究。

让人面目模糊着,留下的是美好的印象,非要将脸上的雀斑毛孔看得清清楚楚,那就毫无美感可言了。让人形象模糊着,保留其适当的风度、善良,不至于一下看到皮袍下藏着的"小"来。让人思想模糊着,不要过多地显出其浅薄庸俗,至少让人感到还有药可治。寻根问底,穷尽所有,不要说姿容无所遁形、内心无法躲藏,思想也难以掩饰,一个个赤裸裸的人赫然立于身前,一定会把自己也狠狠地吓上一跳。

不去深究,便可与一切相处融洽。世界美妙,自己心安。非要搅动得漫天风沙,满池混浊,并无任何审美情趣,更无半点世俗好处,除了让一颗本就寂寞的心更加寂寞外,并不能得到什么慰藉。所以深究没有什么实际意义。

何况这世间之人不是朋友,也不见得就是敌人,活在界定的中间地带的人比较多,深究则不唯中间地带的人被划为右派,即便是左翼的坚定分子,在深究之下,也是要摇摇晃晃难以自持的。非得把自己孤立得四方无援，实在有违于大闹一场，然后转身离去的娱乐初衷。

生活可不就是与世沉浮，与众同乐，过于清醒只会忧时伤世。想得清清楚楚可以，看得清清楚楚就没有必要。对自然万物，无论如何深究都不打紧；对人情世故深究，一准会心凉如冰，万念俱灰。还不如让一切虚与委蛇着，模糊不清着，反而和谐共存，相安无事。

我一度极好深究，无论是物理还是人情，一定都要搞个清楚明白，结果是学识长进了不少，心灵却孤寂了许多。我知道，如果继续深究下去，这世界就变得唯我了。于是我毅然停止了对人情的深究，而专注于对知识的叩问。由此我与万物无害，当下泰然心安，未来海阔天空。

天道酬勤

所谓的天道酬勤，无非是看个人的时间分配在何处多些，时间花费得多的领域自然就熟悉乃至精通，且会取得一些成绩甚至成就。比如说一天到晚琢磨如何挣钱，然后身体力行，当然穷不到哪里去。如果一门心思想当官走仕途，然后深谋远虑，必然有所斩获，当个厅长处长自不在话下。要是志在学问文章，夜以继日地沉浸在书山学海之中，满脑子都是文章诗词，难免不满口之乎者也、哲学历史。当然也有兴趣只在吃喝玩乐的玩家吃货，天涯海角哪里有好吃的好玩的都门清，逢人便滔滔不绝地讲吃讲玩，专业态度丝毫不亚于做学问、经商者。

天道酬勤对仕进者意味着升迁，对商贸者意味着变富，对求学者意味着成家，对玩乐者则意味着满足。到底哪一种是最好的，没有可比性，优劣完全存乎个人之心。我们总是对那些勤奋努力而取得重大成就者，比如达官显贵，或者专家学者，感叹一声："天道酬勤！"而对那些在吃喝玩乐方面出类拔萃的人，却绝对不会动用"天道酬勤"这样的好词，甚至想都不会朝着这个方向去想，哪怕他们真的很勤勉地吃成美食家，游成旅行家，喝成酒中仙。

勤于斯，当然收获于斯，只要不是作恶颓废，就是富有价值意义的，都可谓天道酬勤。难道天道酬的仅是勤于名利者？而对那些勤于快乐之事者却视而不见？我有一友，不好名利，不事权贵，亦不喜应酬玩乐，独对红酒兴趣浓烈，曾尝遍世界百大品牌红酒，对其品质年份产地等了如指掌，稍一品味，即能精确道出。其对红酒之精研不可谓不勤，而其品评之能力不可谓不强，此亦所谓天道酬勤者，不能因为他从事的是吃喝事业，天道就不屑于酬之。

其实在我看来，天道与其厚酬那些勤于追逐名利者，倒真不如厚酬那些勤于追逐快乐者。后者至少可让人间充满欢乐，而不是苦斗。快乐事实上是每个人所追求的终极目标，有些心中明了得快的人，直接就奔快乐而去。而一些蒙昧无知的人，一意去追求权势富贵，以为追求到这些后，快乐就自然如影随形，但事后才发现这完全不是一码事。他们以一生时光做了个大迂回，还自以为找到了一条捷径，临了才明白自己的浅陋。天道酬勤，只酬了些权势富贵，并未以真正的快乐相酬。而那些一直勤于快乐的人，天道自始至终都在酬之以快乐。求仁得仁，天道诚不欺我！

内心强大

内心强大的人大致有两种，一种是皮实的人，一种是超然的人。皮实的人不是天生如此，而是经过无数次后天的翻车跌倒，才变得对一切都满不在乎，因为心里已经生起了一层老茧，或是穿上了一件铠甲，平常的刀砍斧削已经无法伤及了。记得小时候在学校，小伙伴们调皮顽劣，各种打架捣乱层出不穷，老师们的惩戒手段又极其有限，无非批评罚站，扫地抄文章。这类惩罚手段对那些学霸乖孩子来说，任何一项都是一种耻辱，都是他们无法坦然面对的。而对那些受惯了处罚的学渣熊孩子来说，无非是学校生活的日常，根本就不会在乎。

我的一些小伙伴被罚站在讲台边上，还趁着老师板书或者讲解时，偷偷做着鬼脸手势，逗乐着坐在台下的同学们，恰如跑龙套的演员和主角抢戏，把大家的眼光和注意力都吸引了过去，老师的讲解和板书反而没了市场。这些孩子丝毫不因被罚而沮丧，反而找到了表现自己的舞台，尽情绽放。在那些乖孩子的心理依然敏感脆弱的时候，这些熊孩子的心理早已经练得油盐不进。撇开学业不说，单就心理而言，这些人是非常强大有力的，不会轻易为外界所影响。所以尽管他们不一定考得上大学，受过良好教育，但步入社会，他们更经得起摔打。这些人多具有百折不挠的精神，如果用在事业上，倒是容易有所成就，所以我们经常可以看到一些文化水平不是很高的人事业却做得很大。

还有一种超然物外、超然世外的人心理也很强大，他们无须对心理的忍耐力、承受力进行特别的训练。因为天性对名利欲望淡薄，所以一般的是非利害根本进入不了他们的内心，更不用说影响他们的情绪。他们关注的要么是天地万物，要么是历史人文，从不计较个人当前得失或长远成败。身旁琐事，他们也许有所耳闻，也许有所议论，但决计不会萦绕于心，恰如云过湖泊，水面依然平静淡然。所以他们的心在任何时候都是如如不动的，即便是对感兴趣和关注的人物或事情，他们也不是非得如此或如彼。

　　生活在当今时代，突发的事情多，遇到的小人多，未来的变数多，没有一个好心态，就像干着体力活没有一个好体魄一样，是经不起风浪冲击和霜雪侵袭的。如果你不是自小经过颠仆摔打，拥有皮实的心态，最好能不计名利，超然出尘。如此，一切魑魅魍魉都构不成对你的伤害。

在怀疑中长进

宋朝思想家张载曾说过:"在可疑而不疑者,不曾学,学则须疑。"比他稍晚而声名更大的学问家程颐也认为:"学者先要会疑。"史学家顾颉刚先生甚至专门写了一本书,名为《怀疑与学问》。学问大家皆提倡怀疑之说,可见要成为一个具有独特观点和深刻思想的学问家,怀疑是必备的品格。当然,这里说的怀疑不是性情上的多疑和对他人言语德行上的不信任,而是指学问上的质疑精神。大胆提出问题,然后详细进行求证,最后释疑解惑,获得认识上的提升和学问上的长进——这是学问家的必经之路。

试想,如果哥白尼不怀疑欧多克斯、亚里士多德、托勒密的地心说,哪里会产生日心说?自然也就没有《天体运行论》这一伟大成果。伽利略如果不怀疑亚里士多德的力学理论,就不会进行著名的比萨斜塔实验,人们到现在也许还会认为物体下落的速度与重量成正比。怀疑,会让人生发求证的想法。如果这种愿望很强烈,人们便会精心研究相关的知识,寻求一切佐证自己观点的证据,不知不觉中,其学问就提高了,其思想就开阔了,其境界就升华了,即使没有否定固有的学说,也一定会取得突破性进展,在原有的基础上更上一层楼,接续该领域学问的根脉。

可以说,怀疑是一个起点,更是一种动力。没有怀疑,只会因循旧路,人云亦云,永远都做不了崭新的自己。当然,怀疑首先得具备一定的能力。章太炎先生说要博学审问,慎思明辨，方足以言怀疑。无故怀疑，动辄怀疑，都是草率的。要对学问做深入的研究，对前人的成果融会贯通，经过深思熟虑、反复考究，才有资格怀疑。而且提出疑问要有根据，求证疑点提出新论更要有理有据。不然，只会露出自己的浅薄和无知。

　　说实话，虽然我一直喜欢习文读史，但从来都是抱着学习的态度，不敢轻易质疑。不是没有怀疑的勇气，而是缺少怀疑的底气。孔子说"多闻阙疑""多见阙殆"。闻既不足，见亦甚少，只有满怀的不解、满腹的不懂，哪敢随便就质疑先贤高士？能继其绝学，承其余绪就了不得了。至于怀疑，且先将脑中知识空白填满些再说。只要把前人的好东西反复看够了，将来就一定能找到怀疑的切入点。

中西结合

文艺复兴以后，西方的文学艺术开始狂飙突进，十八、十九世纪涌现了一大批文学大家，特别是英国、法国和俄罗斯，像哈代、巴尔扎克、雨果、福楼拜、雪莱、拜伦、狄更斯、莎士比亚、普希金、陀思妥耶夫斯基、列夫托尔斯泰、高尔基等。大师云集，星光灿烂。二十世纪初特别是五四运动以来，我国的一批作家多学习西方文学，像鲁迅学习果戈理，郭沫若学习歌德，茅盾学习左拉，巴金学习罗曼·罗兰，一时西学东渐，传统文化倒受到了冷遇。

二战前后，西方文学发生了剧烈的变化，浪漫主义和现实主义受到了冲击，现代派应运而生。受了哲学家尼采、叔本华、柏格森和弗洛伊德的思想影响，文学出现了意识流、象征主义、意象主义、表现主义、未来主义等不同的流派。不久，存在主义流行，胡塞尔、海德格尔、萨特、雅斯贝斯等哲学家受到世人欢迎，后现代主义文学大行其道。有些文学思潮在二十世纪初就传入中国，八十年代更是流传甚广。作为八十年代的新一辈，如果不知道萨特，不知道《存在与虚无》，恐怕都不敢说自己是个文学青年。

一百年来，西方文学作品大量被翻译成中文，介绍到国内，极大地丰富了我们的眼界，也为作家们所学习和效仿。而传统文化因为白话文运动后形成了一个阅读门槛，反而被很多人视为畏途，渐渐地与传统文化产生了断裂，乃至于不少人形成了无西方不文学的固执观念。一旦出现中国式文章写法，极易遭到他们的弃置甚至恶评。因为他们衡量文章好坏的标准早已在接受西方文学的过程中形成了，而且这些观念经过几代人的继承而变得更加稳固了。他们中的许多人对传统文化知之甚少或者一知半解，因为不懂所以排斥。

我在平素的文化交流中，经常发现一些所谓的知名作家，甚至连《论语》《孟子》都没读过，《大学》《中庸》更是不知讲的是什么。也许他们心里想的是，我只要会写，不必读那么多书。殊不知，写作与阅读息息相关。如果阅读没有质量，即使著作等身，也会被时间的河流冲刷得片页不剩。没有深根固柢之学，就像沉不下去的树叶花瓣，永远只能漂在水面上，做做装饰品还行，一旦泄露了行藏，就让人看出浅薄来了。

所以写作者应当首倡阅读，而且要中西结合，不可偏废。张之洞曾提出：中学为体，西学为用。这话现在看起来依然不无道理。不少人倒是熟悉西学，却对传统不求甚解，恰如跛了一足，总是难得平衡身正。外国的月亮什么时候都不会比中国的月亮更圆。月是故乡明，文学也要看到传统的明亮之处。

撤退的力量

电影《南征北战》中有句经典台词:"我们今天大踏步地后退,就是为了明天大踏步地前进。"这是对撤退完美而积极的解释。电视剧《潜伏》也有句关于撤退的台词:"有一种胜利叫撤退,有一种失败叫占领。"角度虽然也很新颖,但显得有些生硬,不似前者自然而充盈,带有强烈的革命乐观主义精神。

记得小时候看过一部战争电影,有一节关于撤离延安的内容,当时很多将士们想不通,不愿离开这方革命的圣地,誓要与延安共存亡。其中有个政委做思想工作的场面,极为生动。他用右手向前冲出一拳,接着将手臂收回,再向前用力冲出,然后问大家,哪一种冲拳力量更大,大家异口同声地说后一种更有力。他乘机解释道:"我们今大的撤退,正如收回拳头,明天打回这里,是不是更有力量?"大家一下子明白了撤退的意义原来这么重大,思想上的消极逃跑观念顿时荡然无存,队伍中又洋溢着乐观积极的精神。

生活中我们有时也要撤离我们的舒适区,虽然在这里我们下了很大的功夫加固、美化、演习、经营,身边的一草一木、空气、人文都已经熟悉热爱,但当寒潮四袭、山雨欲来,我们还是要忍痛割舍,大踏步撤离,有时甚至要放弃一切固有之好,因为那些旧物陈见很有可能会成为我们大踏步前进的累赘。不能轻装上阵,不能迅速转移,就不能更有力地重建新的宜居区。撤离当然是痛苦的,因为故居凝聚着我们的体力心血，寄寓着我们的精神意志，哪里是说弃就轻弃、说撤就易撤的呢？

　　撤离需要胸怀、勇气和智慧。没有非凡的格局，只能固守着一片熟悉的区域，一直蹉跎到老，被岁月的锈蚀所吞没，被生活的凡尘所掩盖。很多人也想撤离到更有潜力和希望的地方，奈何没有重建的勇气，重拾不了昔日的耐力苦心，只一味顾盼流连、犹豫不决。也有不少人鼓起勇气、放开胸胆，大踏步撤离，但却缺乏智慧谋略，收得回来，却击出无力。真正的强者就像我军离开延安，放眼全国。祖国山河都一片红了，旧时的延安自然就完璧归赵了。

　　过去我喜欢固守一城，在其中赏花种豆。风雨来时，罔顾变化，仍然不愿越雷池半步。后来熟读了《论持久战》，又常忆起小时看过的经典战争片，对游击战战略战术有了重新的认识，深觉撤离有时是最好的前进，迂回有时是最直的捷径。于是依策而行，遂豁然开朗。

文化的重要性

物质上极其匮乏时,见了钱财自会亡命追逐。精神上极其贫穷时,见了文化虽不至于奋不顾身,但也会由衷景仰。追求财富充盈,是每个人的本真夙愿。没有人会跟钱过不去,连孔夫子都认为只要能求得富贵,打打工、做个车夫也能接受。像王衍那种将钱称之为"阿堵物"而嗤之以鼻的人毕竟太少了,而且身为丞相,他从不缺吃少穿,当然可以粪土钱财珠玉。追求文化是"仓廪实"之后的事了,温饱问题没有解决,绝大多数人都无法淡定地读圣贤书,像颜渊那种"一箪食,一瓢饮,在陋巷"还乐呵呵地求学论道的人,恐怕打着灯笼都难再找。只是没有文化不会俗死人;吃穿没有,就会饿死人、冻死人。所以人们永远都是先选择钱财物质,再追求精神文化。

过去我们饿怕了、穷疯了,对物质的渴望到了一种日思夜想的地步。改革开放一实施,人们便夜以继日地开工厂、跑贸易,马不停蹄地挣钱攒物,千方百计让自己富起来。人人脸上既显出操劳的疲惫,又绽放出发迹的笑容。那时大家见面基本不加寒暄,都是直奔主题,互问有没有什么事可做。大家相聚时彼此心意都很了然,不是酬谢就是庆祝,要么就是新的生意开始洽谈。没人会为提高艺术素养、争论文化问题而吃饭饮酒,花上几小时在没有任何效益的文化方面实在是件奢侈的事,很少人会傻到那个地步。如果开口闭口都是文化而不是生意,无疑是个书呆子,不会有什么朋友,三两次以后没人会愿意理睬甚至邀请。那时节,就是文化人也都成了生意人,谈的都不是文化,其他人更不谈文化。

国家推进小康社会建设,实在是意义重大。不仅解决了"仓廪实"的问题,还消除了穷极饿怕的心理。进入小康社会的标准有很多,最显著的标志我认为是人们开始尊重知识、敬仰文化了。现在人们聚在一起,常常能听到高诵唐诗宋词之声,而在茶余饭后,也会动起阅读写作之心。而且对文人,人们多少会显出些尊崇之意。以前说到文人,人们不露出鄙夷之色就已经很不错了。虽然现在宦海还是把文人等同书生,不甚以为意,但民间对文化的敬重已完全毫不掩饰了。

因为从无商业基因也缺乏挣钱的机缘,我一直没法到商场中去检测自己的生意头脑如何,加上雅好读书,便长期在文化领域扎根耕作,"不知有汉,无论魏晋"。早期跟别人谈起文化时无人问津,便适时三缄其口,但只个人沉醉罢了。这些年人们都阔绰起来了,富足起来了,再不济也解决了生活问题,对钱财的欲望不再像原来那么强烈。现在倒是对一直荒芜的精神提出了需求,一时间文化又变成了香饽饽。相逢饮酒,一过三巡,谁说挣个千儿八百万,没多少人会表示艳羡。那些谈文化时滔滔不绝的人,倒成了座上佳客,吸引着众人欣赏的目光。

我因为在别人挣钱的时候读了几本闲书,这会倒显出了几分酒桌上的优势,有些莫名地成了他人敬重的对象。我有时跟朋友们开玩笑说,没想到文化人也能领个风骚三五年,这是我当年沉心阅读时始料未及的。事实上,只有当文化成为显学,国家民族才有潜力,才有希望。说这话,我是认真的。

讲然后知不足

学然后知不足，我是深有体会的。不深入学习时，觉得自己似乎知道得不少。学得越多，接触面越广，反而觉得原来的那点知识微不足道。不懂的东西倒越来越多了。这两年开始讲，更知道自己的不足。处处跑风漏气，没有涉猎或者模糊不清的知识点特别多。尤其是确定专题开展系列讲座，难度更大，掌握的知识好像什么都不确定，都需要去查阅，空白处一大堆，只好猛补强灌，先囫囵吞枣一番，闲暇时再细嚼慢咽。即便到处打补丁，也还是会错误不断，失忆不少。不仅书到用时方恨少，学到深处头脑也不够用。天天"博闻强记"，委实是劳累不堪，但始终咬牙坚持。我知道，只要一止步一退让，立即就会一泻千里，不可收拾。这时最需迎难而上，耐住了这段磨砺，轻舟将过万重山。那时潮平两岸阔，天空自然高远。

忆及这些年的读书生涯，虽然有所斩获，但实际上却是在补课，把一些常识性的漏洞给堵住，在创造性思维方面并无突破。没有扎实的功底，就好为人师，或者胡乱创新，都是自欺欺人的做法。那些穿梭于各种文化场馆平台，将一点可怜的知识反复贩卖的人，不知他们是否会有些许知耻后勇的自我鼓励之心，反正我每次事后都会反省自身：是否照本宣科，是否信口开河，是否毫无长进。

每一次的讲座，都是一次对已知知识的全面检验，也是一次对未知知识的拾遗补漏。我希望在夯实已知的同时，更多地了解未知。所以但凡有机会，我一定会尝试着在各种场合进行讲演。不在乎听众是否鼓掌赞美,而追求知识的日臻完美。这注定是个漫长的过程,也许讲课的技巧会日渐成熟,但内容永远值得探索。我愿意沉浸其中,将余生都花费在这看起来稀松平常的积累中,水滴石穿、绳锯木断,总有一天小溪会流成长河,土坡会变成高山。

知识天地

学然后知不足,我一直都在实证其正确性。讲然后知不足,最近我也渐有体会。一段时期以来,为了检验所学所思的系统性、逻辑性,我特意找了些机会在大庭广众之下抛头露面,演讲座谈,大胆地接受听众的审视。想着不管武艺如何,先打套拳脚再说。且不说可以从听众的言语神态上多少看出些他们的喜厌,自己在准备课件的过程中,就已经发现许多的短板。有些甚至不能仅用知识盲点来概括,而是存在着大片大片的知识盲区,这让我很是惶恐。本来以为经过多年的闭门读书,潜心思考,可以像少林高僧一样,适当地出来讲经说法。岂知约略实验了几回,便感到储存的货物还是远远不够。

但是讲座有个阅读比不了的好处,就是可以将自己完全暴露在阳光之下,一点模糊面、阴暗面都掩藏不了。平时读书,都是一个人静静地品味,看似得其真意,往往似是而非。记忆既不准确,融会亦不完全。自我感觉悠然心会,无所不通,而且系统全面,实则连接成片的各个点面上,总有不少地方是陌生的或者幽暗的。但讲述起来,必须清楚明白地示之以众,这时是不容半点含糊的。这不像阅读写作,不懂即刻可以查阅学习。讲座是现场即兴表演,总不能当着大家的面现买现卖吧!所以讲座之难,不只是在于表达,更在于对表达内容的系统把握。只是知其然而不知其所以然,只能照本宣科人云亦云,讲完自己亦不知所云。

讲座的高妙境界在于内容丰富,思考深刻,表达流畅,谈吐幽默。所以讲座者不仅要知识渊博，通达睿智，还要性格风趣。确切地说，讲座比写作难度更大。写作毕竟是个人的事，别人接不接受无所谓，自己愉快就行。讲座可不能只顾自己痛快，滔滔不绝、信马由缰，要更多地考虑听众的感受。讲得语言乏味、内容空洞，对于听众而言是种极大的折磨，也是种极大的消耗。说得不好听，是在浪费他人的生命。

我每次的讲座都是尽最大的努力去准备，所以极耗心力。有时讲起来云淡风轻，但每次讲完则极为疲惫。尽管如此，我还是很乐于四处去讲，不是好为人师，而是在准备和进行演讲的过程中，我可以慢慢填补一些知识空白，将知识"白区"转变为知识"解放区"，从今往后此处将插满我个人的旗帜。如此不断地扩展知识"苏区"，总有一天，我会打下一片属于自己的知识天地来。

当下只宜多学

逮着个好机会，一个一贫如洗的人可以实现一夜暴富。但从没听说过，一个目不识丁的文盲一夜之间就变成了一个学富五车的大师。那些亿万富翁获取财富的方式可以千差万别，有人凭着勤奋，有人依靠创意，有人利用关系，有人借助学识，有人纯粹是运气到了，殊途而同归。成为大师的过程则基本相似——天赋加勤奋加天长日久。愚笨不得，偷懒不得，热闹不得。年复一年、日复一日，过的日子单调而寂寞，长进只在坚持中悄然发生。所谓的机遇也存在，但只意味着积累足够以后是否爆发，而积累本身则没有任何取巧的可能性，必须点点滴滴，集腋成裘。正如从小树林到葱郁森林，从小溪流到奔腾江河，一定要假以时日和积少成多。

虽说努力什么时候都不晚，但那只是相对于不努力者而言。大家都是努力的人，无疑努力得早的人成就更高。所以古人有"书到今生读已迟"之叹。而同时努力的人，坚持久的人肯定底子更扎实。起步晚的人，只有通过拼耐力、抢时间来实现赶超。"年二七，始发奋"，必定要比那些早就动手的人更加勤勉才行。

学问一道亦有暴得大名者，但那必是经过很长一段时间的累积后寻找到了一个合适的突破口。也就是说，他们早就具备了爆发的条件和基础，胸中犹如有万斛泉源，随时可以不择地而出。当然，成名未必就能成师，成师未必就能成大师。学无止境，可倾人一生，年月几何？就算是日夜不息，一日一执卷，不过三万六千次，浩渺书海，能游几许？

平生自诩好读书，可细细算来，人间好书，读之不及万一。有时心中惶急，恨不得将那些巨典皇著直接录入大脑，来个精神文化的"一夜暴富"。然而可恼之处在于，读书实在是没有任何捷径，得一页一页地翻，一本一本地看，急是急不来的。储备不够时，即使别人尊称自己为大师，听着心里也会发慌。学养深厚时，心中必然底气十足，大师风范自出。

有时看到一些人急于成名成家，把那少得可怜的一点文化积淀撒得到处都是，就像一个有了点闲钱就想开银行的人一样，捉襟见肘、狼狈不堪，深觉可怜可笑可叹。殷鉴在前，我还是老老实实先把基础打牢，以免在自称文化人时遭人哂笑。至于是否有成，努力之后，其果自现。

擦　拭

在红尘中翻滚,谁还能身上不沾染些风尘,找办法常常清洗一下,才能保持干净清爽。如果不去打理,时间一久,日积月累,恐怕就会满身污垢,届时清理起来,可就很不容易了。当然,这世上不做身体清洗的人不多,但不做思想除垢的人却大有人在。所以很多人看起来身子干净利落,但思想却肮脏龌龊。

在人世间做到相对清洁素净,一是要尽量不沾或者少惹灰尘,以保持固有的纯净;二是要不断地进行思想洗涮,大力去除污垢,就像经常去洗浴中心搓澡一样把身体冲洗干净。避免进入,至少不常进入那些容易沾染灰尘的场合,比如只在光明的地方活动,在清朗的天空下做事。深居简出,素履而往,远离灰尘飘舞之处,自能一身整洁素净。勤洗就是要修道明性,每日三省自身,找到附着于心的灰尘,尽力掸去,不让其积累成堆、成团。灰尘满身,一来自己觉得不爽,二来有碍他人观瞻。自己不爽,如能自安也就罢了。别人不喜,或许强行予以清洗,那时便不自在了。

苏轼就曾被人大力洗涮,虽然他自认为本身无垢。他曾为此专门写下一首《如梦令》:

水垢何曾相受。细看两俱无有。寄语揩背人,尽日劳君挥肘。轻手,轻手,居士本来无垢。

大抵洗浴中心在宋朝就已经有了，苏轼很喜欢到这种场子里去泡澡搓背。元丰七年，经过黄州数年贬谪的苏轼重新被朝廷起用，路过泗州时，心情大好的苏轼来到雍熙塔下的一家浴池洗浴。搓背的师傅用力很大，苏轼背上隐隐生疼。他颇有感触，写下了这首《如梦令》。词面意思是告诉师傅不要下手太重，实际是对自己的际遇心有不满。他认为自己一身清洁，并无污垢，根本用不着擦洗。可那些自己也并不干净的人却认为他身上满是灰尘，不仅强行清洗擦拭，而且下手还很重。暗喻自己政治上并无过错，遭受贬谪，不过是那些新党强加之罪。他们为了排斥异己，狠下杀手，自己差点就遭了他们的毒手。

苏轼不愧是思想大家、文章圣手，以洗浴搓背之寻常事，凭短短数行之简单语，就将复杂之体会，深刻之道理，淋漓尽致地表达了出来。看来黄州之贬恰如被人按住使劲地擦拭，让苏轼深感疼痛。苏轼本纯净，但因为入世太深，所以即使无尘也要时常遭受清擦。如果不想沾染红尘，要么不要深入尘世，要么时时自我拂拭，不要等到被人强行擦拭，那时的痛楚也许不可忍受。

定 神

以前在大学读书的时候，每当大考来临，教室、图书馆、资料室，到处都坐满了同学，偌大的空间鸦雀无声，人人都在奋力读书，似乎要把平时丢失的时间追回来，把没有学扎实的知识补回来。那些平时热闹异常的篮球场、足球场，此时空无一人。杨柳下、小河边出双入对的身影，也忽然不约而同地消失了。匆忙的脚步、静谧的氛围，能把所有平时吊儿郎当的同学逼进室内灯下，勤奋读书，孜孜不倦。但当考试结束，那些读书的地方又恢复了往日的平静，而那些玩乐的地方又响起了欢声笑语。考试前的紧张空气瞬间得到了释放，同学们又热烈地肆意地浪荡，直到下一次大考的来临。

我一向不喜欢打这种攻城战、决胜战、消耗战，而倾向于步步为营，稳打稳扎，积小胜为大胜，最后掌控局面，笑到最后。平日里我就会匀速用力、循序渐进，把那些考试内容、知识要点大致弄个七七八八，考试时只是照常努力而已。所以结果总能达到预期目标，而且成绩一直比较稳定，很少有大起大落的现象。只是每当临近大考，校园那种山雨欲来风满楼的氛围让人无形之中多了几分惶恐。似乎大家都在教室图书馆拼命冲刺，自己还是不紧不慢地复习重温，很是异类，很是不该，最好融入这个备考洪流，心情才会稍安，哪怕没什么效率，考得不甚满意，至少那段时间心中是无愧的。那些个时间节点，心绪很难不受到整个群体行为的影响。所以每次临考我都要让自己镇定心神，坚定信念，保持如如不动。虽然最终都能不受制于环境，秉持一贯的学习计划，但那时为之做出苦苦挣扎的情状，现在想起来仍然历历在目。

最近常常见到身边的人紧赶慢赶、心急火燎，他们勤快忘我的样子让我悚然而惊，仿佛看到当年那群倏聚倏散的应考同学，顿时又有了一种压迫感。四周的氛围有时紧张得可以点燃，让我倍感燥热冲动。看着这浩浩荡荡的河流，似乎不一起跌宕翻滚就当不了弄潮儿，将被时代所抛弃。好在我能够渐渐定住心神，不为其所左右。这些年我早已习惯了每天都努力一点点，长期坚持下来，积少成多，倒也颇见成效。如果跟着汇入湍急的"洪流"，一定会打乱自己的节奏，疲于奔命还成效甚微。

任何时候，稳住心神最重要。心安神宁，无论是诱惑还是裹挟，都不会乱了阵脚，也不会失去了自我。

情绪管理

身材管理是件极不容易的事。在这个尘世,很多人认为最大的快乐无非吃喝二字,若要从吃喝上下手自我革命,对不以吃喝为意的人而言,差可忍受;而对以吃喝为欢的人而言,无异于壮士断腕。吃喝直接关乎身材,关乎形象,不能控制吃喝,就意味着放弃了身材,自毁了形象。吃喝与身材,实鱼与熊掌,不可兼得,取舍就在一念间。有人认为得一城而失一池,没有必要;有人认为顾此而失彼,到底合算。所以芸芸众生中,有身材奇佳者,有身材走样者,从他们的形象上可以看出各自的身材管理水平。

情绪管理比身材管理更难。身材管理的关键是管住嘴、迈开腿,实在管理不好,躺平了后果也就是自己形象的日渐损毁。情绪管理就完全不同,一旦失控,不仅自己心理极不痛快,还会造成他人的恼怒,引起一系列的连锁反应。有时甚至把事情搞砸弄僵。而且有些情感和关系可以通过解释恢复接驳,有些情感和关系或许因之断裂破碎,难以复原。

所以管理好自己的情绪,对于每个人都意义重大,它是给自己营造良好生活工作环境的绝佳手段和重要途径。善于管理情绪的人,始终波澜不惊,沉着稳重,能化解一切矛盾纠纷,给自己创造一个宽松的空间。而管理不好情绪的人,则性急易怒,心浮气躁,容易把简单的事情复杂化,把微小的事情扩大化,最后弄得漫天风雨,敌意四起,自己的生存空间也日益狭隘局促。

情绪管理是种能力，需要长期的学习训练，特别是对于那些刚直不阿、疾恶如仇、快人快语者，更要进行专门修炼。情绪一起来，不是说泯灭就能即时泯灭的。它一定是腾腾突突，迅速上蹿，难以阻遏的，需要良好的耐心、坚强的毅力、高度的韧性，才能控制中和，最后消融。只要一放任，情绪将如脱缰的野马，不管不顾，纵横驰骋，直到精疲力竭。如此，不仅自己伤得体无完肤，别人也被撞得人仰马翻。要恢复往日情谊，再造美好场景，谈何容易？

一直以来，我都疏于身材管理，心想左右不过是难看点，至少赢得了口腹之快。情绪管理我也没有太在意，认为本色当行，待人以诚，反正没有恶意坏心，有脾气就发一发，有性子就使一使，也决计坏不了什么大事，最多是得罪几个人。这么多年得罪的人也不少，也就不在乎多得罪几个。但人到中年后，愈来愈觉得情绪管理很重要，一任情绪发泄，必然使人情受伤、氛围紧张，从而平添不必要的不快。不若导之引之，使之平稳静流，给自己也给他人留下一份祥和安宁。

修　炼

修炼的过程其实是一个自我绝缘的过程，也是一个日渐孤寂的过程。本来立于人海之中，高与众生齐，彼此认知、行为、梦想基本相同。越是没有特别稀有处，越是容易与众人浑然相融。而生活平稳，友人遍布，在街巷中适宜，在大众中逢源，这是多数人的生存状态。

可还是有人不甘庸常，不愿逐流，非要艰苦修炼。既是修炼，自是要远离喧嚣，远离人群，即使不是身分，心离是一定要的。无论身分还是心离，都必然与众人拉开距离，扯断联系，疏而后淡，甚至模糊乃至忘却，恰如前尘往事，旧朝故人。众人仍是满脸烟火色，修炼者已是一身清净气。但他们许是皆居红尘之中，相隔不过一条街，而心已相去千万里。再见时早已恍若隔世。

修炼必是不断地学习提高，思考深沉，故而是在日益精进，不知不觉中就脱胎换骨。在同一副身躯下，崭然的思想、强大的心胸、高远的视野早已经把旧时的灵魂装修得焕然一新。虽外形依然，神情却已大变。世人遥望，只觉并无大的改观。及至近处，便能感受到截然不同的气场和风度。然而虽明知眼前之人已今非昔比，众人仍不愿承认自己与之相去甚远，不在同一水平线上。而修炼者亦觉察出众人之庸碌烦琐，相处时间越久，越觉其浅薄无知。初或有简短交流，继而便沉默不语。交往亦如是，刚开始还偶有走动，后来便疏于来往，甚至息交绝游了。

所以修炼者是必然要走向孤寂的。一方面没人愿意跟一个高出自己一大截的人走在一块，成为鲜活而可笑的陪衬，远离智者无疑是掩盖愚昧的最好办法。另一方面，一个通达了的人肯定不愿跟故弄玄虚的人玩低级的游戏，就像有着火眼金睛的孙悟空看着那变来变去的一堆白骨，只想一棒把它打个稀烂，哪有闲情逸致跟它来回纠缠。而且修炼者的道行越深，这种主观客观的背离就越大，可以交流的对象就越少，最后恐怕就要像庄子一样，与天地精神独往来了。

修炼者虽或疏离于当世，但必定与古代的先贤圣智不断拉近距离，有时可能做长夜之谈，成为知心好友，故其于生活中孤寂，在灵魂上却是丰盈饱满的。众人看他独来独往不发一言，事实上，他也许正与那些史上贤达一起遐思神游，叩天问地。

不徒充饥蔽体

饭能充饥，衣可蔽体。但如果吃只满足于充饥，穿只限于蔽体，那就说明只是处于一种初级生存状态，而没有到达人生的高等境界。如果吃能尽享美味并获得味觉快意，穿能尽展风采并获得审美愉悦，就跨越了自然需求，进入精神的层面。读书为文也是如此，如果只是用来炫耀世人，赢取虚荣，乃充饥蔽体之类，完全不能滋养精神，获得内心的快乐。读书为文在我看来是个人的事情，与他人无关，他人认同与否，赞美与否，都不必十分在意。很多时人高度肯定、流行一时的诗词文章，在历史的长河中都湮灭了，或者现出了原形。

读书非要听到人们夸赞学识渊博，这书就是为别人而读了。那是精神上的长工，劳累得很。今天要完成此项阅读，明天要开启那项背诵，目的都是将囫囵吞枣的知识拿来贩卖，或为财，或为名，却从不为自己的内心充盈而计。为功利而读，就算是一肚子墨水，满脑子学问，也是艰难苦恨，毫无乐趣可言的。如果读书不抱任何功利之心，不为浮名浮利，而是将阅读本身视作快乐，那便轻松自如了。

为文亦如此，为了赢取别人的共情和溢美，文章就会不自觉地带有阿谀之态，而失去自然之美。而且追逐时势之变，迎合世人之好，虽或赞美之声不绝于耳，但失去了为文抒情达意、自我愉悦之本质。我一向以为，如果要取名取利，不如到名利场直接博取，非得把精神领域变成名利场，将干净美好的书本文章沾染上风尘，实在是如焚琴煮鹤般大煞风景的事。

而且如果就名利而言，为文所能获取的名利实在是有限。而在精神方面，为文却有其巨大优势，用来丰富内心、怡养性情再好不过。舍长取短，智者所不为，而文坛学界沽名钓誉者却甚众。

如果阅读为文只是为了"充饥蔽体"，我宁愿选择世俗的功名道路。之所以心心念念在于书籍文章，正是因为其中有可甘之如饴者，有使人忘却肉味者。

写作的个性化

大师级的学者作家，其文字表达都个性十足，让人一眼就可辨别出来。像李白诗中的浪漫开阔，别人是无法企及的。杜甫的森严沉郁，也是千载独一个。纳兰性德的深情唯美，瞬间就能打动人心；鲁迅的犀利锋芒，乍读就能淋漓尽致地感受得到。他们的某些性格特质、思维逻辑以及表达方式都异于常人，所以在万千文章诗词中，都能发出独特的光芒，让人一下子就能发现并感受。

很多人虽然文字也很流畅，情感也很充沛，但就是很难让人动容入心，读过之后，很快就模糊甚至忘却了。就像不少人长得很漂亮，却没有特别的内涵和气韵，初看也许很惊艳，但过不了多久，特别是漂亮的人看多了，就渐渐地隐约了面目，淡化了印象。有些人不一定五官精美，但因为气质超群、才华出众，让人久久难以忘怀。歌唱家也是一样，唱得再好，没有个性，也很难受人追捧。那些在市场上很火的明星，都有非常分明的特色，声音或唱法的辨识度极高。

写作的个性化有天赋的成分，但更多是靠后天的培育。刚开始学习他人，文风或许与其相近，而且时常变化，初无定质。阅读得多了，写作得勤了，慢慢就会呈现出自己的特质。而且这种特质会越来越明显，越来越纯粹，也越来越上乘。当文章水平到达了一定的高度时，其特征也就一目了然了。有些人故意要表现得与众不同，用一些后现代手段刺激读者的视觉感官，或者描绘一些低级的内容以取悦读者，也许会引起短暂的关注，但终将被时间冲洗得干干净净。所以个性不是说有就有的，是积累到一定阶段自然产生并流露出来的。很多人追求了一生，写了一辈子，就是没有任何个性可言，放在一堆文章里，瞬间就被淹没得无影无踪。没有真思想，没有真性情，没有真功夫，要想有真个性，永远都没有可能。

当今时代，最让人觉得遗憾的是，再也很难读到像鲁迅那样充满个性的文字。有些享誉全国的名家高手，虽然语言也很华丽，结构也很严谨，情感也很丰富，但就是没有让人一见就记住、一读就忘我的魅力和神韵。归根到底，还是缺乏个性。缺乏个性的根本原因，我想主要是思想不够深刻，情感不够真实，功底不够扎实。

前后如一

前后如一、表里如一是我一贯秉持的理念,活了大半辈子,基本也是照着这个路子走过来的。所以心善者对我总是鼓励和揄扬,认为我没有架子、从不摆谱,容易接触、很好说话。我心里不免觉得好笑,自己一介布衣,顶多算是个风尘小吏,实在没谱可摆,没架子好端,从来也没把身份地位当回事,所以活得算是本真自然,没有任何包袱和拖累。与人相处,彼此不欠不求,有缘相聚,一杯淡茶,半晌心语;话不投机,点头一笑,擦肩而过,从此不再与言。

因为一直保持这种风格,知我者愿与我相近相交,不知我者自然却步数里之外。所谓的"时位之移人",在我身上似乎不成立。五十年后,除了老去,为人处世于我依然没什么差别。我想即使有机会闻达于世,我也还是我,不会有什么惊人的变化。以前的我、现在的我和未来的我,本质都一样,真诚好静、平淡索然。别人与我相处,可以一以贯之地采取同样的方式,我并不在乎,无论我的生活和工作有了什么改变。但世人多不如此,一旦他们的职位身份哪怕有了稍许的改观,他们在心里也会热切地希望他人对他们的态度进行全面的调整。特别是那些甫得意者,生怕别人把他们还当成昔日的"吴下阿蒙",一定要别人表达出对他们脱胎换骨的惊讶和敬仰,才觉得没有辜负那些发生了的变化。

对时位之移人的道理,我再明白不过。《芋老人传》我在年轻的时候就耳熟能详,但我依然愿意坚持以一贯的态度对待同一个人,无论他是变得穷困还是变得发达。穷困者自是心存感激,而发达者必然不快。我曾亲见一位仁兄,在多个部门任职后提升回到原单位,首先喻示麾下的便是,我非昔日之我,你等不能以往日眼光看我、以旧时情感待我。言下之意,经过一轮转战,我已不再是过去的小兵,而是一个功成名就的将军,请你们以将军之礼敬我。我当时的感觉是,这人不仅没有活明白,而且越活越迷失了。而大千世界,像他一样五迷三道的人实在太多,自己都会自我神化,别人一夸一赞,更不知身在何处了。直到削职为民后,方才明白原来自己也是个凡夫俗子。

因为待人始终如一,并不因其浮沉起落而有所区别,那些得志者自然对我会有所不满乃至疏远,我亦不为已甚,依然本色当行。且以此为试金石,倒也容易甄别清人情人性。经测试,这世上却也有不少善良真诚者,无论如何得势发达,成色一直未发生丝毫衰减。

修道立德

不媚上、不唯上已经很不容易了，而逆上、犯上就更难了。如果上级英明正确、学渊思深，服从听取无可厚非，而且上下同欲，步调一致，一定会攻无不克，效果立现。如果上级蒙昧刚愎、见识浅陋，顺从照办则无疑将产生灾难性后果。其实再神明英武的人也不是什么都能洞悉透彻、应付裕如，一定有他的知识盲点、思考短板。这个时候如果下属能察见弊病、弥补罅隙，形成一种默契和互补，是最为良好的上下关系。关键是下属中即使有能人强人，也没几个愿意贡献智慧、提出异议。为何？毕竟人的本性都是喜欢听赞美之词，而不是批评之言。一旦指出上级的不足，遇到大度一点的还好，不至于斤斤计较。遇到小气的，从此或有穿不完的小鞋。

下级对上级不能坦陈己见，彼此无法肝胆相照。归根到底，还是因为不能做到以德立世和人格独立。注解《世说新语》的刘孝标曾记载了一则故事，说南阳人宗承，少而修德雅正，确然不群，征聘不就，慕名而来拜访的人络绎不绝。曹操年轻时，屡次去拜访宗承，但因为每次在场的人多，而曹操又资历浅身份低，轮不到他有所表示。数番如此，曹操急了，一次乘着宗承起身如厕之机，居然捉住宗承的手不放，当场要求交个朋友，有点像现在的渣男见到美女，撩不到就动粗了。宗承十分不悦，甩手而去，搞得曹操很没面子。若干年后，曹操做了汉之司空，成为炙手可热的权臣。这时他再问宗承："当年你对我不屑一顾，现在我们可以做朋友了吧！"哪知宗承冷冷地回答道:"松柏之志犹存。"意思是说,现在依然不行。言下之意,你就是做了再大的官,也不可能成为我的朋友,我们道不同,不相为谋。

宗承是个德正品端的人,交友论的是德行而非身份,他打心里瞧不起曹操,永远都不愿与之为友,哪怕对方位居要津。曹操虽然不高兴,但对宗承依然尊敬,让儿子曹丕执弟子礼。只是薄其位而优其礼,论德行总把他置于首位,但官职却给得不高。说明曹操虽豁达仍难免心存芥蒂。

像曹操这样胸怀和气魄的权臣还是极少的,换作他人,即使不睚眦必报,也决计不会给宗承好脸色看。现代社会,曹操这样的上级打着灯笼都难找,不顺着他们都会引来忌恨,更别说犯着他们。而宗承这种人恐怕就像某些一级保护动物一样濒临灭绝了。而宗承之流,似乎史载并非特例无俦。古人以修道立德为立身之本,诚不欺我。

更有优秀者

这世界总有人比你更优秀，这是一件令人绝望的事情。即使你一路超越自己，到达人生巅峰，抬头一看，仍有无数人的人生峰值比你高出许多，有些甚至高耸入云，不知顶在何处。

一次，我被一个留英博士朋友拉去参加一个雅集，座中似乎皆是高士。彼此谈及大学往事，方知原来在场的都是学霸，要么清华北大，要么人大交大，要么牛津剑桥，要么哈佛麻省，硕士博士云集，精英人才纵横。更让人讶异的是，其中一位美丽女士，气度雍容，谈吐不俗，问及友人，方知其履历甚是豪华：清华本科、哈佛硕士、麻省博士，现为某著名大学最年轻教授，当年是全市高考状元，集美貌、才华于一身。如此优秀，身边人与之相较，岂不秒成一群学渣了？那她还会有亲近朋友吗？我突然想到"天妒英才"这几个字，心中不免一寒，随即默念佳言好词，为其加持暗祷。我总认为，美好的人事应该更加长存人间，以免被俗物小人充斥其中。

一直以来好读文章诗词，因为方便简易，所以从当代读起，于名列前茅者，窥其要旨，取其精华。初，极似刘邦见秦始皇，觉得大丈夫当如此。继而相熟，以为不过如此。乃如项羽见秦始皇，觉得彼可取而代之。后读现代，始感大家荟萃，然沉湎其中久了，亦渐渐不以为妙。除数家得中外文化精髓者，余皆无须仰视，但即便是寥寥数家，亦非终生不可企及。

于是正本溯源，上穷远古，出入经史百家，愈读愈觉心惊。有才华绝代者，有学问渊深者，有识见超群者。其诗词文章精妙绝伦，其思想精神深无涯涘，叩而问之不尽，跂而望之无穷。孔子言简洁而意无穷；老子、庄子汪洋恣肆，纵横无际；李白、杜甫两座高峰直达云霄；韩如海、欧如澜；苏轼海阔天空。而王勃的一篇《滕王阁序》，让我觉得无论如何努力也难望其项背。即便是上天再借我500年，让我阅尽经典，也未必能有王勃27岁那年的才华。

这世界就是这么神奇，既生瑜又生亮，有了项羽，却要添个刘邦。人外有人，天外有天，永远不要以为自己是最优秀的。也许你可以名震一城，可在全国未必能居于前列，而在全世界或已泯然众人。况还有数千年中国史，数千年世界史，其中多少英雄豪杰，秀士能人。置身其中，只会觉得渺小卑微，神沮气丧。不妨自我较量一番，今日较昨日精进，明日较今日超前，则我自此往后，一路优秀而不停滞。

忘记目标

俗云："学佛一年，佛在眼前。学佛两年，佛在大殿。学佛三年，佛在西天。"为何学佛学得越久，反而离佛越远？佛教要吸引众生进入佛门，自是不能将成佛说得难于上青天，让人望而却步。必当告诉众生，学佛并不难，只要发愿坚信，虔诚修炼，就一定能得道成佛。甚至放下屠刀，即可立地成佛。净土宗更是教人极易之法，只要诵念"阿弥陀佛"不辍，死后就可前往西天。

世间俗众一听，原来成佛如此容易，于是纷纷涌入佛门，以为只要做到信愿行，未几即可成佛。那岂不是一年学佛，佛在眼前？然而真正学进去了，就会觉得成佛绝非易事。于是更加虔诚礼佛，日夜诵经，可结果佛反而消失在眼前，只默默地在庙宇殿堂上立着。越下功夫，越觉得修炼之途漫漫，佛离自己更加遥远，远在十万八千里之外的西天。最初的那种速成之念，早已荡然无存。这时才意识到，其实成佛是世间万难之事。确实，说起来容易做起来难，做起来容易成起来难，否则，自古以来尘世学佛之人何止亿兆，又有几人最后真的得道成佛。

自小及大，我们一直都被鼓励，只要努力学习，必然有所成就。于是我们纷纷立下各种目标，兴高采烈地直奔而去，似乎成个文学家、科学家、政治家，只是旬日间事。可当我们真正动起手来，顿感事情远非当初想象的模样。成名成家固然很是艰难，即便是略有成就也极为不易。刚订立目标之时，以为目标其实不远，不就是搞个发明创造吗？不就是写些诗词歌赋吗？不就是俯首甘为孺子牛吗？能是多大、多难的事？可上道之后，懂得越多，发现自己不懂的就越多；做得越多，发现自己没做的就越多。原以为轻而易举就能达到的目标，慢慢离自己越来越远，甚至远得难以企及。并非人们通常所言，只要出发，便离目标越来越近。

之所以越努力，离目标越远，是因为之前将到达目标的过程想得太简短太容易，走着走着才渐渐明白，原来事先没有预计的路程有如此之长。正如攀登一座高峰，在山脚下看，高度似乎清晰可见，并不会感觉登起来千难万难。但真的进入山区，才发现不断到达的高峰只是一个比一个高的山坡，高处之外还有更高处，没完没了，好像永远都到达不了顶峰。

看起来或者感觉上，目标越努力越遥远，但奋斗的真正意义和乐趣其实正在于奋斗本身，待你忘却目标，但只精进，最后必是禅定般若，目标也将在不知不觉中完成。

时代潮流

伟大的人物引领时代潮流，开明的人物顺应时代潮流，普通的人物追赶时代潮流，而保守的人物阻碍时代潮流。显然，引领不仅需要勇气，还需要识见，更需要智慧。而顺应需要识见和勇气兼具。追赶只需要勇气就行。阻碍则必将灰飞烟灭，为时所弃。引领固然极难，顺应亦颇不易，追赶是寻常行为，阻碍终是悲剧。

在纷繁复杂的世界和瞬息万变的现实之中，到底什么是时代潮流，不是什么人都能寻见并判定的。也许费了九牛二虎之力觅获的不是潮流而是浊流；也许今日貌似潮流，明日却突然变成了逆流。伟大的人物要生就一双慧眼，在时代的洪流中去发现甚至去掀起一股潮流，让它沿着预定的方向和道路滚滚而下，而且要让时间和实践证明，这股潮流符合时代需求、符合人们愿望、符合历史规律。因为潮流的正确性，许多开明人士会认定和拥护，并一起参与进来，共同推动潮流由细变大、由浅入深，成为时代的最强音。

当潮流真正代表着时代，代表着未来，许多游离于潮流之外的观望者便会奋力追赶，努力融入这一滚滚向前而又活力迸发的潮流之中。当然在潮流由细波化巨浪，由缓水变急流的漫长过程中，总会遇到障碍遏制。那些短视者、怨愤者、狭隘者会想尽各种办法，将潮流扼之于初萌，阻之于未彰。早期潮流或受影响伤害，但当微流已成巨潮，一切的障碍都如螳臂当车，最后葬身潮流之中，成为时代的泥沙。

二十世纪初的革命和二十世纪末的改革，都属于伟人引领的时代潮流。凭着胆魄与远见卓识，一群英杰勇士在混乱的时代中掀起了一股异于往常的潮流。大潮初起时，只有部分胸怀远志、视野开阔者能够顺应其流、投身其中，但慢慢地，普通民众也能积极追赶这一潮流，使得它一路巨变，最后成为时代主流。当然潮起潮升之际，吞没了无数的落后者反动者。

如今的中国式现代化也是一种时代潮流，正在成为时代之声，有识之士、有勇之人争相融汇。

但将这一潮流激化出二十世纪革命和改革潮流携有的磅礴伟力，还有待时日。毕竟，一种潮流从新生到汹涌、到最后澎湃，需要一个较长的过程。最为重要的是，需要有识之士的推波助澜，普通民众的逐波顺流，而隔潮阻流者越少越好。

上下同欲

《孙子兵法》云："上下同欲者胜。"两军对垒，生死决战，如果不能同心协力，团结一致，要想取得最后的胜利，无异于痴人说梦。很多著名的战争，往往是一支数千人的劲旅一举击溃十万大军。人数再多，各异其心，也是一盘散沙，略遭冲锋，便作鸟兽散。一支精干的轻骑，如能心齐力聚，便像一支利箭，可以穿云裂石。

战国时期，七国争雄，为何秦国最后赢得天下？恐怕跟秦国君臣军民上下同欲、合力齐心密切相关。秦王一心要称霸宇内、一统天下，而将士也渴望建功立业、夸耀乡里，人们都达成了一种共识，自然无往而不胜。而其他国家，要么国君没有争夺天下的雄心壮志，只想守住自己的一亩三分地，只要不被蚕食或被击破就烧高香了；要么就是将士惜命厌战，缺乏立功表现的欲望，期盼一直过太平日子，最好永远不会发生战争。抱着这样的想法迈上战场，士兵无疑是没有任何斗志的，军队也必然缺乏坚强的战斗力。

解放战争时期，国共对决，国民党军队数倍于解放军，却触之即溃，兵败如山倒，最后丢了江山。究其原因有很多，但共产党上下同欲，而国民党上下离心无疑是最为重要的因素。同欲，则无坚不摧；离心，则分崩离析。所谓"并敌一向，千里杀将"，上下同心，将士用命，所有的力量凝成一线，自是不可抵挡。

随着经济的发展社会的进步，人们的思想越来越多元，每个人都有自己的强烈表达。在新的时代背景下，要实现上下同欲更加难上加难。为什么每个国家和地区都高度重视宣传工作和思想工作，因为所有宣传教化工作的本质，都是要做到上下同欲。上欲行而下掣肘，或者下欲行而上不许，都无法成事。有许多事情本来顶层设计都很科学，步骤也富有逻辑性，可是因为下面思想不统一，步调不一致，就是推不动，办不成。有些事情本来下面实践富有成效，按照经验推广复制就可实现大面积丰收，但上面就是不同意，结果收效甚微。

四海无事时，上下往往各自为政，矛盾重重。但当一种巨大外力来袭，往往会促成上下同欲，联合对外。二十世纪三十年代日本对华侵略，迅速地推动了我国各方力量的紧密合作。在国家存亡民族大义的感召之下，上下同欲、军民齐心、将士用命，终于夺取了抗日战争的伟大胜利。

上下同欲是图存的基础，是成事的根本，一定要找到众所公认之"欲"，然后不断地强化，使之深入人心。

花开风来

福建舰的下水，不仅让中国的航母数量增加到3艘，而且自主研发的电磁弹射和阻拦装置昭示着军事科技的水准，让中国海上的军事力量顿然大幅提升。国人精神为之一振，国际舆论为之一震。一段时期以来，"055大驱"接踵而出，无人机航母崭然面世，福建舰巍峨入海，神舟飞船接连上天，东风"快递"使命必达；加上核动力航母、第六代战机的神秘预期，一个大国形象正在全面建构。星辰大海，揽月捉鳖，再远的远方，再高的高空，都已不是梦想。

用那句意境美好的话"你若盛开，清风自来"来形容当下的中国再适合不过。在一个充满竞争和角力的世界，如果拳头不够硬，讲道理是讲不清的，甚至连讲道理的场所都越来越狭窄。有时道理的标准被肆意篡改，道理变成了歪理，而歪理倒成了道理。所以一万句金玉良言，也抵不上一次有效行动。在公理被漠视的时候，唯有行动才能起到震慑作用。我们力量不足的时候，连一些小国家都要打着巡航公海的旗号来南海凑凑热闹。我们自身足够强大的时候，隐形战机就会露出尾巴，深海潜艇也将现出原形，可拦导弹于高空，可击航母于远海。届时，我们的航母也可巡航太平洋大西洋，我们的"隐轰"也可远飞欧洲、美洲。

当木已成林，自有虎豹云集；当花已如海，自有蜂蝶飞舞；当器已祭出，自有慑人之威。成事最难在于将成未成之时，要就未就之际。这时世态全露，人情尽显。有羡慕的，有嫉妒的，有痛恨的，有阻挠的，有打压的。经受不住打击和摧残，永远只能匍匐在地，一蹶不振。扛住了压力和迫害，一切都将迎刃而解，云淡风轻。

其实当前世界对中国的激烈反应，说明中国正处于腾飞之际，此时各种掣肘拦截都是强大过程中的必然经历。正如松竹要高出灌木蒿草，须伏身其下良久；大师要超越凡夫俗子，须与之并肩良久。待松竹入云，草木只能仰望；等大师入圣，常人唯有敬服。

我们只管自强自立，其他无须多言。一艘艘航母入水，一颗颗卫星上天，这些就是硬道理。软道理讲不通，那就比比谁的硬道理硬。这世界自作聪明的人太多，他们能言善辩，能曲善歪，道理都被他们玩弄于口舌之间。如今的道理不是用来讲的，而是用实力来展示的，但凡上天入海的利器多一件，道理就硬一分。